독고준

독고준

초판 1쇄 발행 | 2010년 8월 16일

지은이 고종석 **발행인** 이대식
편집진행 김화영 **마케팅** 이의고, 이승현 **디자인** 모리스

주소 서울시 종로구 평창동 92-6(우편번호 110-846)
문의전화 02-394-1037(편집) 02-394-1047(마케팅)
팩스 0505-115-1037(02-394-1029)
홈페이지 www.saeumbook.co.kr
전자우편 saeum98@hanmail.net

발행처 새움출판사
출판등록 1998년 8월 28일(제10-1633호)

© 고종석, 2010
ISBN 978-89-93964-22-6

고종석 장편소설

독고준

새움

최인훈 선생님께

자서 自序

최인훈 선생님의 《회색인》과 《서유기》를 젊은 시절 읽었을 때, 나는 독고준의 미래가 궁금했다. 이 소설은 독고준이 살 수도 있었을 한 삶의 스케치다. 선생님의 허락 없이 독고준을 데려온 것이 죄송스럽다. 이 텍스트가 소설이라는 점을 특히 강조하고 싶다. 현실 속의 이름과 역할을 고스란히 재현하는 인물일지라도, 그는 픽션 속 인물이다. 그 인물들은 현실 속 인물들과 아무런 관련이 없다는 뜻이다.

2010년 여름

일러두기

1. '독고준'은 1960년대에 발표된 최인훈의 두 연작 장편 《회색인》《서유기》의 주인공이기도 하다. 《회색인》은 독고준의 어린 시절과 대학 시절을 그린 작품이고, 《서유기》는 독고준이 이유정이라는 여성 화가의 침실에 들어갔다가 나올 때까지 단 몇 분 동안에 겪는 온갖 환상을 그린 작품이다. 최인훈은 당초 독고준 이야기를 3부작에 담으려고 하였으나 《서유기》 이후의 독고준 이야기는 쓰이지 않았다. 그 이후 독고준의 삶을 그린 이 소설은 독고준 3부작의 마지막 이야기이면서, 독고준과 그의 딸 독고원의 관념과 생활을 그린 독립적 작품이기도 하다.
2. 인물 및 지명의 표기는 외래어표기법에 따랐다. 다만, 독고준의 일기 속 외래어는 당시 표기법을 고려하였고, 외국어는 우리말로 번역하여 편집자 주로 표기하였다.

차 례

1부 아버지의 일주기

부고 기사의 크기는 고인이 생전에 누렸던 이름의 무게나 화사함에 얼추 비례한다. 그것은 사람의 삶만이 아니라 죽음도 불평등하다는 뜻이다. 죽음 앞에서는 누구나 평등하다는 격언은, 그 죽음들 하나하나의 세속적 파장을 가늠해볼 때, 적중률이 그리 높지 않다. 다이애나 스펜서의 죽음과 장삼이사의 죽음을 같은 크기의 기사로 다루는 신문편집자는 해고를 각오해야 할 테다. 그 죽음이 자살이라면, 부고 기사는 더 커진다. 자살을 살인의 가장 고약한 형태로 여기는 이들에게든, 아니면 그것을 용기 있는 사람에게만 허락된 미덕으로 여기는 이들에게든, 자살은 특별한 죽음이기 때문이다. 자살은 그 자체로 선정적이다. 그러니 그 자살을 다루는 기사들도 선정적이기 십상이다. 여느 죽음을 다루는 기사와 달리, 자살을 다룬 부고 기사는 그 동기나 정황 따위에 관한 온갖 추측으로 제 몸을 불린다. 소위 전문가라는 사람들이 신문 지면이나 텔레비전 화면에 얼굴을 들이밀며 '공인의 사회적 책임'이니 '베르테르 효과'니 하는 상투적 언설을 늘어놓는다. 매스컴은 여론의 이름으로 그 죽음을 슬며시 기리거나 넌지시 나무란다. 그런데 이름이 꽤 알려진 사람의 자살도 때를 잘못 맞추면 빈약한 부음밖에 낳지 못하는 수가 있다. 아버지의 자살이 그랬다. 그날 별일이 없었다면, 14층 아파트 베란다에서 뛰어내려 일흔네 해의 삶을 마감한 아버지에 대해 보도하고 논평하는 기사들이 신문 지면과 텔레비전 화면을 꽤 요란스레 채웠을 것이다. 아버지는 어쨌거나 반세기 가까이 한국문학의 어떤 우듬지였으니까. 실제로는 그렇지 않았다고 해도 그리 여기는 사람들이 문단에 꽤 있었으니까. 그런데 하필 아버지가 몸을 던진 그날, 전임 대통령이 고향 언덕배기의 한 바위에서 투신해 삶을 마쳤다.

1960년대 이래 아버지의 글(대부분이 소설이었다)은 적지 않은 사람들에게 영향을 끼쳤다. 그 그림자와 메아리는 윤리적인 것이기도 했고 심미적인 것이기도 했다. 아버지보다 아래 세대의 몇몇 소설가들은 아버지의 얼음처럼 차가운 회의주의懷疑主義를 본뜨기도 했고, 수정처럼 투명한 문체를 모뜨기도 했다. 평단의 한 모퉁이에도 아버지에 대한 숭배(까지는 아니더라도 두툼한 존중)가 있었다. 그러나 고작 문단 후배들이나 독서 대중 일부분에게 영향을 끼친 아버지의 삶을 전임 대통령의 삶에, 더구나 충격적 방식으로 마무리된 삶에 견줄 수는 없었다. 방송은 온종일 전임 대통령의 비극적 죽음을 거듭 알리고 알렸다. 그의 죽음은 어떤 관점에서 보아도 비극적이었다. 그러나 아버지의 죽음은, 가족과 지인들에게 깊은 슬픔과 놀라움을 강요하기는 했으나, 딱히 비극적이라고 말할 수는 없었다. 비극이라 하더라도, 그 비극은 전임 대통령의 비극에 도저히 미치지 못할 비극이었다. 죽음을 비극의 차원에서 휘감는 가장 화사한 너울은 젊음일 것이다. 젊은 죽음은 모두(가 아니더라도 대부분) 비극적이다. 늙은 죽음에서 비극의 냄새를 맡기는 어렵다. 그것이 고종명考終命이 아니더라도 마찬가지다. 그런데 아버지는 전임 대통령보다 나이가 열한 살이나 위인 노인이었다. 그것이 아버지의 죽음에서 한 움큼의 비극성을 앗았다. 때 이른 죽음만이 아니라 자발적 죽음, 곧 자살도 죽음에 비극의 너울을 씌운다. 그러나 이것은 대개 호사스런 망언이다. 그런 언설은 인류가 역사의 굽이마다 저지른 집단 학살의 무수한 피해자들을—그 절절하고 끔찍한 비극을— 모욕하는 것이다. 삶을 향한 보편적 욕망을 가벼이 여기는 짓이라는 뜻이다. 더구나 아버지는 전임 대통령과 달리 유서를 남기지 않았다. 삶과 죽음을 초탈한 듯한 전임 대통령의 유서에 견줄 만한 비극의 재료가 아버지의 죽음에는 없었다. 당신이 바랐든 바라지 않았든, 아버지의 죽음은 평범한 죽음이 되었다.

물론 매스컴이 아버지의 죽음을 아예 무시한 것은 아니다. 전임 대통령의 죽음을 되풀이해 전하는 텔레비전 뉴스 사이사이에 아버지의 자살 소식이 끼이기는 했다. 신문 역시 마찬가지였다. 아버지의 죽음을 알리는 기사는 전임 대통령의 죽음을 알리는 기사들에 고명처럼 덧놓여 있었다. 아버지가 14층 아파트 베란다에서 몸을 던진 지 몇 시간 뒤 전임 대통령이 고향 뒷산의 바위에서 몸을 던지지 않았다면, 아버지의 죽음은 더 많은 사람들의 입에 회자되었을 것이다. 나는 지금 그것을 아쉬워하고 있는가? 그럴지도 모르겠다. 물론 그것은 허영이다. 그러나 그 허영이 아버지를 위해 딸이 지닌 허영이라면, 그 정도는 누구나 받아줄 수 있으리라 믿는다. 그리고 나는 그것 때문에 전임 대통령을 탓하지 않았다. 그날 나처럼 가족을 잃은 누구도, 그가 아무리 큰 허영심을 지녔더라도, 전임 대통령을 탓할 수는 없었으리라.

전임 대통령의 때 이른 죽음이 사람들에게 끼친 충격과 슬픔(모든 사람에겐 아니겠지만!)은 국가적인 것이었다. 그런 자발적 죽음을 어느 아우슈비츠 생존자는 '자유죽음Freitod'이라고 부른 적이 있다. 그러나 아버지의 경우든 전임 대통령의 경우든, 그 자유는 극히 제한된 자유였다. 자유라고 부르기 힘든 자유. 자발적이지 못했던 자유. 아버지는 노령과 무력감을 이기지 못해 자신을 스스로 무너뜨린 것 같다. '같다'라고 한 자락 깐 것은 아버지의 만년에 내가 그분의 독실한 말벗 노릇을 하지 못했기 때문이다. 아버지의 속마음을 내가 충분히 알지 못했다는 뜻이다. 그것이 아쉽고 죄송하다. 아버지의 사랑과 보살핌을 듬뿍 받고 자랐으면서도, 늙으신 아버지의 내면을 알지도 못했고 알려고 하지도 않았다는 것은, 내가 불효녀였다는 뜻이다.

아버지가 스스로 삶을 마감한 것은 더 이상 삶에서 아무런 의미도 찾을 수 없다는 판단 때문이었을 것이다. 그 판단을 가족들이 눈치채지 못해서 아버지가 돌아가신 것이라면, 아버지의 죽음은 일종의 피살이다. 비록 이런 식의 논리를 따르자면 자살을 포함한 모든 죽음과 죽임을 피살이라 할 수밖에 없겠지만. 전임 대통령의 경우는 상황이 좀 더 또렷하다. 그의 삶을 무너뜨린 것은 그의 자유나 자발성이 아니었다. 그를 무너뜨린 것은 그보다 그의 정적들에게 더 호감을 지니고 있던, 아니 차라리 그의 정적들의 협력자이자 수하手下였던 검찰과 언론의 기획된 공격이었다. 사람에 따라, 그의 친구든 적이든, 전임 대통령의 '자유죽음'을 못난 짓이라 나무랄 수도 있을 것이다. 그러나 그 죽음에 공감할 바 또한 적지 않았다. 그에게 선택의 여지는 넓지 않았다. 그의 자살은 자신의 명예를 건져내고 '패밀리'를 보위할 최선의(어쩌면 유일한) 방책이었는지 모른다. 나는 전임 대통령의 자살과 아버지의 자살에 매스컴이 배당한 관심이 충분히 공평한 것이었다고 생각한다.

게다가 《한국일보》는 뜻밖에도 아버지의 죽음을 사설로 다루기까지 했다. 여느 날이라면 세 개가 실렸을 그 신문의 사설은 아버지와 전임 대통령이 작고한 이튿날엔 둘이었다. 그 신문은 사설 난의 3분의 2를 전임 대통령의 죽음에 배정하고, 나머지 3분의 1을 아버지의 죽음에 배당했다. 그 사설은 이랬다.

"어제 대한민국은 전임 대통령 말고도 또 한 사람의 '공인'을 잃었다. 소설가 독고준獨孤俊이 그다. 작가를 '공인'으로 볼 수 있느냐에 대해서는 서로 다른 의견들이 있을 수 있겠지만, 적어도 그 구실은 공인과 비슷하다. 특히 고인은 찬사와 비아냥거림이 어우러진 '관념소설'이라는 장르 속에 동시대인들(한국인들만이 아니라 외국인들도)의 정치적 삶을 녹여 넣음으로써, 문학이 일종의 이데올로기라는 것을 또렷이 보여주었다. 그러나 그가 소설에서 숨기거나 들춰낸 이데올로기는 모호하고 물렁물렁했다. 고인은 결코 보수적 작가는 아니었지만, 진보, 민족민주, 민중 같은 말로 치장됐던 동시대 저항문학과는 일정한 거리를 두었다. 그래서 그는 소위 '참여문학파'와 '순수문학파' 양쪽으로부터 '회색인'이라는 비판을 받기도 했다. 뜻밖에도 고인은 그 '회색인'이라는 비난을 찬사로 받아들였다. 그는 이념 작가였으되, 경색된 이념이 인간 내면의 악마적 부분과 결합할 때 역사에 어떤 상처를 내는지 잘 알고 있었고, 그래서 그 '의도되지 않은 상처'를 찬찬히 묘사했다. '지옥으로 가는 길은 선의로 포장돼 있다'는 서양 속담의 무서운 진실을 서늘하게 드러낸《알리바바의 아내》같은 작품이 그 예다. 한국문학사에서는 이례적으로 프랑스혁명기를 배경으로 삼은 이 작품에서, 고인은 선함을 향한 개인적 또는 집단적 추구가 이성과 윤리를 휘젓고 어지르면서 사람들을 어떻게 지옥의 문 앞으로 데려가는지를 보여주었다. 그를 평할 때 빠뜨리지 말아야 할 것은 그의 개성적 문체다. 문단 한켠에서는 고인의 문장이 유럽어의 번역문체라는 비판도 있었다. 그렇지만 고인은 십여 편의 장편과 수십 편의 단편을 통해서 한국어 문체가 다다를 수 있는, 미학적이고도 논리적인 끝 간데를 보여주었다. 그럼으로써 그는 작가들이야말로 모국어의 수호자라는 점을 생생히 증명했다. 삼가 고인의 명복을 빈다.”

다른 신문들이나 방송들도 더러는 짧은 스트레이트 기사로, 더러는 외부 필자의 기고로 아버지의 삶을 기렸다. 예컨대 내가 보관하고 있는《경향신문》기사는 이렇다.

“23일 오전 6시 30분께 소설가 독고준 씨가 서울 강서구 목동 M 아파트 자택의 14층 베란다에서 뛰어내려 삶을 마감했다(관련 기사 24면). 향년 74세. 함남 원산 출신의 고인은 서울대학교 문리대 국문과를 졸업하고 젊은 시절 경복고 국어교사와 동아출판사 편집부장으로 일했다. 30대 후반에 전업 작가의 길로 들어서 ‘정치적 동물’로서의 인간 내면을 들여다보는 소설을 여럿 발표했다. 대표작으로는《수정水晶의 밤》《알리바바의 아내》《울지 않는 자명종》《하얀, 희뿌연》《버찌의 계절》《비행飛行 연습》《혁명가들》 등이 꼽힌다. 유족으로는 부인 김순임金順任 씨, 딸 원媛(이화여대 영문과 교수) 씨와 선嬋(《씨네21》 편집장) 씨, 사위 선우진영鮮于進英(《세계일보》 편집부국장) 씨가 있다. 빈소는 세브란스병원 영안실(02-6988-4151), 발인은 25일 오전 7시.”

아버지는 묘소가 없다. 건강하실 때부터, 자신이 일을 당하면 화장火葬해 달라고 가족들에게 거듭 당부했기 때문이다. 벽제 화장터에서, 아버지의 몸은 재로 변해 가족들 손에 들어왔다. 아버지의 유골은 납골당에 안치되지도 않았다. 불법인 줄 알면서도 우리 가족은 아버지의 유골을 한강에 뿌렸다. 그것이 아버지의 뜻이었기 때문이다.

그로부터 한 해가 조금 지나 아버지와 전임 대통령의 죽음을 되돌아보는 지금, 그 당시의 내 감정에 대한 기억이 얼마쯤 혼란스럽다. 나는 슬펐던가? 그건 확실하다. 연희姸喜가 아니었다면 나는 무너졌을지도 모른다. 설령 무너지지 않았다 하더라도 아직 깊은 슬픔에 싸여 있을 것이다. 지금도 그 슬픔이 온전히 사라지진 않았지만, 일상생활을 훼방 놓을 정도는 아니다. 그 슬픔은 아버지의 죽음 탓이기도 했고, 전임 대통령의 죽음 탓이기도 했다. 어느 쪽의 비중이 더 컸던가를 물어보는 것은 나를 다시 한 번 불효녀로 만드는 짓일 테다. 말할 나위 없이 아버지의 죽음 쪽이었다. 나는 대한민국 시민이기 이전에 아버지의 딸이었다. 나는 공적 슬픔으로 사적 슬픔을 지워버릴 수 있는 유형의 인간이 아니다. 나는 아버지가 돌아가신 뒤에야, 비로소 내가 그분에게 얼마나 의지하며 살아왔는지를 깨닫게 되었다. 연희가 내 삶의 여자라면, 아버지는 내 삶의 남자였다. 나와 선이 어려서부터, 아버지는 딸들을 곡진히 사랑했다. 물론 내가 아버지의 속마음을 알 수야 없었다. 또 세상에 딸을 사랑하지 않는 아비도 있느냐며 비아냥거릴 사람도 있을 수 있겠다. 아버지가 선과 나, 우리 자매를 사랑했다는 건, 눈에 띄게 사랑했다는 뜻이다. 세상엔 자식을 사랑하지 않는 아비도 있다는 것을 알게 된 뒤부터, 다시 말해 세상엔 나쁜 아버지도 많다는 것을 알게 된 나이에 이르고부터, 나는 내 행운에 감사했다.

우리 자매에 대한 아버지의 사랑이 도드라져 보였던 것은, 부분적으로, 아버지가 어머니에겐 사랑의 표현을 거의 하지 않았기 때문이기도 하다. 그것이 그 세대 사람들의 관행을 따른 것인지, 아버지가 별난 사람이어서 그랬는지는 모르겠다. 아무튼 어머니 처지에선 그 점에서 아버지가 나쁜 남편이었을 수도 있겠다. 물론 아버지는 폭력 남편은 아니었다. 내 세대 한국인들에게 폭력 아버지가 적지 않았다는 사실, 다시 말해 어머니 세대의 여자들에게 폭력 남편이 적지 않았다는 걸 생각하면, 아버지는 어머니에게 나쁜 남편이라고 할 수 없었다. 그러나 어머니와 아버지 사이에 어떤 정신적 유대 같은 것이 깊이 느껴지지는 않았다. 내가 어려서도 그랬고, 자라서도 그랬다. 모태신앙인이었던 어머니는 젊어서나 지금이나 독실한 기독교 신자다. 그러나 아버지는 무신론자였다. 무신론자가 아니었다면, 적어도 불가지론자였다. 어린 시절, 아마 열 살이 채 안 됐을 떼 게다, 내가 "하느님이 있느냐"고 물었을 때, 아버지는 "그런 건 없단다. 하느님이라는 건 사람들이 만들어낸 거야"라고 대답했다. 내가 성년이 되고 아버지가 노인이었던 어느 날, 나는 아버지에게 똑같은 질문을 했다. 아버지는 잠시 멍한 표정을 짓다가, "모르겠다"고 말씀하셨다.

어떻게 보면 어머니는 우리 가족 속에서 이방인이었다. 아버지만이 아니라 나도 선도 신자가 아니(었)기 때문에 하는 말이다. 선과 내가 어렸을 적에, 어머니는 두 딸을 자신의 종교로 이끌고 싶어 했다. 결혼하기 전 그녀가 아버지를 자신의 종교로 이끌고 싶어 했듯. 그러나 나도 선도 어떤 종교적 경건함 같은 마음자리를 타고나지 못한 모양이다. 어머니 손에 끌려 몇 차례

교회(가 아니라 '왕국회관'이라고 불렀다)에 나가보긴 했지만, 우리는 결국 신자가 되지 못했다. 정확히 말하면 신자가 되지 않는 데에 성공했다. 거기엔 아버지의 도움도 한몫했다. 결코 거칠지 않은 말투로, 아버지는 어머니를 설득했다. 아이들이 싫어하는 걸 억지로 시키지는 말라고. 아이들이 싫어하는 걸 억지로 시키지 말자는 것은 아버지가 우리를 대했던 태도의 가장 기본적인 원칙이었다. 어머니가 속으로까지 그것을 받아들였는지는 모르겠지만, 어머니는 아버지에게 순종했다. 순종이라는 말이 지나쳐 보일지도 모르겠다. 그러나 내 기억 속에서, 어머니는 아버지에게 순종했다. 내 기억에 아버지가 어머니에게 노골적으로 지적 우월감을 드러낸 적은 없지만(어머니는 대학엘 다니지 못했다), 아버지가 어머니를 대하는 태도에는 교사가 학생을 대하는 태도와 뭔가 닮은 점이 있었다. 물론 현명하고 살가운 교사 말이다.

두 분이 젊었던 시절 어머니가 아버지를 전도하려 했다는 사실이 믿어지지 않는다. 아버지는 합리적인 분이었지만(어쩌면 합리적이었기 때문에), 가치판단에 대한 회의가 짙은 분이었고, 그 회의가 때로는, 역설적으로, 독선처럼 보이기까지 했기 때문이다. 내가 모르는 젊은 시절부터 아버지는 그랬을 것이다. 그런 아버지를 선과 나는 사랑했고, 존경했다. 어머니와 아버지 사이에는 없었을 지적·정서적 유대가 살가운 아버지와 웃자란 우리 사이엔 있었다. 그것은 선과 내가 어머니보다 학교 공부를 더 했기 때문일까? 그랬을 수도 있겠다. 그러나 거기엔 선과 내가 신자가 아니라는 점도 작용했을 것이다. 어쩌면 그 점이 더 크게 작용했을지도 모른다. 자식들이 싫어하는 걸 억지로 시키지 말자는 아버지의 생각은 자식들이 바라는 걸 억지로 뜯어말리지 않는다는 생각이기도 했다. 공부든 연애든 진로든 다 마찬가지였다. 그 점에서 아버지는 당신 세대의 전위적 모범이라고까지 할 만했다.

아버지는 내가 결혼하지 않은 채 여고 동창과, 그러니까 연희와, 함께 사는 데 반대하지 않았다. 결혼을 하는 것이 우스운 일이기도 했다. 동성 결혼은 아직 한국인들의 풍속 속에 들어오지 않았으니 말이다. (나는 방금 가족들 앞에서가 아니라 공개 지면을 통해 내가 동성애자임을 밝혔다. 소위 '커밍아웃'이라는 걸 했다는 뜻이다. 학교는 나를 해고하려 들까? 한번 지켜보기로 하자. 나는 최소한의 징계조처도 받아들이지 않을 생각이다.) 연희와 함께 살 생각을 했을 땐 이미 나도 서른을 넘긴 터여서, 아버지의 허락 같은 게 꼭 필요하진 않았다. 그러나 나는 내가 세상에서 가장 사랑하는 남자에게 내 생각을 고하고 싶었다. 그리고 그분의 동의를 얻고 싶었다. "깊이 생각해봤니?"와 "네가 정말 바라는 거니?", 이 두 마디가 아버지가 내게 던진 물음이었다. 그리고 연희와 나는 살림을 합쳤다.

선이 자신보다 여덟 살 위인 남자의 후처가 되는 것에도 아버지는 반대하지 않았다. 그 남자는 상처한 남자가 아니라 이혼한 남자였고, 계집아이 둘이 딸려 있었는데도 말이다. 여느 부모였으면, 격하게 반대했을지도 모를 일이다. 실제로 어머니는 내 때나 선 때나 마땅치 않은 내색을 했다. 그러나 아버지는 내게 던졌던 바로 그 질문 둘을 선에게 던진 뒤 어머니를 설득했고, 작은딸의 혼인을 축하해주었다.

아버지는 선과 나에게 과분한 분이었다. 보이지 않는 독재를 어머니에게 휘둘렀을지 모르겠으나. 사실 기독교도로서, 더구나 덜 보편적인 교리를 지닌 소수종파 기독교도로서, 어머니가 연희와 나의 동거를 용납한다는 것은 상상하기 힘든 일이었다. 어머니가 순종적이었다고 말한 것은 바로 이런 이유들 때문이다. 어머니는 두 존재를 섬겼다. 하나는 자신의 하나님, 곧 여호와였고, 다른 하나는 아버지였다. 어머니에게도 아버지가 과분한 남편이었다고 말하는 것은 어머니에 대한 커다란 결례일 것이다. 그러나 내게는, 그리고 선도 언젠가 내게 그걸 털어놓은 바 있으니 우리에게는, 더 좋은 아버지가 있을 수 없었다. 그런 과분한 아버지의 죽음에 전임 대통령의 죽음이 겹쳤을 때, 내가 슬픔을 느낀 건 자연스러웠다. 그 전임 대통령은 한때 내가 깊이 존경한 대통령이었고, 결국 환멸을 느낄 만큼 실망한 뒤에도 늘 어떤 안쓰러움을 자아내는 대통령이었다. 더구나 그의 죽음은 보기에 따라 일종의 타살이었다. 다시 되뇌자면, 피살이 아닌 죽음이 어디 있으랴? 자유죽음이 어디 있으랴? 신(이라는 것이 있다면 말이다. 엄마, 용서하세요)이 우리에게 부여했다는 자유의지라는 것을 나는 점점 더 못 믿겠다.

아버지의 일주기를 막 넘긴 한 달쯤 전, 어머니는 내게 서른 권이 넘는 공책을 건네주셨다. (아버지가 살아 계실 때, 우리 가족은 같은 아파트 같은 동에 살았다. 층만 달랐다. 어머니와 아버지는 14층에 사셨고, 선과 제부는 3층에, 연희와 나는 7층에 살았다. 아버지가 돌아가신 뒤, 어머니는 선 부부가 모시기로 했다. 아이들 때문에 그쪽이 더 비좁았지만, 어머니는 연희와 함께 사는 걸 다소 꺼려 하셨다. 게다가 맞벌이를 하는 선 부부에겐 아이들을 돌봐줄 어른이 필요했다. 14층 아파트는 비워두었다. 팔아치우자는 의견도 있었지만, 어머니가 반대하셨다. 어떤 종류의 '재테크'에서 말미암은 결정은 아니었다. 어머니는 그 아파트에 남아 있는 아버지의 흔적을 지우고 싶어 하지 않으셨다. 가끔 들러서 아버지의 유품을 만져보는 것이 어머니에게는 큰 위안이었다.) 깨알만 한 글씨가 빽빽이 박힌 아버지의 일기장이었다. (그러니까 엄밀히 말하면 '공책空册'이 아니라 '만책滿册'이었다. 이 유치한 말놀이를 용서하시라.) 생전의 아버지가 일기를 쓰고 계셨다는 것은 알고 있었다. 그러나 돌아가신 뒤, 그 일기를 읽어볼 생각은 하지 못했다. 사실 어려서도, 그리고 자라서도, 나는 아버지의 일기를 읽어본 적이 없다. 아버지가 사춘기 소녀처럼 일기장을 자물쇠로 채워놓아서가 아니었다. 어려서는 흥미가 없었고, 자라서는 다른 사람의 프라이버시를 훔쳐보는 것이 잘못이라는 걸 알았기 때문이다. 어머니는 아버지의 유품을 정리하다 그 일기를 발견하셨다고 했다. "나는 다 읽어봤다. 너희들에게 읽히는 것이 좋을지 어떨지 몰라 그냥 간직하고만 있었는데, 나 혼자만 아버지의 뒷모습을 알고 있는 게 켕겨서 가져왔다." '너희'란 선과 나를 가리키는 것이었다.

나는 거의 보름에 걸쳐서 아버지의 일기를 읽었다. 그러고 나서 그 일기더미를 선에게 넘겼다. 일기를 읽는 동안 내내 불안했다. 알고 싶지 않은 사실을 알게 되면 어떡하나, 모르고 있는 게 나을 뻔했던 사실을 알게 되면 어떡하나 하는 불안감이었다.

일기를 다 읽은 지금, 읽길 잘했다는 생각이 든다. 내가 세상에서 사랑했던 거의 유일한 남자에 대해 조금 더 잘 알게 됐기 때문이다. 물론 그 일기는 성인聖人의 고백록이나 자서전이 아니었다. 거기에는 시대의 흐름을 타거나 거기 맞서지 못하고 자기 마음속으로 망명해버린 한 남자의 실루엣이 담겨 있었다. 그 남자는 때로 나약했고, 때로 비겁했고, 때로 이기적이었다. 그런 대목과 마주칠 때마다 나는 슬펐고, 안쓰러웠고, 마침내 아버지가 그리웠다. 아버지의 독백 속에는 어머니가 이 일기를 딸자식들에게 보여주기로 한 결정이 힘든 일이었음을 알려주는 대목이 여럿 있었다. 이 기다란 일기에 어머니는 '아내'나 '순임' 또는 'S'라는 명칭으로 수없이 등장하지만, 그 이름이 긍정적 맥락에서 거론되는 경우는 비교적 드물었다. 물론 아버지의 성품 그대로, 사람들에 대한 평가나 묘사는 에둘러 표현되었다. 그러나 무슨 말인지 알아들을 수 없을 정도로 표현이 꼬여 있지는 않았다.

일기 속에서, '아내'나 'S'는 아버지에게 열정을 불러일으키는 여자가 아니었다. 심지어 일기 앞부분에서도, 그러니까 어머니와 아버지의 결혼 즈음에도 마찬가지였다. 그즈음 아버지는 이유정李裕貞(우리가 아는 그 이유정, 몇 해 전에 타계한 화가 이유정 선생일 것이다. 뉴욕현대미술관MoMA에도 여러 편의 작품이 걸려있다는)이라는 이와도 알고 지낸 듯한데, 아버지에게 열정이라는 것이 있었다면 그 열정은 차라리 이분을 향한 열정 아니었을까 하는 생각이 들 정도였다. 아버지는 젊은 시절에라도 어머니를 사랑했을까? 일기만 읽고는 그것을 알기 어려웠다. 어머니에게 건네는 말씀이 적잖은 페이지를 차지하는데 말이다. (아버지는 왜 이런 말들을 어머니에게 직접 하거나 편지로라도 전하지 않았을까?) 아버지가 어머니에게 어떤 애틋한 마음을 지니고 있었다고 해도, 그것은 사랑보다는 연민에 가까운 감정이었던 듯했다. 어머니가 이 일기를 읽으며 모멸감을 느꼈다고 해도 어머니를 타박할 수는 없을 것이다.

그러나 한편으로 어머니는 아버지의 일기에 가장 자주 등장하는 인물이었다. 그래서 어떻게 보면, 그 일기는 어머니의 20대 이후 삶을 그린 기다란 소설 같기도 했다. 어머니는 아버지를 둘러싸고 있는 가장 가까운 환경이었다. 어머니를 통해서 아버지는 세상과 이어지고 있었다. 아니다. 어쩌면 그 반대다. 어머니를 막幕으로 삼아 아버지는 세상과 단절돼 있었다. 겉보기에 어머니는 늘 아버지에게 설득당하는 것처럼 보였지만, 그 일기 속에서 아버지는 어머니에게 설득당하고 있었다. 어머니가 아버지를 보호하고 있었다.

일기는 1960년 4월혁명 즈음에 시작해 2007년 12월 19일 대통령 선거일에 이르러 멈춰 있었다. 그러니까 그것은 47년간 한 남자가 걸어온 마음의 여로이자, 그 마음속에 아로새겨진 어떤 여자의 일생이었다. 일기는 단속적斷續的이었다. 어떨 때는 한 달 남짓 계속되기도 했고, 어떨 때는 한 해 가까이 거르기도 했다.

앞에서 썼듯, 께름칙해 하시면서도 어머니가 이 일기를 내게 건넨 사정을 짐작하게 하는 대목도 여럿 있었다. 그 가운데 하나는 그 일기에서 거듭 표현되는 자식사랑이었다. 어머니에 대한 아버지의 사랑은 흐르는 물 같았으나, 나와 선에 대한 아버지의 사랑은 타오르는 불길 같았다. 어머니는 그것이 서운하셨던 모양이다. 이 일기가 아니었더라도 아버지가 나와 선을 끔찍이 사랑했다는 것을 나는 알고 있었다. 그러나 아버지의 속마음에 가까운 글에서 그 사랑을 다시 확인하고 보니, 아버지를 향한 그리움이 새삼 솟구쳐 올랐다. 그러니까 어머니만 아버지의 환경이었던 것은 아니었다. 어머니만큼의 영향력은 없었겠지만, 나와 선도 아버지를 둘러싼 환경이었다. 아버지를 보호한 것은 어머니만이 아니었던 것이다. 나와 선도 아버지를 보호했다. 아버지가 우리를 둘러싼 환경이었고, 우리를 보호해준 대부代父였듯 말이다. 그래, 아버지는 한 가족(패밀리!)의 대부였다. 그분은 가톨릭 신자도 아니고, 마피아도 아니었지만. 게다가 전임 대통령의 '패밀리'와는 달리, 아버지의 '패밀리'는 친족상속법의 울타리를 넘어서지 못했지만. 어머니에게와 마찬가지로, 아버지는 딸들에게도 일기장에 여러 통의 편지를 쓰셨다. 그 편지의 내용 일부는 생전의 아버지가 내게(또는 선에게) 들려주거나 일러준 말이었다. 그러나 대부분은 아버지가 마음속에만 간직한 말이었다. 왜 아버지는 이 편지들을 일기장에 가두어 두었을까?

일기를 읽지 않았다 하더라도 내가 잘 알고 있는 사실이었지만, 아버지는 나와 선을 사랑했을 뿐만 아니라 자랑스러워 하셨다. 우리들이 제가끔 가고 싶어 했던 대학교에 입학하게 됐을 때, 아버지는 우리를 자랑스러워 하셨다. 우리들이 제가끔 원하던 직업을 갖게 됐을 때 아버지는 우리를 자랑스러워 하셨다. 선의 결혼이나 내 유사類似결혼은 아버지의 자랑거리가 못 됐지만, 아버지는 그것을 (적어도 문면으로 보아서는) 못마땅하게 생각하지 않으셨다. 현실세계 속에서도 그러셨듯, 아버지는 일기 속에서 내 반려와 선의 배우자에 대한 호감을 여기저기서 드러내고 있었다. 그러고 보면, 가족 가운데 그 일기에서 (사랑이 아니라) 연민의 대상이 된 것은 어머니뿐이었다. 아니, 아버지 자신이 이따금 연민의 대상처럼 묘사되기도 했다. 아니다! 자기연민은 아버지처럼 투명한 이성으로 세상을 바라보는 사람에게 어울리는 감정이 아니다. 당연하게도 그 자기연민 같은 감정의 움직임은, 일기 속에서, 아버지의 살갗에 다다르기 바로 전 멈추곤 했다. 아버지의 일기가 오로지 가족이야기로만 채워진 것은 아니다. 가족들이 자주 등장하긴 하지만, 일기는 아버지의 그리 많지 않은 친구들, 아버지가 사적으로 알거나 몰랐던 '공인'들을 자주 등장시켰다. 현실 정치에 대한 관찰도 일기의 많은 부분을 차지하고 있었다. 그 정치는 좁은 의미의 정치만이 아니라, 우리가 흔히 문화라고 부르는 것을 포함하는 넓은 정치였다. 그것을 읽는 것은 아버지의 소설을 읽는 것과는 또 다른 재미를 주었다.

아버지가 생전에 정치와 무관했던 것은 아니다. 그리 젊지도 않은 시절, 아버지는 소위 '문인간첩단 사건'이라는 데 연루돼 얼마간 고생하셨다. 집행유예로 풀려나긴 하셨지만, 당시 열두 살이었던 나는 처음으로 공권력의 무서움을 감지했다. 이 우스꽝스러운(그러나 당사자들에게는 무시무시했을) 사건이 아버지와 정치를 맺은 유일한 끈이었다. 아, 한 가지 더 있다. 그로부터 세 해 뒤, 그러니까 1977년에 낸《알리바바의 아내》라는 소설이 판금조처를 당한 것도 거론할 수 있겠다. 그러나 아버지가 소위 '반-파쇼' 작가였다 하더라도, 아버지의 소설은 대개 우의寓意의 털실로 덮여 있어서 현실정치에 그 저자를 연루시키는 일은 거의 없었다. 사실《알리바바의 아내》가 판금조처를 받은 것도 우스꽝스러운(그러나 역시 당사자인 아버지에게는 불안했을) 일이었다. 이 소설은 프랑스혁명기 산악파의 만행을 묘사하며 '혁명'이라는 것을 비판하고 있으니 말이다.

아버지의 일기를 읽으며 또 알게 된 사실은, 이 일기가 아버지 소설의 한 원료였다는 점이다. 이 말은 일기가 소설의 초고 노릇을 했다는 뜻이 아니다. 그러나 아버지의 소설에 등장하는 몇몇 문단이 거의 오롯한 상태로 이미 일기에 기록돼 있었다. 그렇다면 아버지의 일기 쓰기는 일종의 작품 구상 과정이었던 것일까? 그렇다고 단정하기는 어려운 것이, 소설의 문단이나 문장에 대응하는 일기의 문단이나 문장은 대개 추상적 서술이었기 때문이다. 예컨대 일기의 대부분을 차지하는 아버지의 일상—몽상과 글쓰기와 책읽기와 걷기로 이뤄진 그 일상은 얼마나 단조로웠을까!—이 소설에서는 나타나지 않는다. 다시 말해 가족들, 친구들 이야기, 봄마다 아버지가 찾았던 남산의 벚꽃길 얘기 따위가 소설에서는 거의 나타나지 않는다.

아버지의 딸로서만이 아니라 재주 없는 문학비평가로서, 아니 문학비평가라는 때때옷을 뒤집어 입기 한참 전부터, 나는 아버지 소설의 애독자였다. 대학에서 공부한 것은 영문학이었고 지금도 영문학을 가르치는 것이 밥벌이 수단이지만, 나는 이따금 따끈따끈한 현대 한국문학 작품에 대해서 글을 쓰는 문학비평가이기도 하다. 사실 나 스스로를 문학비평가라고 말하는 데 스스럼이 없는 것은 아니다. 한국문학에 관한 글쓰기에 내가 너무 게으르기 때문이다. 그러나 나는 대학 3학년 때 최인훈의 《서유기》를 분석한 글로 《중앙일보》 신춘문예 평론부문에 당선했고, 그 뒤로 영문학 공부 틈틈이 한국소설과 시에 대해 발언해왔으므로, 문학비평가로 자처하는 것이 참람하다 할 수는 없다.

어린 시절 이래의 독자로서나 문단 한구석의 비평가로서나, 나는 아버지의 소설에 대해 한 마디도 한 적이 없다. 사실 그건 너무 당연한 일이다. 구존해 계신 소설가 아버지의 글에 비평가 딸이 이러쿵저러쿵 떠드는 것이 보기 좋은 광경일 수는 없다. 그러나 나는 문자활동을 직업으로 삼기 이전에도 아버지의 소설에 대해 누구와 얘기해본 적이 없다. 아버지와도 마찬가지다. 어려서는 물론이거니와 내가 문학 공부를 시작한 뒤로도,

아버지는 당신 작품에 대해서 내 의견을 물으신 일이 없다. 나 역시, 소설가 아버지가 더러 범접할 수 없는 어른으로 느껴졌기 때문에, 아버지 앞에서 당신 소설을 거론한 적이 없다. 다시 생각해보면 좀 이상한 일이기는 하다. 나보다 세 살 아래인 선만큼은 아닐지라도 나 역시 아버지 앞에서 재롱둥이 노릇을 했고, 아버지와 나와의 관계는 내 또래 친구들이 제 아버지와 맺었다는 관계보다 훨씬 밀접했으니 말이다.

지금 아버지를 떠올리면, 하늘 높이 날아올라가는 수소 풍선, 혀에 살살 녹는 아이스크림과 솜사탕, 당시엔 동물원과 식물원이 있었던 창경궁의 회전목마 같은 유년의 기억으로 마음이 설렌다. 좀 더 커서도 나는 세상의 이치와 삶의 비의秘義에 대한 질문을 아버지에게 던졌던, 아니 아버지 앞에서 그 질문들을 응석과 버무리는 가까운 딸이었다. 그런데도 아버지의 소설에 대해선 한 번도 얘기를 나누지 않았다. 마치 그것이 금기라도 되는 양. 아버지와만이 아니었다. 나 못지않은 아버지의 독자였던 어머니와도, 아버지 소설을 성의 없이 훑어대던 선과도 나는 아버지 작품에 대해 얘기해본 적이 없다. 사실 아버지 작품에 대해 얘기하지 않았다는 것은 아버지에 대해 얘기하지 않았다는 말과도 거의 겹친다. 소설 쓰기는 아버지에게 해도 좋고 안 해도 그만인 취미활동이 아니었기 때문이다. 소설 쓰기가 아버지의 존재 이유였기 때문이다. 그걸 내가 어떻게 아느냐고? 어머니가 내게 건네준 일기더미의 앞부분에, 그러니까 20대 후반쯤의 일기에 그런 말이 있기 때문이다.

아버지는 소설가가 되기 위해 국문과엘 들어갔다. 소설가와 국문과를 그리 가깝게 여겼던 스물 안팎의 청년을 생각하면 내 얼굴에 설핏 웃음이 번진다. 아버지가 좀 덜 진지했더라면, 소설 쓰기와 문학 공부는 (거의) 아무런 관련이 없다는 것을 그때 이미 알았을 것이다. 아무튼 아버지는 살면서 소설을 쓴 것이 아니라 소설을 쓰기 위해 사셨다. 그걸 알고 나니, 아버지의 소설에 대해서, 아버지의 생각에 대해서, 그러니까 아버지의 삶에 대해서 뭔가를 얘기해야 한다는 딸의 의무감 같은 것이 생긴다.

아버지 일기의 앞부분은 주로 후진국 지식인의 절망과 냉소로 채워져 있었다. 전쟁이 끝나고 7, 8년밖에 안 된 때니 그것은 충분히 이해할 만하다. 그 절망은 4월혁명이 일어나자 희망의 속삭임으로 바뀐다. 아버지가 처음 발표한 장편《코르시카의 벤데타》는 그런 희망에 떠받쳐 있다. 그러나 아버지는 조심스럽고 회의적인 분이었다. 대한민국이 온통 혁명의 열기에 들떠 있을 때도, 아버지는 '좋은 세월'에 대한 믿음을 지니지 못했던 것 같다. 혁명은 사람들에게 자유를 주었지만, 아버지는 그 자유를 위태롭게 여겼다. 후진국 지식인이 흔히 그러듯, 아버지도 민중의 힘을 신뢰하지 않았다. 민중은 변덕스럽고 아둔하고 이기적이라는 것이 아버지의 생각이었다. 그리고 그 이듬해 색안경을 쓴 육군소장이 '혁명'을 참칭하며 쿠데타를 일으켰을 때, 아버지는 자신의 회의가 옳았음을 확인했다.

1961년 5월부터 1987년 6월까지 아버지의 일기는 대체로 어두운 색조다. 일기의 첫 두 해 치와 마지막 여남은 해 치를 빼고는 비관주의가, 차라리 염세주의가 스멀거린다. 아니, 마지막 여남은 해 치에도 드문드문 염세주의가 똬리를 틀고 있다. 1997년 15대 대통령 선거 이후에도 마찬가지다. 아버지가 욕심이 너무 많았던 것일까? 아버지는 김대중에게도 노무현에게도 열광하지 않았다. 나와 선에게 웃음을 아끼지 않았던 아버지의 내면이 이리도 황량했다는 것을 확인하는 건 슬픈 일이었다. 일기 기록자로서든 소설가로서든, 아버지는 당대의 증인이 되고 싶어 했다. 그러나 그것은 조심스러운 일이었다. '민중'이라는 것을 믿지 않았기에, 아버지는 박정희와 전두환 체제를 겨냥했던 소위 민중문학이라는 것에 가담하지 않았다. 아버지의 소설은 '민중'이 읽기엔, 그럼으로써 싸움의 무기가 되기엔 너무 관념적

이었다. 아버지의 소설 문장이 흔히 그렇듯 아버지의 일기 문장
도 군데군데 관념의 뼈대만을 앙상하게 드러내고 있다. 그것은
이를테면 파리의 퐁피두센터 건물을 닮았다. 아주 나쁘게 얘기
하면 현학적이라고도 할 수 있었다. 아버지의 문장은, 속물 의
사들이 휘갈기는 처방전의 문자들처럼, 읽는 이들에게 불친절
했다. 그러나 아버지는 군사정권 시절의 어용문학이나 어용문
단에 가담하지도 않았다. 누구라도 그 시절의 작가라면, 진정
한(그러면서도 담이 작은) 작가라면 말이다, 아버지의 문학적 스탠
스를 취할 수밖에 없었을 것이다.

　문단 안팎의 논쟁이나 넓은 의미의 문단정치에서 멀찌감치
떨어져 있었기 때문에, 아버지 주위엔 패거리들이 만들어지지
않았다. 그 점은 아버지의 존재에 약간의 신비감을 불어넣기도
했다. 그러나 그것이 좋은 것만은 아니었다. 소위 민중문학계는
아버지를 두고 현실 바깥에서 언어를 희롱하는 관념주의자라
비판했고, 소위 보수적 문학계는 아버지를 관념적 언어의 곡예
로 이데올로기의 불순을 가리는 적색분자로 몰았다. 왼쪽에서
보든 오른쪽에서 보든 아버지의 언어는 관념적이었다. 물론 여
기서 '관념적'이라는 말은 욕이다. 아버지에게 후한 평을 준 비평
가들이 없었던 것은 아니다. 그들에게 아버지는 관념으로 현실

을 비판하는 당대 최고의 작가였다. 그러나 이것도 1987년 6월 이후의 일이다. 아버지가 편안히 앉거나 몸을 누힐 벤치는 군사 정권 아래선 없었다. 이런 사실은 아버지의 신변에 위험한 요소이기도 했다. 문단에 친구들이 몇 있기는 했으나, 아버지의 삶은 대체로 고립된 삶이었다. 이념과 이해관계를 같이하는 자기 편이 아버지에게는 거의 없었다. 그것은 누구든 아버지에게 악의를 지닌 사람이 아버지를 곤경에 빠뜨리기에 좋은 조건이었다. 아버지의 주위에 검사들은 많았으나 변호사들은 많지 않았던 것이다.

물론 반체제 문학 주변에도 검사들은 많았다. 그러나 동시에 반체제 문학은 수많은 변호사들을 거느리고 있었다. 그 점이 윤리적 확신으로 무장한 민중문학가들과 '불신지옥'의 회의주의자였던 아버지를 갈라놓았다. 아버지의 일기를 읽다 보니, 그 일기와 아버지의 작품을 연결하는 그림을 그리고 싶어졌다. 아니, 일기와 작품을 연결한다기보다, 아버지의 삶과 문학에 대해 몇 마디 하고 싶어졌다. 그것은 아버지가 돌아가셨기에 가능한 일이었다. 선친의 문학에 대해서 발언하는 문학교사를(비록 영문학 교사라 할지라도) 비판하는 사람은 거의 없을 것이다. 더구나 나는 아버지의 문학을 선양하겠다는 것이 아니다. 작품을 해석할 땐 작가의 전기적 사실을 괄호 안에 가두고 텍스트 자체를 보아야 한다는 생각은 수십 년 전부터 문학계에 널리 퍼져왔지만, 나는 더러 그런 주장에 의문을 품어왔다. 그 의문은 아버지의 일기를 읽으며 더 강해졌다. 아버지는 자신의 일기가 출간되는 걸 바라지 않으셨을 것이다. 출간되길 바랐다면 내게 귀띔이라도 하셨을 테니 말이다. 아니, 어쩌면 출간되길 내심 바라셨을지도 모른다. 일기의 상당부분이 일종의 공적 발언이니 말이다. 젊은 세대의 문학작품에 대한—주로 시에 대한— 독후감까지 포함해서 말이다. 그러나 2007년 12월 19일 자로 일기가 끝나고 그 뒤로 내게 아무 말씀도 없으셨던 걸 보면, 출간을 원치 않으셨다고 짐작하는 게 옳을 것이다. 나는 아버지의 뜻을 따르려 한다. 그러나 아버지는 딸이 당신에 관한 글을 쓰는 데 그 일기의 몇 부분을 인용하는 것 정도는 허락하셨을 것이다. 더 나아가, 당신 일기 어떤 부분에 내 일기의 일부를 포개는 것 정도는 승낙하셨을 것이다.

아버지의 소설이 그렇듯, 아버지의 일기도 대한민국의 지난 반세기 역사와 긴밀히 연결돼 있다. 그런 점에서, 아버지는 진정 '공인'이었다. 고립된 공인이긴 했으나.

| | | | | | | | | | 2 | 부 | | 사 | 계 | 四季 |

혁명

내가 세상의 상식을 고분고분 받아들이지 못하는 회의주의자, 비관론자였던 것일까? 열다섯 해 전 어느 날 눈을 떠보니 갑자기 나라가 해방되어 있었듯, 이번에도 나는 이승만의 하야와 자유당 정권의 붕괴를 내다보지 못했다. 해방이야 어렸을 적 얘기니 그렇다 치자. 그러나 지금은? 열한 살의 나와 스물여섯 살의 나는 똑같이 정치적 백치다. 이런 둔한 후각을 지니고서 소설이라는 걸 쓸 수 있을까? 지난 열흘 동안, 더 길게는 지난 한 달 남짓, 나는 혁명의 방관자였다. 그럴싸하게 말하면 혁명의 우호적 관찰자였다. 거리로, 광장으로 나가는 걸 삼가고 누추한 밀실에서 역사의 진행에 곁눈질하는. 그러나 나는 내가 기여한 바 없는 민주주의의 덕을 아마 보게 될 것이다. 다른 수많은 방관자들과 마찬가지로. 그것은 공정한 것일까? 공정하지 않더라도 그게 역사다. 세우는 자가 따로 있고, 누리는 자가 따로 있고, 잃는 자가 따로 있다. 아무튼 이제 독재자는 물러났고 두 번째 해방이 왔다. 그러나 내 비관주의는 좀처럼 흔들리지 않는다. 이 새로운 체제가 대한민국 시민 모두에게 골고루 자유를 분배할 만큼 사려 깊고 너그럽다 해도, 아니 오히려 그러면 그럴수록, 이 체제는 흔들리기 쉬울 것이다.

4293.4.28.木*

　　4월혁명이 터졌을 때 아버지는 스물여섯 살 먹은 대학교 졸업반 학생이었다. 재학 중에 군대를 다녀온 탓에 약간 늙은 대학생이 된 것이다. 아버지는 그 혁명의 거리에, 역사의 광장에 있지 않았다. '닫힌 세대'(혁명 전후로 아버지의 가까운 친구 김학金學 선생님이 주도한 대학생 정치 서클이다) 동인 가운데 한 분의 목숨을 앗아간 그 현장에. 때로 아버지는 선과 내 앞에서 그 사실을 겸연쩍은 표정으로 털어놓곤 했다. 부녀父女 셋이 모인 술자리에서. (어머니는 평생 술을 입에 대지 않으셨다.) 자신은 혁명의 열차에

---

* 4293년은 단기(檀紀) 연도다. 한국에서 서기(西紀)를 본격적으로 쓰기 시작한 것은 1962년부터다. 단기 연도에서 2333을 빼면 서기 연도가 된다. ─편집자

무임승차했다고. 종착역에 내리자 자유의 공기가 혹 끼쳐왔다고. 아버지가 그 얘기를 꺼내는 것은 아버지가 취하셨다는 신호였다.

4월혁명은 극적이었다. 혁명이라는 걸 겪어보지 못한 한국사의 공간에선 특히 그랬다. 내가 태어나기 세 해 전에 일어난 이 혁명은 확실히 이 땅의 민주주의를 진전시켰다. 아버지도 제2공화국이 김대중, 노무현 정권을 빼놓곤 한국사에서 가장 민주적인 체제였다는 것을 여러 차례 인정했다. 한국인이 그때까지 한 번도 겪어보지 못한, 어쩌면 그려보지도 못한 민주적 체제였다고 아버지는 말했다. 그러나 아버지는 혁명에 열광하지도 매료되지도 않았다. 이 역사적 사변에 호감을 보이면서도, 반동의 가능성에 불안해했다.

"(제2공화국은) 뒤집어놓은 원뿔 같았어!"라고 아버지는 언젠가 내게 말한 적이 있다. 아버지에게서 '원뿔'이란 말을 듣는 순간, 나는 중고등학교 수학시간들을 떠올렸다. 그리고 뒤집힌 원뿔의 불안정보다는, 원뿔의 부피를 구하는 공식이 뭐더라 하는 상념에 사로잡혔다. 원의 넓이에 높이를 곱한 뒤 셋으로 나누던가?

내 기억 속에 또렷이 남아 있는 수학 선생님은 세 분이다. 한

분은 중학교 1학년 때 갓 부임한 총각 선생님이다. 훤칠한 외모에 상냥하기까지 해서, 급우들의 '사랑'을 한몸에 받았다. 나 역시 그 선생님께 호감이 가긴 했지만, 그 호감이 가슴을 두근거리게 하는 호감은 아니었다. 나는 이미 그때부터 '어린 동성애자'였던 것 같다. 대부분의 아이들은 그 선생님께 잘 보이려 애썼다. 공부를 잘하는 아이든 못하는 아이든 수학 성적만큼은 올리려 노력했고, 과제물을 안 해 오는 아이는 거의 없었다. 그 시절엔 한 달에 한 번씩 폐품을 모아 학교에 제출했는데, 그 일을 담당하던 이가 이 선생님이었다. 당연히, 폐품 수집에도 경쟁이 붙었다.

또 한 선생님은 여중 3학년 때 수학 선생님이다. 연세가 꽤 되셨던 걸로 기억된다. 그런데도 채신머리없이 몇몇 아이들과 장난질을 하곤 했다. 특히 수학도 잘하고 얼굴도 예쁘장했던 P라는 친구를 앞으로 불러내 칠판 위의 문제를 풀게 한 뒤, 잘했다며 코와 볼을 비틀곤 했다. 그때마다 그 친구는 콧소리를 섞어 비명을 질러댔는데, 과연 그 선생에 그 제자라는 생각이 들었다.

또 다른 분은 여고 2학년 시절 담임을 맡았던 수학 선생님이다. 여선생님이었는데, 아이들에 대한 감정표현을 거의 하지 않았다. 한 해 내내 수업시간에 아이들을 이름 대신 번호로만 불러내 차례로 문제를 풀게 했다. 아이들의 이름을 하나라도 알까 싶게 학생들과 거리를 유지했는데, 나중에 알고 보니, 도시락을 두 개씩 싸와 집안 형편이 어려웠던 J라는 친구에게 도시락 하나를 건네던 자상한 분이었다. 여고 1학년 때까지 수학 성적이 신통치 않았던 내가 '미적분공주'란 별명을 얻었을 정도로 수학에 재미를 붙인 것은 이 선생님 덕분이었다. 나는 아마 그분을 사랑했던 것 같다. 그 사랑을 표현하진 못했지만. 연희에게 연애 감정 비슷한 것을 느끼기 시작한 것도 그즈음이다.

뒤집어놓은 원뿔

장면 정권은 보면 볼수록 아슬아슬하다. 이 정권이 제 권위를 내세우지 못하는 것은 지난해 혁명의 주체가 아니었다는 사실에서도 부분적으로 말미암은 것일 테다. 물론 더 많은 권위는 더 짙은 권위주의로 미끄러지기 쉽고, 더 짙은 권위주의는 더 적은 자유를 의미하기 마련이다. 그러므로 나는 이 정권이 권위에 집착하기를 바라지 않는다. 그러나 세상만사가 그렇듯, 문제의 핵심은 정도(程度)다. 이 정권은 지금 스스로를 방어할 만한 정도의 권위도 손에 쥐지 못하고 있는 것 같다.

혁신계를 공산주의자들과 동일시하며 반공의 기치를 들기 시작한 것은 모자란 권위를 벌충하기 위해서인지도 모른다. 이승만이 그랬듯, 공공의 적을 만들어 비판적 여론을 피해나가겠다는 꼼수다. 혁명 이후에도 여전히 한국 사회의 파워블록을 형성하고 있는 보수주의자들에게 건네는 아부의 몸짓이기도 할 테고. 게다가 민주당 내 신파와 구파의 싸움질은 구역질이 날 정도다. 권력은 착한 사람을 악하게 만들고, 유약한 사람을 강건하게 만든다. 아니, 차라리 뻔뻔하게 만든다. Nefasti dies.* 4294.4.2.日

아버지가 제2공화국을 '뒤집어놓은 원뿔'로 본 것은 한 명민한 젊은이의 역사감각과 정치감각을 보여준다. 아버지는 결코 정치적 백치가 아니었다. 그러나 아버지를 절망으로 몰아간 것은 그 시절 정치판의 사악하고 변덕스러운 이성 따위가 아니었다. 아버지의 비관주의는 좀 더 근원적인 것이었다.

아버지는 그 자신이 일원인 호모사피엔스를 신뢰하지 않았다. 그 증거는 아버지의 소설들 속에 널려 있다. 아버지의 몇몇 단편은 살아남은 네안데르탈인을 화자로 삼고 있다. 그 소설들

* 불길한 날들. —편집자

속에서, 네안데르탈인은 이타적이고 너그럽고 평화지향적이다. 물론 아버지도 가족들에 대해선, 특히 선과 나에 대해선 얼마간의 신뢰가 있었을지 모른다. 그래, 그랬던 것 같다. 그걸 가족주의라 불러도 되려나? 아마 돌아가실 때까지도, 아버지는 삶이라는 것이 살 만하다고 느끼지 않으셨을 것이다. 아버지의 자살은 너무 늦었다. (죄송해요, 아빠!)

지금이 봄인지 여름인지 모르겠다. 변덕스러운 바람까지 한몫해서, 감기란 녀석이 나갈 생각을 안 한다. 개강하고 얼마간은 학기 초라 처리할 일이 많기도 했지만, 감기 때문에 일이 더 힘들었다. 학생들도 연신 기침을 해댄다. 신종플루가 유행할 때부터 계속 긴장이다. 목이 쉬면 강의가 그만큼 힘들어지기 때문이다. 스카프로 늘 목을 감싸고 다니다가도 가끔 잊어버리고 그냥 나가게 되는 날이면, 어김없이 바람이 드세다. 이것도 머피의 법칙인가? 그 얇디얇은 한 장 천의 고마움을 실감하면서 옷깃을 세워 목을 가렸다. 집에 가면 스카프 몇 장을 챙겨서 재킷과 함께 걸어두어야겠다. 잊어버리지 않도록.

아까 수업시간에 무슨 말 끝엔가 텔레비전 시청하는 것이 내 크나큰 낙이라는 말이 나왔다. 그때 나를 바라보던 맨 앞줄 학생의 시선이 떠오른다. 어쩌면 저렇게 따분한 삶을 살고 있는 걸까, 좀 안됐다 하는 동정의 눈빛을 읽고는, 마치 내가 나이를 한참 먹어버린 느낌이었다. 그 아이와 같은 20대 때의 나는 어땠을까 하고 돌이켜보니, 내 나름대로 아주 분주했었다. 그러나 그 분주함이 공적 분주함은 아니었다. 그러니까 나는 가장 넓은 의미에서 정치적이지 못했다. 나는 오로지 내 성공을 위해 분주하게 살았다. 나는 이기주의자(였)다. "나도 그렇단다" 하는 아버지의 목소리가 들리는 것 같다. 그러나 아버지의 이기주의는 공적인 이기주의였다. (사실이 그래요, 아빠!)

가가린

가가린, 유리 가가린…… 지구에서 내리고자 하는 인류의 욕망이 크면 클수록, 그 이름은 더 큰 활자로 역사에 기록되리라. 4294.4.13.木

가가린은 뒷날 아버지가 편집한 백과사전의 첫 표제어가 되었다. 최초의 우주인 이름이 백과사전의 첫 항목이 된 것을 아버지는 '산문적散文的 정의正義'라고 말하곤 했다. 나는 그 말이 무슨 뜻인지 몰랐고, 지금도 그렇다. 아버지에게 '산문적 정의'

가 무슨 뜻이냐고 몇 차례 물은 적이 있었는데, 그때마다 "산문적 정의가 산문적 정의라는 뜻이지 무슨 별다른 뜻이 있겠니?"라는 허무한 대답이 돌아왔다. 소련에 대한, 역사적 공산주의에 대한 아버지의 태도에는 모호한 데가 있었다.

언젠가 아버지는 선과 나에게, 니콜라이 오스트롭스키의 장편《강철은 어떻게 단련되었는가》에 대해 얘기한 적이 있다. 아버지는 그 책을 중학교 1학년 때 읽었다고 하셨다. 아버지가 그 책에 대해 말씀하셨을 때, 선과 나는 각각 중학생, 고등학생이었다. 우리는 그 책을 읽을 수가 없었다. 군사정권 아래서 이런 책은 나올 수 없었으니.

아마도 작가의 분신일 주인공 파벨 코르차긴의 생애를 얘기할 때, 아버지의 태도에선 연민으로 버무려진 경탄 같은 것이 묻어 나왔다. 아버지는 파벨이 될 수 없었다. 그것은 세상의 모든 것을 의심하는 아버지의 생래적 회의주의 때문이기도 했고, 널따란 과수원을 지닌 지주의 아들이라는 출신성분 때문이기도 했다. 원산에서의 중학교 1학년 때, 새로 온 역사 교사가 학생들에게 "역사란 무엇인가?"라는 질문을 했다고 한다. 아버지는 "역사는 과거를 돌이켜보아 미래의 지침으로 삼는 과학"이라고 대답했다. 그 대답 탓에 아버지는 '귀여운 부르주아 역사가'

가 되었고, 그날 저녁 소년단 학급 총회에서 자아비판을 해야 했다.

다른 한편으로, 소련이나 공산주의는 아버지의 눈에 '근대'의 상징처럼 보였다. 그 '근대'는 역사의 윤리를 포함하는 것이었다. 밤마다 대북방송을 들으며 38선 이남의 '민주주의'를 호의적으로 상상하면서도, 소년 독고준의 마음 한구석엔 소련에 대한 동경이 있었다. 그것은 정의로운 사회에 대한 동경이었다. 그런 얘기를 딸들에게 하는 아버지의 말투는, 전쟁이 아니었다면 굳이 이남으로 내려오지 않았을 것이라는 뉘앙스를 남겼다. 아니었던가?

아버지는 자신이 결코 적응할 수 없을 사회를 동경했다. 역사 속에서 굴절된 공산주의 사회만이 아니라, 수많은 혁명가들이 꿈꿨던 이상적 공산주의 사회에도 아버지는 적응하지 못했을 것이다. 그런데도 아버지는 노골적으로 공산주의를 폄훼하지 않았다. 그 점에서 아버지는 윤리적 인간이었다. 내가 이해하기로 아버지는 전 생애를 통해 단 한 순간도 공산주의자였던 적이 없지만, 그 공산주의의 역사적 바탕을 이해하고 그것에 공감한 사람이었다.

그 혼란 속에서, 아버지의 소설은 때로 불온해졌다. 그러나 그 불온함을 단박에 느끼기는 어려웠다. 아버지가 앉거나 드러누운 벤치는 늘 회색이었다.

《어느, 화려한 날》은 제2차 세계대전 당시와 해방 직후의 폴란드를 배경으로 삼고 있다. 냉정하게 말하자면 이 작품은 '반공소설'이지만, 철저한 공산주의자인 주인공 로만 구트콥스키는 얼마나 매력적으로 묘사되는지……. 그 소설에서 로만의 직업은 오르골을 만드는 것이다. 어렸을 때, 아버지가 내게 사주신 선물들 중에 내가 가장 아꼈고 지금도 지니고 있는 것은 오르골이다. 곰돌이 모양의 오르골 손잡이를 돌리면 구슬프고 아름다운 선율(그때는 몰랐으나 〈도나우강의 잔물결〉이었다)이 흘러나왔고, 나는 홀린 듯이 열중해 듣곤 했다.

선이는 오르골보다는 그림을 끼워 맞추는 퍼즐이나 모노폴리 게임 따위를 더 좋아했다. 어찌 되었든 선이와 나는 한 방을 썼으니까 우리 둘의 장난감은 네 것 내 것이 없었다. 뒷날 유럽엘 처음 가봤을 때 나는 파리의 벼룩시장에서 여남은 개의 오르골을 샀다. 제가끔 다른 멜로디가 흘러나오는. 나를 위한 선물이었다.

그 여행에서 돌아오면서 어머니에게는 드레스 입은 인형을, 아버지에게는 파이프를 사다드렸다. 아버지는 그 파이프를 사용하신 적이 거의 없지만 선물을 아주 마음에 들어 하셨다.

인형에 대한 어머니의 관심은 선이네 애들을 가끔씩 봐주시면서 생겨난 것 같다. 처음에는 조카들에게 인형을 달라고 조르시는 말이 농담인 줄 알았다. 마음 약한 내 조카애들이 마지못해 할머니에게 하나 둘씩 인형을 양보했는데, 아버지가 돌아가실 무렵에는 봉제인형들이 어머니 방의 장식장 한쪽에 빼곡히 자리 잡고 있었다.

내가 사다 드린 인형을 유리장 안에 넣고 흐뭇하게 바라보곤 하시는 어머니의 모습을 보면 안쓰러운 생각이 든다. 아버지로부터 아니면 선이나 나로부터 채울 수 없는 욕구의 어떤 부분을 인형들로 채우려 하시는 것 같아서 마음 한구석이 시큰해진다. 인형 손에 잡힐 만한 아주 작은 성경책을 보게 되면 사드려야겠다. 현재 어머니를 지켜주고 지탱시켜주는 어머니의 종교가, 상상 속의 신이 고맙고 또 고맙다.

독고원

딸내미 이름을 원媛이라 지었다. 1963.4.23.火

내가 태어난 날 아버지가 쓴 일기는 딱 이 한 줄이었다.

어느 문학평론가가 '63세대'라는 표현을 쓴 적이 있다. 한일 협정 반대 운동을 한 6·3세대가 아니라, 1963년에 태어난 문인들을 가리키는 말이었다. 아닌 게 아니라 1990년대 이후 한국 문단에 활기를 불어넣은 사람들 가운덴 내 동갑내기들이 많다. 물론 예술의 기氣가 특정한 시간대에 쏠려 있다고 믿는 것은 미신일 것이다. 그러나 한국의 현대 문학사는 11년의 차이를 두고 몇 개의 연도에 재능 있는 문인들이 몰려서 태어난 우연을 기록하고 있다.

그 첫 연도는 태평양전쟁이 발발한 1941년이다. 이 해를 전후로 태어나 4·19에 즈음하여 성년에 이른 세대는 자신들을 '한글 세대'로 자부하며 한국문학의 새 지평을 열었다. 시인 김지하·이성부·조태일·오규원, 소설가 김승옥·박태순·송영·김주영·김원일·박상륭·이문구, 비평가 염무웅·김현·김주연·김치수 등이 이 세대에 속한다. 그 앞 세대와는 달리 일본 문화의 압력에서 자유로웠던 이 '41년 세대'에 의해서 한국문학은 근대성을 향한 긴 장정의 시동을 걸었고, 그 장정의 베이스캠프인 《창작과 비평》과 《문학과 지성》 두 계간지가 만들어졌다. 이들 가운데 몇 분은 지금도 왕성한 활동을 벌이며 한국 문단의 우이牛耳를 쥐고 있다.

두 번째 연도는 6·25의 포연이 자욱하던 1952년이다. 이 해를 전후로 태어나 유신체제 선포를 전후해 성년에 이른 세대는 박정희와 전두환의 연이은 폭압 정권에 정면으로 맞서거나 자신의 내부로 망명하며 제 나름의 방식으로 앞 세대의 문학적 유산을 불렸다. 시인 황지우·이성복·이윤택·김승희·최승자·김정란·김정환, 소설가 이인성·임철우, 평론가 김철·진형준·권오룡 등이 이 '정치적 상상력'의 세대에 속한다. 20대에서 30대 중반까지 자기들 삶의 가장 생기 있는 시기를 군사 파시즘에 압수당했던 이 불행한 '52년 세대'는 한국 문단의 버팀목이라고 할 수 있다.

세 번째 연도는 박정희 정권의 개발 독재가 막 시작되던 1963년이다. 내가 태어난 해 말이다. 이 해를 전후로 태어나 전두환 정권 초기에 성년에 이른 세대는 자신들의 문학적 이력이 시작될 즈음 한국의 정치적 민주화와 동유럽 사회주의 체제의 몰락이 동시에 시작되는 기묘한 상황을 목격했다. 시인 김경태·함성호·박용하·함민복·허수경, 소설가 김소진·김인숙·공지영·신경숙·공선옥, 평론가 권성우·이광호·김미림 등이 이 세대다. 좁은 의미의 문인들만이 아니다. 《강철서신》의 저자도,

《사회구성체론과 사회과학 방법론》의 저자도, 《미학오디세이》의 저자도 다 63년생이다. 이 '63년 세대'는 6·25 이후 자신이 사회주의자라는 것을 커다란 두려움 없이 말할 수 있게 된 첫 번째 세대이자, 그 사회주의에 대한 선망에서 완전히 자유롭게 된 첫 번째 세대이기도 하다. 1941년생과 1952년생들이 그랬듯, 이들은 일찌감치 20대부터 한 무리를 형성했다. 이런 밋밋한 등차수열이 그 뒤로도 우연히 지속됐다면, 문학적 재능이 무더기로 태어났을 네 번째 연도는 1974년일 것이고, 그 다음 연도는 1985년일 것이다. (이 무슨 희떠운 소리?)

나는 내 이름을 좋아한다. 이 글자를 이름에 품은 한국인들은 그것을 로마자로 표기할 때 대개 Won을 택하지만, 나는 처음 여권을 만들 때부터 One이라 표기했다. Won이라 쓰면 꼭 화폐단위 같아서 그랬다. '달러'나 '유로'나 '위안' 같은 이름처럼 말이다. 뒤에 영화 〈매트릭스〉와 〈제5원소〉에서 구세주를 'The One(바로 그 사람)'이라 부르는 것을 보고 나서는 내 이름이 더욱 좋아졌다. 진추하와 아비가 함께 부른 〈어느 여름밤(One Summer Night)〉이란 노래에도 "You Are the One for Me"라는 가사가 나온다. 그 이름을 감당할 수 있는 삶을 살아오지는 않았지만, 'One'은 내 허영심을 만족시켜준다.

오랜만에 〈어느 여름밤〉을 흥얼거렸다. 나는 부모님의 목청을 물려받은 것 같지는 않다. 아버지도 노래를 잘('즐겨'라고 하는 편이 더 낫겠다)하시긴 하지만, 우리 가족 중에 가장 아름다운 목소리를 지닌 사람은 어머니다. 아버지가 즐겨 들으셨던 올드 팝송들이나 샹송들까지 어머니는 혼자서 흥얼거리신다. 물론 더 자주 부르시는 것은 찬송가다. 어머니가 노래할 때, 그 목소리는 그리 크지 않게 적당히, 낭랑하게 울려 퍼진다. 성경을 읽는 어머니의 목소리도 매력적이다. 아버지는 혹시 어머니의 목소리에 반한 것은 아닐까?

"얘, 저녁밥 먹자"라는 전화기 저편의 어머니에게 "네에—"라고 일단 대답부터 해놓고 느릿느릿 학보사에 보낼 원고를 마무리하고 있다.

편지

오늘이 원의 첫돌이다. 학恩을 비롯해 친구 몇을 불러서 간소한 돌잔치를 했다. 오늘은 승은承恩의 4주기이기도 하다. 지난해에 수유리에 조성된 4·19묘지에 친구들과 잠깐 들렀다.

'내 사랑스러운 딸 원에게: 네가 떠돌이 아비를 정박시켰구나. 네가 오기 전에 아비는, 이를테면 권문세가에 잠깐잠깐씩 묵는, 가난한 떠돌이 예술가였다. 그러나 네가 세상으로 나온 순간, 아비는 붙박이가 되었다. 그것이 잘된 일이든 잘못된 일이든, 우리는 세상에서 가장 가까운 사이다. 총명하기까지를 바라지는 않을 테니, 병 없이 무럭무럭 자라서 착한 어른이 되어다오. 그렇게만 된다면 나는 널 이 세상에 나오게 한 걸 후회하지 않을 거야.' 1964.4.23.木

이것이 아버지가 내게 쓴 첫 편지였다. 세상에서 나와 가장 가까웠던 남자가 쓴 편지. 아버지의 바람대로 나는 잔병치레 없이 무럭무럭 자랐다. 총명하거나 착한지는 모르겠으나.

그런데 아버지를 정박시킨 건 나라기보다 어머니 아니었을까? 사실 아버지가 어머니에 대해 그리 말한 대목이 아버지 일기에 있기도 하다. 그러나 아버지의 일기에서 어머니는 때때로 투명인간처럼 묘사된다. 아니, 아예 묘사되지 않는다. 내 생일은 아버지가 학생 시절에 어울렸던 친구의 기일忌日이기도 하다. '털보'라는 별명으로 불렸던 오승은 선생님이 1960년 4월 23일 경찰의 총에 맞아 돌아가셨다. 그분 고향은 목포였다 한다. 목포라는 말을 들으면, 세 분 이름이 떠오른다. 이난영, 오승은, 그리고 김현.

내가 아버지에게서 받은 편지들 가운데 기억에 남는 것은 미국으로 유학을 떠날 때 공항에서 손에 쥐어준 편지였다. 비행기에서 아버지 편지를 읽으면서 나는 한참을 귀가 먹먹한 채 고개를 떨구고 있었다. 그날 아버지가 글을 통해 내게 전하려 한 것은 용기, 끈질김 같은 종류의 감정이었음에도, 편지를 읽는 동안 내내 그 행간에 깔린 이별의 아쉬움, 안타까움이 내 누선涙腺을 자극했다. "내 딸 원이 보아라"로 시작하는 아버지의 편지는 "아프지 말라"는 당부로 끝났다.

아버지는 남한의 유일한 가족이었던 할아버지가 병든 뒤 손도 못 써보고 돌아가신 데 대해 두고두고 회한을 느낀다고 했다. 가족들 중 누군가 아픈 것에 대해 아버지는 유난히 민감했다. 아버지의 사랑은 그 사람을 잃게 되지나 않을까 하는 걱정, 그 사람이 병에 걸리지 않을까 하는 막연한 두려움으로 이어지나 보다. 어려서부터 나는 선이에 비해서 허약하다는 소리를 많이 듣고 자랐다. 홍제동의 작은 한옥에 살 때, 한번은 선이랑 같이 자던 방에 연탄가스가 샌 적이 있었다. 선이는 일어나서 두통을 앓는 정도로 그쳤지만, 나는 정신을 잃었다. 어머니가 억지로 떠먹인 동치밋국도 소용이 없어, 아버지 등에 업혀서 적십자병원에 실려 갔다. 아버지가 날 들쳐 업고 택시 정류장으로 뛰면서 "원! 원! 아빠 말 들려? 아프면 안 돼!"라고 외치는 소리가 아버지 등 저편에서 웅웅거리며 들렸다. 그때 아버지의 등은, 뭐랄까 왜소한 아버지의 체격 때문에 딱히 편안하다거나 포근하다곤 말할 수 없는 덤덤한 등이었다. 그러나 아버지의 말소리는 20년이 지난 지금까지 가끔 내 가슴을 휘젓는다.

희망둥이의 성 취향

하루가 다르게 커가는 딸아이의 재롱 보는 게 큰 즐거움이다. 이 모두 S 덕이다. (……) S에게, 당신이 내게 베푼 은혜들을 일일이 다 나열하지 못하겠소. 당신은 나라는 사람을 서울이라는 항구에 정박시켰소. 말하자면 당신은 나의 닻인 셈이요. 방황하는 내 영혼을 당신이라는 천사가 붙들어주었소. 내가 앞으로 당신을 절대로 고생시키지 않으리라는 약속은 거짓이 될 것 같아 하지 않겠소. 아무튼 우리의 새로운 희망, 가장 큰 희망 원이를 버젓하게 키웁시다. 1965.4.9.金

콧등이 시큰하다. 내가 아버지에게 그렇게 커다란 희망이었다니. 가장 큰 희망이었다니. 그 '희망둥이'의 성 취향이 소수파의 것임을 알게 되셨을 때도 아버지는 담담하셨다. 내가 지금까지 부모님께 실망스런 딸이라는 생각을 해본 적은 없지만, 사실 그것은 아버지가 나를 실망스럽게 여기지 않아서 가능한 일이었다.

어머니가 아버지에게 버팀목이 돼주었듯이, 이제 아버지가 안 계신 지금, 나이 드신 어머니께 내가 그 역할을 해드릴 수 있을까? 아무튼 어머니는 아버지의 닻이었다. 내가 그랬듯. '닻'이나 '정박' 같은 상투적 표현은 아버지 일기의 여러 곳에 나온다. 아버지도 참. 소설가라는 분이 그런 상투어들을 벗어나지 못했다니……

데이트

이번 주말에는 순임과 원이를 데리고 남산에 가야겠다. 벚꽃이 지기 전에. 1965.4.12.月

아버지는 결혼 초기에 어머니랑 종종 남산에서 데이트를 하셨던 것 같다. 옛날 사진들 가운데 어머니와 아버지가 남산에서 찍은 것이 하나 있다. 빛바랜 사진 속에는 원피스를 입은 어머니가 양산을 들고 아버지 옆에 다소곳이 서 있다. 이렇게 젊은 모습의 아버지와 어머니를 보면서도 사진 속 모델들이 지금의 나보다 더 나이 먹은 이들로 느껴지는 건 왜일까?

어머니와 아버지의 데이트가 뜸해진 것은, 어머니 말씀으로는, 어머니가 학습지 일을 하면서부터였다고 한다. 고단한 어머니가 내켜 하지 않을 듯해 아버지가 일부러 같이 나가자는 말을 안 했다는 것. 디카로 순간순간의 모습을 포착해 담은 요즘의 생생한 사진보다, 그리 선명하지도 않고 모델들의 얼굴도 보일락 말락 한 이 흑백사진이 훨씬 더 많은 표정을 담고 있는 듯하다.

벚꽃은 이미 다 졌지만, 연희와 함께 남산을 한번 걸어봐야겠다.

거울의 방

마틴 루터 킹이 테네시주 멤피스시에서 암살당했다. 미국 놈들 무섭

다. 아니, 인간의 욕망이 무섭다. 1968.4.4.木

　아버지는 이 당시만이 아니라 평생 한 번도 미국엘 가본 적이 없다. 그러나 미국에 대한 관심이 없진 않으셨다. 국제정치의 핵核으로서의 미국만이 아니라, 순수한 인문지리적 관점의 미국에 대해서도 마찬가지였다. 프로비던스나 보스턴이나 뉴욕 같은, 내가 비교적 잘 알고 있는 도시들에 대해 아버지는 내게 묻곤 하셨다. 그 도시들의 길, 광장, 식당, 풍속, 사람들에 대하여.

　소련에 대해서만이 아니라 미국에 대해서도, 아버지의 감정은 혼란스러웠다. 미국인들이 아니었으면, 아버지는 고향 원산의 공산주의자들 손아귀에서 빠져나올 수 없었을 것이다. 그리고 고향에서의 삶은, 불리한 출신성분과 개인주의적 기질 때문에, 매우 힘들었을 것이다.

　아버지는 전쟁통에 남으로 내려온 것이 자신에게 큰 행운이었다고 말씀하시곤 했다. 그러나 그것이 아버지의 속마음이었는지는 모르겠다. 아버지는 공산주의에, 소련에 어떤 윤리적 가치를 부여하곤 했으니 말이다. 앞서 말했듯, 아버지의 말에는 전쟁만 아니었으면 고향에 남아 있었으리라는 뉘앙스가 가끔 배어 있었기 때문이다.

베트남전쟁에 미국이 개입한 뒤로, 아버지에게 미국은 제국주의의 수령首領으로 더 짙게 비쳤다. 〈거울의 방〉은 아버지의 그런 관점이 투영된 단편이다. 아버지가 미국엘 가지 않은 것에 특별한 이유는 없다. 갑년을 전후로, 아버지는 어머니와 함께 세계 여러 곳을 다녀오셨다. 미국엘 가지 않은 것은 단지 비자 받기가 번거롭다는 사실 때문이었다. 〈거울의 방〉의 공간적 배경은 사이공(지금의 호찌민)이다. 그러나 아버지가 호찌민시에 가본 것은 이 단편을 쓰고 20년 가까운 세월이 지난 뒤다. 아버지 소설 가운덴 아버지가 가보지 못한 도시를 배경으로 삼은 것이 더러 있다. 그런데 그 도시의 풍경에 대한 묘사가 하도 세밀해, 적잖은 독자들(비평가들을 포함해)은 아버지가 틀림없이 그곳엘 가본 적이 있다고 믿었다. 실제로 그 도시를 가본 적이 있는 사람들만이, 그 도시에 대한 아버지의 묘사가 사실과 크게 어그러져 있다는 것을 단박 눈치챘다. 아버지가 그린 사이공은 실제의 사이공이 아니었고, 아버지가 그린 18세기 파리도 실제의 파리가 아니었다. 그것들은 말 그대로 아버지의 머릿속에 있던 사이공이고 파리였다.

저명한 흑인 민권운동가를 살해한 것은 거기 연루된 개인들이 아니라 미국이라는 체제다. 그리고 그 체제를 보수保守하려는 인간의 욕망이다. 아버지가 무서워했던 그 욕망. 그 욕망의 주체들은, 아버지를 공산주의 체제로부터 구해낸 그 주체들이기도 하다.

몇 년 전 한 심포지엄에 참석하기 위해 미국을 잠시 들른 적이 있다. 그때, 마틴 루터 킹의 연설문 녹음테이프를 몇 개 사와서 아버지께 하나 드렸다. 나도 하나 지니고 있다. 아버지는 아주 귀한 보물을 대하듯이 그 테이프를 받으셨는데, 나중에 하시는 말씀이 "내가 영어가 짧아서인지 잘 못 알아듣겠어"라는 것이었다. 어차피 음질이 좋지 않아서 쉽게 알아듣기 힘들다고는 말씀드렸지만, 아쉬운 눈치셨다.

나는 음반을 들을 때 마음에 드는 곡을 계속 반복해서 듣곤 한다. 텔레비전을 볼 때도 한 군데에다 채널을 고정시켜놓는 편이다. 연희는 다르다. 여러 방송들을 왔다 갔다 한다. 소위 텔레재핑 체질이다. 직업 때문에 그러려니 이해를 하다가도 가끔 참기 힘들 때가 있다. 한번 그 말을 꺼냈다가 서로 언짢은 감정이 생긴 뒤로는, 상대가 좋아하는 프로그램을 볼 때 될 수 있으면 모른 척하게 되었다. 그러다가 아예 텔레비전을 한 대 더 들여놓았다. 위성방송의 채널이 백 개가 넘는다고는 하지만, 실제로 따져보니 내가 보는 채널은 열 개도 채 안 되는 것 같다. 현대문명은 늘 이런 식이다. 아주 작고 사소한 편리와 이익을 위해서 소위 '신상新商'이라는 것을 끊임없이 만들어내고, 그 '신상'이 대치한 무수한 '구상舊商'들을 버리고 만다. 그런데 그 '신상들' 가운데 필요한 것들을 골라내는 일도 쉽지가 않다.

껍데기는 가라

시인 신동엽이 어제 작고했다. 그의 시를 좋아하진 않았으나, 그는 근년의 한국 시단에서 한 유파를 대표할 만한 이였다. "껍데기는 가라/ 사월四月도 알맹이만 남고/ 껍데기는 가라// 동학년東學年 곰나루의, 그 아우성만 살고/ 껍데기는 가라// 그리하여 다시/ 껍데기는 가라/ 이곳에선, 두 가슴과 그곳까지 내논/ 아사달 아사녀가/ 중립中立의 초례청 앞에 서서/ 부끄럼 빛내며/ 맞절할지니// 껍데기는 가라/ 한라에서 백두까지/ 향그러운 흙 가슴만 남고/ 그, 모오든 쇠붙이는 가라" 1969.4.7.月

아버지는 신동엽의 반反지성주의를 좋아하지 않으셨다. 그의 민족주의도 마찬가지였다. 얄궂은 것은 아버지가 신동엽의 시를 여러 편 외고 있었다는 점이다. 〈껍데기는 가라〉나 〈누가 하늘을 보았다 하는가〉처럼 (어쩌면 정당한) 반지성주의와 민족주의를 선동하는 헐벗은 시들을. 따지고 보면 헐벗었다 해서 명품이 되지 말라는 법은 없다. 그리고 이 시들은 '가작佳作'이라 불러 손색이 없다. 아버지는 유행가를 부르는 기분으로 그 시들을 읊었는지도 모른다. 아버지의 소설에서 민족주의의 낌새를 알아채긴 어렵다.《버찌의 계절》 같은 작품에선 민족주의 비판이 노골화한다. 그런데도 아버지의 몇몇 소설과 몇 안 되는 에세이에서는 등장인물이나 작가의 민족적 자의식이 슬그머니 드러난다. 〈핏줄〉이나 〈미8군에서 일어난 자그마한 소란〉 같은 단편이 그 예다. 어쩌면 아버지는 자신이 민족주의자인 줄 몰랐던 민족주의자였는지도 모르겠다.

어젯밤 꿈에서 스텔라와 사진을 찍었다. 스텔라는 브라운대학에서 불문학을 강의하는 노처녀 선생이다. 서울에 돌아와서 얼마 동안은 서로 연락을 하다가 언제부터인가 흐지부지 되었다. 사진 속에 찍힌 두 사람은 두툼한 모래더미로 만든 인형처럼 서 있다가 슬쩍 건드리자 스르르 무너지면서 사라져버린다. 사진에는 개울에 띄운 종이배들과, 뛰어노는 어린애들의 모습이 여기저기 흩어져 있다. 지금이라도 내가 다시 편지를 보내면

스텔라가 반가워하기는 할까? 그녀가 시 낭송회에서 들려준 목소리가 아직도 귀에 생생하다. 스텔라의 글씨체는, 로마자든 한자든, 펜글씨 교본에 나오는 글씨처럼 정갈하다. 성격도 차분하고 자상한 이 중국계 미국인이 한번은 자기 집으로 나를 초대했다. 나는 어려서부터 개를 무서워했는데, 윤기가 자르르 흐르는 검고 짧은 털의 커다란 개(무슨 종자인지는 모르겠다)가 스텔라의 집에서 나를 맞아주었다. 속으로는 무서웠지만 용기를 내 몇 번 쓰다듬었더니, 녀석이 자꾸만 내 가방과 옷자락을 물고 잡아당겼다. 스텔라가 보더니, "원, 네가 맘에 드는 모양이야. 개가 자꾸 장난을 거네"라고 빙긋 웃었다. 그리고는, "로키, 저리 좀 가 있어!"라고 하면서 양말뭉치를 멀리 집어 던졌다. 나는 로키가 계속 물어오는 양말뭉치를 던져주면서 개와 친한 척하느라 줄곧 긴장상태였다.

그날 스텔라는 자신이 다니는 동네 성당에 가서 비신도인 나를 위해, 또 세계의 기아 어린이들을 위해 양초에 불을 붙여주었다. 나는 스텔라가 개 이름을 왜 로키Rocky라 지었는지 지금도 궁금하다. 그때 왜 안 물어보았을까.

미국의 대학에서 프랑스 시를 강의하는 중국(계 미국)인. 스텔라는 진정 세계시민이다. 세네카가 했다는 말이 떠오른다: Non sum uni angulo natus, patria mea totus hic est mundus.[*]

선거

투표에서 이기고 개표에서 졌다는 말이 항간에 떠돌고 있다. 권력 심층부만이 그 진상을 알 수 있겠지만, 그럴 개연성이 꽤 커 보인다. 개표 부정이 전국적으로 이뤄졌다는 증언은 선거감시단으로 파견된 젊은이들 입에서도 나오고 있다. 제3공화국이 들어선 이래 가장 경직된 사회 분위기에서 이뤄진 선거였다. 하기야, 개표 결과가 다르게 나왔다 해도 권력이양이 순조롭게 이뤄지진 않았을 것이다. 박정희가 순순히 물러나지는 않았을 거라는 말이다. 설령 박정희가 패배를 인정했다 해도, 군부는 제2의 쿠데타를 통해 권력을 움켜쥐었을 것이다. 이번에는 박정희를 배제한 채. 박정희가 그걸 예감하고 있었다면, 부정선거는 그가 피할 수 없는 잔盞이었다. 이제 앞으로가 문제다. 박정희 캠프는 이번 선거에서 역사적 범죄를 저질렀다. 선거부정보다 어쩌면 더 큰 범죄를. 지역주의 선동이라는 범죄 말이다. 그건 이번 선거 한 번으로 끝날 일이 아니다. 이효상李孝祥이라는 이도 참. 배울 만큼

* 나는 어느 한구석에서 태어나지 않았다. 이 세계 전체가 내 조국이다. —편집자

'배울 만큼 배운 사람'이라는 표현이 좀 걸렸다. 내 신경증 때문일지도 모르지만. 아버지는 정말 많이 배운 사람이 덜 배운 사람보다 더 윤리적이기 쉽다고 생각했던 것일까? 아버지의 소설이나 삶에 대해 알 만큼 아는 사람으로서, 나는 아버지가 그렇게 여겼을 리는 없다고 생각한다. 만일 그렇게 여겼다면, 아버지는 이 대목에서 정치적으로 올바르지 못했다. 사실 어떤 자연 언어에서든, 속담이나 관용구에는 '비윤리적 지혜'가 담겨 있는 일이 흔하다. 나이나 (넓은 의미의) 계급은 윤리와 무관하다.

제7대 대통령 선거가 치러졌을 때, 나는 고작 아홉 살이었다. 그래도 그때 기억이 또렷하다. 아버지와 어머니는 라디오를 밤새 틀어놓고 개표방송을 듣고 계셨다. 그 뒤 17년 동안 한국에 대통령 선거는 없었다. 자유선거라는 의미의 선거 말이다. 박정희는 선거 캠페인 때 자신이 내뱉은 말을 지켰다. 다시는 유권자들에게 표를 달라고 하지 않겠다는 약속……. 좀 기괴한 방식으로 지키긴 했지만.

위층 부부가 뭔가를 집어 던지면서 싸우는 통에 잠을 설쳤다. 나보다 신경줄이 굵은 연희는 끄떡없었지만. "나가앗!" "아악!" 하는 여자의 고함 소리. 난 왜 저 소리가 "오마이갓"으로 들리는지 모르겠다. 비명 소리, 이어서 둔탁하고 무거운 '쿵' 소리와 '크르르' 소리가 한 달에 몇 차례씩, 꼭 이른 새벽에 들리곤 한다. 놀라운 건 다음 날 아침에 위층 여자를 보면, 아무 일도 없었던 듯 너무나 태연하다는 사실이다. 눈이 마주쳐도 목례조차 없이 당당하다. 자라면서 아버지가 집에서 폭력을 사용하는 것을 한 번도 본 적이 없는 나는 '저렇게 살다니, 왜 결혼을 했을까' 하는 생각을 하곤 한다. 하지만 며칠이 지나 언제 그랬냐는 듯이 다정한 얼굴로 위층 부부가 승용차에 함께 올라타는 걸 보면, 부부싸움은 칼로 물 베기란 말이 맞기는 맞나 보다.

피카소

피카소는 한 세기를 대표할 만한 화가였다. 그는 인격에 흠이 많은 사람이었고, 그의 예술은 속임수일지도 모르지만, 이제까지 또 다른 피카소는 없었고 앞으로도 그러리라. 명복을 빈다. 1973.4.9.月

'속임수일지도 모르지만'이라는 말에 웃음이 피식 나왔다. 아버지는 선과 나에게 피카소 얘기를 할 때마다 그 말을 했기 때문이다. 아버지는 본디 피카소의 작품들을 좋아하지 않았다. 만년에 파리에 가서서 피카소 미술관을 둘러본 뒤에도 아버지의 취향은 변하지 않았다. 그것은 내게 좀 뜻밖의 일로 여겨졌다. 아버지의 소설들은 어딘지 모르게 피카소의 그림들과 닮은 데가 있었기 때문이다. 그 정치성이 너무 근원적이어서, 되레 그 '불온성'이 옅어져버린다는 점 말이다. 아버지의 소설을 읽고 제 세계관을 바꾼 독자들은 거의 없으리라.

피카소와 일곱 여자들의 이야기는 백설공주와 일곱 난쟁이들 얘기만큼이나(또는 거의 그만큼) 잘 알려져 있지만, 그는 여자들의 연인 이전에 천생 예술가였다. 그것도 복 받은 예술가. 전공 분야가 다르니 그의 재능에 무슨 질투를 느끼는 건 아니지만, 그의 '행운'이 부럽기는 하다.

요즘 미술관에 들르는 일이 잦아졌다. 처음엔 그저 시간을 죽이는 수단이었는데, 막상 돌아다녀 보니 볼 만한 전시들이 꽤 있다. 시청 앞에서 광화문을 거쳐 삼청동 쪽으로 걷다 보면 괜찮은 미술관 몇 군데를 거치게 된다. 미술 관람은 혼자 하는 것이 편하다. 여럿이 보게 되면 좀 오래 보고 싶은 작품 앞에 오래 있기가 힘들다. 시시해 보이는 그림 앞에서 오래 서 있어야 할 때도 있고.

윤리적 정치인

대법원이 확정판결을 내린 지 불과 18시간 만에 형이 집행됐다. 열한 살 때, 나는 일제가 그리도 참담하게 패배할 줄 몰랐다. 스물여섯 살 때, 나는 자유당 정권이 그리 쉽게 무너질 줄 몰랐다. 그러나 지금은 어렴풋이 느낄 수 있다. 이 정권의 남은 세월이 그리 길지는 않으리라는 것을. 헌법 위에 긴급조치가 있다면, 다시 말해 헌법 위에 대통령이 있다면, 그것은 한국이 최소한의 '일반민주주의' 체제도 이루지 못했다는 뜻이다. 그 민주주의 앞에 무슨 수식어가 붙든. 게다가 전시戰時도 혁명기도 아닌데, 판결 즉시 처형이라니. 아니, 지금이야말로 전시이자 혁명기인지도 모른다. 새삼 지난해의 춘사椿事가 떠오른다. 그리고 15년 전 4월도. 누구 말마따나, 잠깐 본 푸른 하늘도. 1975.4.11.金

소위 '인혁당 재건위' 사건 얘기다. 이 일이 아니더라도 아버지는 박정희를 좋아하지 않았다. 5·16 이후 한두 해를 빼놓곤 말이다. 긴급조치, 반공법, 국가보안법 따위를 아버지는 혐오했다. 아버지는 거기서, 해방기 북한에서 겪었던 집단주의의 그림자를 보았는지 모른다. 그것은 실향민 일반의 정서와는 다른 것이었다. 이날 일기에서 '작년의 춘사'란 소위 문인간첩단 사건을 말한다. 재일 한국 문인들이 내던 잡지 《한양漢陽》에 글을 주었던 몇몇 문인들을 간첩으로 몰아 조작한 이 사건은 권력 측이 보기에도 너무 조잡했던지, 1974년 10월 31일 관련 문인들이 모두 풀려났다. 그러나 이로써 아버지는 전과자가 되었다. 박정희에 대한 감정이 좋을 리 없었다. 그렇다고 아버지가 김대중을 좋아했던 것 같지도 않다. 강하고 지적인 사람이지만 그리 윤리적인 사람은 아니라는 것이 그이에 대한 아버지의 평가였다.

아버지에게, "아빠 기준으로 윤리적인 정치인이라는 게 가능한가요?"라고 물은 적이 있다. 아버지는 "우리 공주가 어느덧 이렇게 자랐네"라고 대답하셨다. 그렇지만 그것은 내 질문에 대한 답은 아니었다. 답이 궁해지면 화제를 돌리는 것이 아버지의 '나쁜' 버릇이었다. 내 판단에, 김대중은 윤리적인 사람이었다. 한국 정치판에서 가장 윤리적인 사람이었다고는 말할 수 없겠지만, 비슷한 연배의 정적政敵이나 동지들에 견주면 그 윤리성이 도드라지는 정치인이었다. 박정희 이래 그를 표적으로 삼은 집요한 이지메가 사람들에게 그의 사람됨을 잘못 보게 했지만 말이다. 박정희는 그를 왜 그렇게 미워했을까? 자신의 권력을 위협해서? 전라도 사람이어서? 아니면 이력이 볼품없어서?

감기 기운에 까부라져 있느라 사흘 동안 샤워를 못 해서, 오늘은 아예 통목욕을 했다. 욕탕에서 나는 중얼중얼대면서(주로 셰익스피어 대사를 읊는다: "그래요, 맹세하지 마세요 당신의 맹세가 제 기쁨이지만,/ 오늘 밤의 이 맹세 교환은 기쁘지 않아요./ 너무 성급하고, 너무 생각 없고, 너무 급작스럽고,/ 너무 번개 같아요, 번개는 없어져버리잖아요./ 번개 친다고 말하기도 전에. 달콤하고 좋은 밤 보내세요./ 이 사랑의 새싹은 무르익히는 여름의 숨결을 받고/ 아름다운 꽃을 피울지 모르죠, 우리 다음번 만날 적에는./ 안녕, 안녕히 가세요. 달콤한 평정과 휴식이/ 제 가슴에 자리 잡은 만큼 당신 마음에도 깃들이기를." 줄리엣의 이 대사는 문학사상 가장 아름다운 연애시에 속하지만, 〈추천사〉에서 〈다시 밝은 날에〉를 거쳐 〈춘향유문〉에 이르는 서정주의 '춘향의 말' 연작에 미치지 못한다) 비누거품을 낸다. 제부(선이 남편 말이다)가 동남아로 취재 갔다가 사다 준 녹차비누는 거품이 아주 많이 난다. 예전엔 무슨 비누를 써도 상관이 없었지만, 요즈음엔 가끔 피부에 트러블이 생긴다. 이 녹차비누는 괜찮을까, 염려스럽기는 했지만, 과감하게 사용해보기로 했다. 거품을 잔뜩 묻힌 얼굴을 들고 거울을 바라보니 내 모습이 참 우스꽝스럽다. 약간 긴 단발

머리를 확 잘라버리고 싶은 생각도 든다. 자르는 것은 좋지만, 그 다음에 다시 자라면 머리카락 관리를 어떻게 할 것인지에 생각이 미친다. 머리가 복잡해져서 아예 그냥 두기로 결론을 내렸다. 머리는 관두고 손톱이나 예쁘게 보일 양으로 최대한 둥글게 잘랐다. 나의 너무나 소박한 손톱 멋내기는 3분 만에 끝났다.

크메르루주

크메르루주가 프놈펜을 함락시켰다. 사이공도 곧 해방전선과 북베트남 손아귀에 들어갈 태세다. 이것은 사필귀정인가? 1975.4.17.木

아버지는 이내 사필귀정이 아니라고 결론 내렸을 것이다. 베트남은 혹시 모르겠지만 적어도 캄보디아에 관한 한은, 융통성 없는 반공주의자는 아니었으나, 아버지는 크메르루주의 동족학살에 분노했다. 맥락은 다르지만, 크메르루주의 만행은 대한민국 정부 수립기 4·3사태와 비견할 만했다. 한쪽은 적색테러고 다른 쪽은 백색테러이기는 하나, 사실 아버지는 내전기의 그리스와 4·3 때의 제주도를 크메르루주의 동족학살에 포개놓은

350매 분량의 중편을 썼다. 〈인육人肉〉이라는 제목의 이 작품은 그 당시에 발표되지 못했다. 게재를 거절한 《현대문학》 편집부가 사려 깊었다고 말해야 할 것이다. 발표됐다면, 작가와 잡지사가 다 큰 곤욕을 치렀을 테니. 아버지는 육체적으로(어쩌면 정신적으로도) 그리 강하지 못했고, 그래서 강도 높은 고문을 받았다면 무너져버렸을 것이다.

비가 올 듯 말 듯 흐린 날씨가 무겁다. 잔뜩 찌푸린 잿빛 하늘 아래 목련 이파리가 살랑살랑 흔들린다. 목련은 꽃을 피웠다가 며칠 안 가서 져버려 바라보는 이로 하여금 허망함을 느끼게 하지만, 끈질긴 생명력을 지니고 있다. 우리 아파트 라인의 1층 여자가 관리실에다 나무 때문에 그늘이 생긴다고 자주 민원을 넣는다 한다. 나무를 너무 안쪽에 심어 1층의 일조권을 방해한다는 것이다. 결국 방역과에서 사람이 나와 꽃이 피기도 전에 나뭇가지들을 싹둑싹둑 잘라내버리고 말았다. 민둥머리로 만들어버린 것이다. 일조권이라, 그러면 다른 층에 사는 사람들의 전망권은 어찌 되는 걸까. 그 풍성하던 목련나무가 다 쳐낸 가지 때문에 엉성한 모습으로 꽃 몇 송이만 피워내더니, 금세 이파리들이 다시 푸르게 자라나기 시작했다. 양희은의 노래에 나오는 '하얀 목련이 필 때'를 보기는 애당초 글러먹어서 푸르른

목련 이파리들이 무성해지기만을 기다리고 있는 중이다.

사르트르

사르트르가 작고했다. 이 땅의 프랑스 애호에는 기이한 구석이 있다.

1980.4.17.木

　그렇다. 반공이 국시라는 나라에서 공산주의보다 더 왼쪽에
있는 작가가 환대를 받다니. 더구나 정부가 그것을 용인하고 있
다니. 사르트르와 비슷한 정치적 입장을 지닌 작가가 일본인이
었다거나 미국인이었다면, 그가 한국 문단에서 취급되는 방식
은 사뭇 달랐을 것이다. 더구나 사르트르가, 메를로-퐁티와의
결별로 마감되는 유명한 논쟁에서 북한을 두둔했다는 점을 생
각하면, 그에 대한 주류 불문학계의 열광은 거의 외설스럽기까
지 하다.
　강미홍 선생님이 걱정스럽다. 요즘 내 주변에 병으로 수술을
받은 분들이 하나 둘씩 늘어나기 시작했다. 내게도 검진을 받
아보라는 충고가 쏟아져 은근히 겁이 난다. 강 선생님은 정말

건강해 보이고 성격도 쾌활하신 분이어서, 그이가 암 수술을 받게 될 줄은 몰랐다. 수술 결과가 좋다는 말을 듣고 얼마간 그 일을 잊어버리고 있었는데, 그 뒤의 항암치료가 문제였다. 재발 확률을 줄이기 위해 항암치료를 받고 있는데, 몸무게가 확 줄고 머리카락이 한 움큼씩 빠진다는 것이다. 그렇게 씩씩하던 분이 힘없이 기어들어가는 소리로 말씀하시는 것을 듣고 있노라면 가슴 한구석에 구멍이 뚫린 것 같은 느낌이다. 얼마나 힘들게 버티고 있으실까 막연히 짐작은 하면서도 딱히 위로가 될 만한 말을 찾기 힘들다. 그저 멀리서, 잘 견뎌내시기를 바랄 뿐이다.

강 선생님이 부탁하신 시집을 구해서 댁에 들렀다. 막상 기미가 많이 앉은 얼굴을 대하니, 시집을 내미는 내 손이 좀 쑥스럽기도 했다. 자꾸 뭔가 대접을 못해서 미안해하시는 선생님이 불편할세라 서둘러서 그 집을 나왔다.

글 쓰는 정치인

《지성과 문학》 4월호에서 낸시 파커의 《트러스트, 사회도덕과 번영의 창조》에 대한 서평을 읽었다. 서평 필자는 신한민주당의 박경태 최고위원이다. 박경태는 이 글에서 미국과 일본을 '고신뢰사회'의 대표적 예로 꼽는 파커의 논거들이 매우 자위적이고 황당하다고 비판하면서도, 저자가 제시하는 '신뢰'라는 어젠다에 매력을 느꼈다고 고백한다. 박경태는 투명성의 제도화와 관행화를 향한 개혁이 우리 사회의 '신뢰'를 회복하는 첫걸음이라는 점을 특히 강조한다. 이 서평의 밋밋한 내용보다는 그 필자가 정치인이라는 데 더 눈길이 갔다. 조선조만 치더라도, 적어도 500년 동안 우리 사회에서는 정치인이 곧 문인이자 지식인이었다. 그들이 시를 짓고 학문을 논했을 때, 그 시나 학문은 그들이 펴는 정사政事와 뗄 수 없이 맞물려 있었다. 그것의 제도적 기반이었던 신분제나 과거제는 전근대적 악풍惡風이었지만, 그래도 그런 과거를 지닌 나라의 정치권에 문필가나 지식인이랄 만한 사람이 거의 없는 것은 좀 신기하다. 물론 정치인들 가운데는 미끈한 학력에 어마어마한 학위를 지닌 사람들이 적지 않다. 그러나 그 학벌이 지식인적 감수성이나 문기文氣를 만들어내지는 못한 것 같다. 이승만이나 윤보선이 대통령이 된 데는 그들의 화려한 학력도 직간접적으로 한몫했을 테지만, 그들에게도 문기랄까 지식인다움이랄까 하는 것은 없었다. 박정희 이래의 군인 대통령들이나 김영삼은 더 말할 나위도 없다. 상업고등학교 졸업으로 정규교육을 마친 김대중에게서 오히려 사색인 기질이나 문필가 기질이 짙게 묻어난다. 투박한 문체에 실린 그의 '옥중 서신'은 적어도 남이 써준 것은 아니다. 외국에는 현대 정치인들 가운데도 문기가 짙은 이들이 있다. 정치적 결정이었을 가능성이 크지만 윈스턴 처칠은 회고록으로 노벨문학상을 받았고, 프랑수아 미테랑도 문필가 의식이 강했다. 레오폴드 생고르나 바츨라프 하벨은 정치인으로보다는 문인으로 더 잘 알려져 있다. 샤를 드골은 군인 출신이었음에도 뛰어난 문필가였다. 이들은 말하자면 지식인 정치가라고 할 수 있다. 정치인이 꼭 지식인이거나 문필가일 필요는 없다. 그러나 골프장에서 세월을 보내며 보좌관이 써준 원고를 읽기만 하는 것이 아니라, 연설문 정도는 더러 자신이 만들고 기회가 닿으면 신문이나 잡지에 자신이 직접 기고를 하는 정치인, 여가에는 시나 소설을 읽는 정치인이 몇 사람쯤은 있어도 좋을 것 같다. 속마음이야 어떻든 남보다 애국심이 덜하다고 말하는 정치인은 아무도 없을 터인데, 그 애국심에는 우리 언어와 문학에 대한 사랑도 포함될 것이다. 1986.4.9.水

정치인과 문인을 겸한 사람이 한국에 거의 없는 것은 현대 한국인들이 글을 숭상하지 않기 때문일 것이다. 그리고 아버지가 말했듯, 한국어를 열심히 익혀 올바르고 세련된 한국어를 쓰는 것이 애국심의 실천이라고 생각하는 정치인이 거의 없기 때문일 것이다. 대한민국의 역사에서 문학과 정치 양쪽에 발을 들여놓은 사람은 거의 없었다. 김춘수 같은 이를 예외로 칠 수 있겠지만, 그는 문인 겸 정치가가 아니라, 정치권으로 징발된 문인이었다.

미국

전두환이 오늘 아침 호헌 선언이라는 것을 했다. 국회가 개헌 합의를 이루지 못했으니, 다음 대통령을 간접선거로 뽑겠다는 것이다. 그 속을 알 수 없다. 올 12월에 대통령 선거가 치러지기나 할까? 내년 올림픽은? 전두환을 통제할 수 있는 주체는 오직 미국뿐이다. 1987.4.13.月

아버지가 옳았다. 미국이 아니었다면, 전두환은 그보다 7년 전 행태를 되풀이했을지도 모른다. 이런 관점도 미국에 대한 아버지의 태도를 혼란스럽게 만들었다. 미국은 한국 민주주의의 조력자인가, 아니면 독재정권의 버팀목인가. '둘 다'라는 답이 옳을 것이다. 문제는 한국 민주주의의 진로가 아니라 미국의 국가이익인 것이다. 1980년에 전두환 정권은 미국의 국익에 부합

했다. 7년 뒤, 이 정권은 더 이상 미국의 이익에 부합하지 않았다. 상황이 훨씬 더 극적이긴 하지만, 이라크의 사담 후세인에 대한 미국의 태도가 그러했다. 미국의 변덕은 미국의 이익을 정확히 반영한다.

평준화

오랜만에 학(學)을 만나 저녁을 함께 했다. 서른 앞뒤부터 대학 강단을 지키던 학이 새 정부의 교육부 장관으로 발탁된 뒤 처음이었다. 나온 얘기 중의 한 토막: "대학을 평준화할 수 있을까?" "불가능한 얘기지. 우리 동문들부터 결사반대할걸. 정책결정자들과 그들의 후원자들 태반이 서울대 출신인데, 그게 어떻게 가능하겠어." "그럼 입시지옥은 언제까지나 존속할까?" "대학이 지금처럼 서열화돼 있는 한 그럴 수밖에 없지. 대학을 평준화할 기회가 딱 두 번 있었어. 박정희 집권 때랑 전두환 집권 때. 그렇게 사나운 군사정권이 밀어붙였다면, 가능했겠지. 학력자본이 많은 자들도 감히 반대를 못했을 테니까. 그렇지만, 대학을 평준화하기 위해 군사정권을 되불러올 수는 없잖아." "하긴, 중학교 평준화나 고등학교 평준화도 박정희가 하려고 맘먹었으니까 된 거군." "그렇지. 박정희의 치적 가운데 가장 큰 것은 아마 중고 등학교를 평준화했다는 걸 거야." 1993.4.2.金

민주주의 정부의 한계 하나는 그것이 기득권자들에게 휘둘릴 운명이라는 것이다. 그러나 김학 선생님 말대로 그걸 막자고 군사독재정권을 다시 불러올 수도 없는 노릇이다. 고등학교 평준화도 예전 얘기다. 특목고를 비롯한 이런저런 '특수고등학교' 탓에, 고등학교는 이미 예전의 서열제로 돌아갔다. 예컨대 대원외고와 그 동문들은 어쭙잖게 예전의 경기고와 그 동문들 흉내를 내고 있다.

모처럼 어머니랑 장을 보러 갔다. 장을 본다고 해봤자 두세 가지 물건을 사는 것이다. 어머니는 확실히 연세가 드셨다. 일 핑계로 점점 더 뜸하게 들르는 딸을 앞세워 동네 슈퍼에 가실 때는 어깨에 힘이 들어가시는 것 같다. 막상 사시라고 하면 필요 없다고 말하곤 하는 어머니 성격을 아는지라, 손에 잡히는 대로 몇 가지를 바구니에 넣고 계산을 했다. 어머니는 찬거리를 오래 두고 아껴서 먹는 타입이 아니시다. 혼자서 장을 보실 땐 늘 양이 넘치게 사셔서 이웃 사람들에게 나눠주신다. 내가 제발 그러시지 말라고, 요즘은 나눠줘도 별로 좋아하지 않는다고 말해도 별로 귀담아 들으시는 눈치가 아니다.

산문정신

《월간 현대비평》이 4월호로 창간 4주년을 맞았다. 네 해 전에 쓴 창간사에서 이 잡지의 주재자인 현우림 씨는 《월간 현대비평》의 목표를 언론의 오만과 방종 비판, 모든 종류의 부당한 차별과의 싸움, 성역과 금기가 없는 실명 비판의 문화 정착으로 요약한 바 있다. 그 목표는 현 씨가 그 이전부터 저널룩이라는 다소 낯선 체제로 주재해온 단행본 《현대비평》의 목표와 동일한 것이다. 현 씨는 얼추 계간 터울로 나오는 저널룩 《현대비평》이 중요한 시사時事에 기동성 있게 대응하지 못한다는 판단 아래 《월간 현대비평》을 출범시킨 듯하다. 발행 간격의 차이 외에도, 《월간 현대비평》은 필자들이 다양하다는 점에서 주로 현 씨의 글들로 채워지는 저널룩 《현대비평》과 다르다. 《월간 현대비평》은 지난 네 해 동안 자신의 목표(라기보다는 방침이나 노선에 가까울 것이다)에 충실했는가? 나는 그렇다고 말하겠다. 이 잡지는 이념이나 정치적 지향보다는 주로 행태에 초점을 맞춰 거대 언론을 단호히 비판해왔고, 지역·학력·성性·육체적 기능 같은 것을 기준으로 삼은 부당한 차별에 맞서 싸워왔으며, 그 싸움의 대상을 구체적 이름으로 부르는 것을 마다하지 않았다. 그 효과가 또렷이 드러나고 있는지는 확실치 않다. 이 잡지의 비판 덕분에 거대 언론이 도덕적으로 더 고양되고 논조의 일관성을 유지하게 됐는지, 우리 사회에 만연한 차별의 관행이 완화됐는지, 이름을 들어 비판하는 문화가 자리를 잡았는지는 확실치 않다. 그런 효과가 있었다고 하더라도 그것은 아직 미미할 것이다. 그러나 이 작은 잡지는 세상을 따뜻한 눈으로 바라보고 자그마한 실천들에 마음을 쓰며 우리 사회에 상식이 회복되기를 바라는 소박하고 평범한 사람들의 둥지가 돼왔다. 현우림·강민우·홍경태·심우재·박기원 같은 잘 알려진 필자들만이 아니라 다양한 직업적 배경의 덜 알려진 필자들, 만 명가량 된다는 지금의 독자들과 미래의 잠재적 독자들 모두가 이 잡지의 주인이다. 《월간 현대비평》은 지금 투박한 양초 한 자루 위에 '상식'이라는 불꽃을 지피고 있다. 그 양초가 세워진 촛대가 언젠가 거대하고 휘황한 샹들리에로 바뀌어 상식의 빛살이 세상을 활짝 비추기를 빌며 창간 4주년을 축하한다. 1994.4.2.±

아버지가 현우림 씨의 열렬한 독자였다는 것은 좀 뜻밖이다. 아버지는 한국 사회의 비판자였지만, 거친 비판을 싫어하셨기 때문이다. 아버지는 현우림 씨의 글에서 이른바 '산문정신'을 발견했는지 모른다. 북으로 가 행방불명된 비평가 김동석에 따르면, 산문정신이란 '사달이기의辭達而己矣(말은 목적을 달성하면 그만이다)'라는 공자의 말에 압축돼 있다. 말을 골라 쓰는 것, 조탁彫琢에 바지런한 것은 시인의 몫이지 산문가의 몫이 아니다. 산문가는 그런 심미적 고려를 하기보다 제 글이 '생활'이나 '현실'과 밀착하도록 애써야 한다는 것이 김동석의 생각이었다.

내 생각은 다르다. '모로 가도 서울만 가면 된다'는 게 김동석의 산문관이었지만, 나는 가장 쉽게 서울에 갈 수 있는 방법을 모색하는 게 '산문정신'이라 여긴다. 말을 골라 쓰는 데 세심해야 하는 것은 시인만이 아니라 산문가의 의무이기도 하다. 아버지 자신도 그 의무에 충실하셨다. 그런데도 아버지는 현우림 씨의 '산문정신'에 너그러우셨다.

회색의자

르완다에서 대규모 학살이 벌어지고 있는 모양이다. 호모사피엔스가 가장 싫어하는 종은 호모사피엔스일 것이다. 인간은 악마를 두려워할 필요가 없다. 그들이, 그러니까 우리들 자신이 악마이므로. 1994.4.7.木

정치적 맥락이 거세되긴 했지만, 아버지의 이 말에도 일리는 있다. 호모사피엔스는 서로에게 악마다. 악마 되기를 거부하는 순간, '회색인'이라는 부정적 뉘앙스의 딱지가 붙는다. 지나침過은 호모사피엔스에게 명예다. 동시에 그것은 악마의 표지이기도 하다. 아버지는 '회색인'이라는 비판을 감수함으로써 악마가 되기를 거부했다.

아버지의 장편《울지 않는 자명종》은 어느 쪽도 편들고자 하지 않는 회색인의 자기변호다. 회색인이 선과 악 사이의 중간에 있는 것이라면, 회색인 됨을 칭찬할 수는 없다. 그러나 군사적 차원의 직접적 전쟁이든, 경제나 외교 수준의 경쟁이든, 인류의 싸움은 대개 악과 악의 싸움이다. 그런 싸움에선 그 중간의 회색의자에 앉는 것이 악으로부터 가장 멀리 떨어질 방도다.

드물지만 선과 악 사이의 싸움이 없는 것은 아니다. 예컨대 1960년대 민권운동가들과 미국 정부의 싸움, 알제리 주둔 프랑스 반란군과 프랑스 정부군의 싸움 같은 것이 그렇다. 아버지는 이런 싸움에서 결코 중간에 서지 않았다. 다시 말해 중립을 지키지 않았다. 그 싸움의 당사자들이 읽을 수 없는 언어로 아버지는 미국 민권운동가 편을 들었고 프랑스 정부 편을 들었다. 그때 아버지는 회색인이 아니었다. 아니, 편파적인 회색인이었다.

동행

순임에게. 당신과 단둘이서만 걸어본 게 얼마만인지 모르겠소. 세 해? 네 해? 흐드러지게 피어 있는 벚꽃을 당신은 아름답다고 했지만, 벚꽃이 아니라 세상의 어떤 꽃도 당신만큼 아름답지는 못할 거요. 우리들이 처음 만났을 때, 나는 세상에 아무도 없는 혼자였소. 그리고 떠돌이였소. 몸만 떠돌이인 게 아니라 마음까지 떠돌이였소. 그런데 당신이 나를 정박시켰소. 그리고 가족을 만들어주었소. 총명하고 어여쁜 딸내미 둘과 당신 덕분에 나는 서울 사람이 되었소. 정말 나는 서울을 내 고향으로 느낀다오. 원산은 반세기 저편의 기억 속에서 흐릿하기만 하오. 이제는 통일이 된다 해도 특별히 원산에 가보고 싶은 마음이 안 들 것 같아요. 내 이기주의, 내 경제적 무능력, 내 좁은 도량을 당신은 수십 년 세월 동안 다 받아주었소. 당신에게 표현을 하지 않아서 그렇지, 당신에 대한 고마움과 미안함이 없다면 내 어찌 사람이라 할 수 있겠소? 당신은 나 없이도 살 수 있었겠지만, 나는 당신 없이는 살지 못했을 거요. 당신은 내가 가장 힘들었던 순간에 나타나 내게 힘을 주었고, 그 뒤에도 당신만의 강인함으로 내 허약한 존재를 떠받쳐주었소. 당신도 어느덧 갑년을 맞았구려. 아이들이 제 앞가림을 잘들 하고 있으니, 당신도 이제 마음을 편하게 가져요. 당신에겐 연희나 선우서방이 맘에 차지 않을지 모르나, 그 사람들은 우리 딸내미들이 가장 사랑하는 사람들이에요. 우리 아이들은 아마 당신과 나보다 그 사람들을 더 사랑할 거요. 당신에게 고생만 시키며 살아온 내 한평생을 돌이켜보면, 나 자신이 밉소. 우리 앞으로는 자주 둘이서만 돌아다닙시다. 남산의 벚꽃길만이 아니라 일본이고 유럽이고 다 돌아다닙시다. 재작년에 불란서에 들렀을 때, 가장 아쉬웠던 게 당신과 동행하지 못했다는 거였소. 세상엔 우리가 상상하지 못할 거리와 숲과 강과 사람들이 있습디다. 지금 내가 바라는 건 오직 당신과 나의 건강이오. 언제 삶을 마감하든 그때까진 건강하게 살았으면 좋겠어요. 사랑하오. 당신의 남편 준. 1998.4.5.日

아버지는 1996년 프랑스 문화부가 주관한 '한국문학주간' 프로그램에 참석하느라 파리에 다녀오셨다. 그것은 아버지의 첫 해외 나들이였다. 그 이전에도 해외에 나갈 기회가 없지는 않았으나 아버지는 그 기회들을 다 버리셨다. 아버지가 이 편지에서 보여준 사랑을 어머니에게 직접 털어놓으셨는지 여부는 모르겠다. 아마 안 그러셨을 것이다. 이걸 기벽奇癖이라 해야 할까. 부치지도 않을 편지를 쓰는 것도 야릇하지만, 그 편지를 일기장에 쓰는 것도 야릇하다. 그리고 또 그 '정박' 타령. 아버지에겐 가족들을 생각하면 처음 떠오르는 말이 '정박'인 모양이다.

번역과 반역

번역자가 늘 놓이게 되는 곤혹스러운 처지를 이탈리아 사람들은 "번역자는 반역자Traduttore, traditore"라는 속담으로 표현했다. 번역자는, 그가 가장 뛰어난 번역자일지라도, 반역의 운명을 피할 수 없다. 예컨대 어떤 번역자가 16~17세기 영어와 현대 한국어 둘 다에 매우 능통한 사람이고, 셰익스피어에 대한 비평적 안목을 갖춘 사람이라고 하자. 그럴지라도, 한국어가 세계를 담는 방식과 영어가 세계를 담는 방식은 똑같지 않아서, 그의 손을 거친 한국어판《햄릿》은 영어판《햄릿》을 고스란히 옮길 수 없다. 17세기 이래 프랑스에 널리 퍼진 비유를 빌면, 한국어에 너무 다가간 한국어판《햄릿》은 '부정한 미녀'가 되고, 영어 쪽에 바짝 붙은 한국어판《햄릿》은 '정숙한 추녀'가 된다. 모든 번역자의 꿈은 자신의 번역이 '정숙한 미녀'가 되는 것이겠지만, 그 꿈이 온전히 이뤄지는 경우는 거의 없다. 발터 벤야민이 번역자로서 관찰했듯, 원본에서 내용과 언어가 과일의 열매와 껍질처럼 통일성을 이루고 있다면, 번역의 언어는 그 내용을 헐거운 곤룡포처

럼 덮어버린다. 2002.4.6.土

　내가 셰익스피어 전공자로서 수년 전부터 해오고 있는 셰익스피어 전집 번역을 미리 내다보고 하신 말씀이 아닌가 해서 가슴이 뜨끔하다. 하지만 나는 최선을 다했고 다하고 있고 다 할 것이다. 셰익스피어 한국어판을 정숙한 미녀로 길러내기 위해서: 오, 나는 죽는다, 호레이쇼!/ 독약의 효력이 내 영혼을 투계처럼 거드럭거려./ 살아서 잉글랜드 소식을 들을 수는 없겠지/ 하지만 예언컨대 왕위는/ 포틴브라스 것이네. 죽어가는 나의 한 표도 그에게./ 그에게 그리 말해주게. 저간의 사정도 다소,/ 왜 그리 됐는지 말야. 나머지는 침묵이로다. 오, 오, 오, 오!

봄비

민족문학작가회의 순천 지부에서 내는 《사람의 깊이》 제5집을 읽다가 남지수 씨의 〈아내의 봄비〉라는 시를 만났다. 그 둘째 연은 이렇다. "시장 벗어나 버스 정류장 지나쳐/ 길가에 쭈그리고 앉아 비닐 조각 뒤집어쓴 할머니/ 몇 걸음 지나쳐서 돌아보고 서 있던 아내/ 손짓

해 나를 부릅니다/ 냉이 감자 한 바구니씩/ 이천 원에 떨이미 해가
시오 아줌씨/ 할머니 전부 담아주세요/ 빗방울 맺힌 냉이가 너무 싱
그러운데/ 봄비 값까지 이천 원이면 너무 싸네요/ 마다하는 할머니
손에 삼천 원 꼭꼭 쥐어주는 아내."

　비 오는 봄날, 화자는 장 보러 가는 아내를 따라 우산을 받쳐 들고 순
천 시장엘 간다. 때는 파장 무렵이다. 서둘러 장을 본 아내는 장場짐
을 남편에게 들리고 뒤따라 걷는다. 앞서 걷던 남편이 뒤돌아보니 아
내가 멀리서 자기를 손짓해 부른다. 아내는 길바닥에 야채를 벌여놓
은 할머니와 함께 있다. 할머니는 우산도 없이 비닐 조각을 뒤집어쓰
고 있다. 할머니는 아내에게 냉이와 감자 한 바구니를 이천 원에 떨
이해 가라고 한다. 아내에게 냉이와 감자가 꼭 필요했던 것은 아닐
것이다. 아내는 빗속에서 장사하는 할머니가 안쓰러워 냉이와 감자
를 사는 것이리라. 그런데 아내 생각에 냉이·감자 한 바구니 통틀어
이천 원은 너무 싸다. 아내는 짐짓 빗방울 맺힌 냉이가 너무 싱그럽
다며, 봄비 값 천 원을 쳐서 할머니 손에 삼천 원을 쥐어준다.

　"빗방울 맺힌 냉이가 너무 싱그러운데/ 봄비 값까지 이천 원이면
너무 싸네요." 이 시에서 가장 빛나는 부분일 이 두 행을 뭉클한 유쾌
함으로 되풀이해 읽었다. 부부는 냉이와 감자를 마저 들고 횡단보도를
건넌다. 되돌아보니 할머니는 꾸부정한 허리로 아직도 아내를 바라보

고 있다. 할머니의 눈길은 고마움의 눈길일 것이다. 화자는 그 순간 생각한다. "꽃 피겠습니다." 그 꽃은 빗방울 맺힌 냉이만큼이나 싱싱한 꽃일 것이다. 〈아내의 봄비〉에서 화자의 아내가 실천하는 것, 그리고 화자가 흐뭇하게 공감하는 것은 가난한 사람들끼리의 소박한 사랑이다. 사랑이라는 말이 거창하다면 그것을 연민이랄 수도 있을 것이다. 자기보다 힘든 이웃에 대한 연민 말이다. 만약에 인간사회가 진보해 왔다면, 그 진보의 과정이란 그런 연민의 확산 과정이었을 것이다. 그리고 그런 고운 연민의 마음은 이 노동자 시인이 다른 시들에서 자주 보여주었던 강인하고 헌걸찬 분노의 마음과 다르지 않을 것이다. 비가 내릴 듯하다. 2002.4.19.金

갑년을 넘기시며 글쓰기 노동에서 벗어난 뒤, 아버지는 돋보기 건너의 책과 글을 통해 세상을 읽는 데 바지런해지셨다. 젊은 시절이라 해서 게으른 독서가라고 할 수는 없었지만, 노년에 이르기 전의 일기엔 책이나 글에 대한 이야기가 많이 나오지 않는다. 아버지의 '독서일기'는 평범한 문장 속에 비범한 내면을 감추고 있다. 아버지는 '공인'이었을 뿐만 아니라 '진짜배기 독서가이자 작가'였다. 아버지는 또 바지런한 화초 재배자이기도 하셨다. 아버지가 화초 가꾸는 데에 본격적으로 관심을 갖게 된 것은 돌아가시기 몇 년 전부터다. 속초에서 사는 독자 한 분이 보내준 화분 때문이었다. 한 해 지난 후에 그 화분에서 기대하지도 않았던 꽃이 피자 매우 반가워하셨다. 그 후로 어머니가 키우시던 화분들 말고도 하나 둘씩 화분이 늘어났다. 이제 아버지가 없는 빈자리를 저 화분들이 차지하게 되었다. 아버지의 손길이 묻어 있는 화분들이 정답게 느껴지다가도, 또 한편으로는 이렇게 열심히 꽃을 가꾸시던 양반이 왜 세상을 등질 생각을 하셨을까 하는 생각도 든다. 야속하기도 하고 정말이지 이해하기 힘들다.

마흔

오늘로 원이가 태어난 지 꼭 40년이다. '원! 내 사랑! 자네는 행복하기 위해 태어났네. 그 소명을 다하소.' 2003.4.23.水

　내가 아버지께 드리고 싶은 말씀이었다. 거의 모든 혈연관계로부터 단절돼 남한 땅에서 사신 아버지에게 '행복은 의무'라고 말씀드리고 싶었다. 한국 나이로 치면 불혹의 나이를 하나 넘겼지만, 나는 사소한 슬픔을 설워하고 사소한 기쁨을 기꺼워한다. 유대-기독교적 전통 속에선 40이 거룩한 숫자다. 모세는 40일간 산속에 있었고, 노아 시절의 대홍수도 40일간 계속됐다. '하느님은 홀수를 좋아하신다 Numero Deus impare gaudet'는 격언과 모순되는 듯.

청혼

반도호텔 커피숍에서 김순임 씨에게 청혼을 했다. 그녀는 즉답을 피했다. 그럴 만도 하다. 김순임 씨는 내가 신자信者가 되지 않으리라는 것을 확신하고 있었을 테니. 일주일쯤 여유를 달라고 그녀는 말했다.

4294.5.1.月

어머니가 속해 있는 기독교 교파에서는 내부인들끼리 결혼하는 것이 관례로 돼 있다. 어머니는 아버지를 전도하려고 애썼지만, 아버지는 종교 같은 데 아예 관심이 없으셨다. 어머니가 답을 미룬 것은 그래서였을 것이다. 아니면 헤프게 보일까 봐?

그럴 리는 없다. 두 분은 알고 지낸 지가 이미 꽤 된 사이였다. 어머니와 아버지가 만난 것은 군대를 마치고 복학한 아버지가 입주 가정교사 노릇을 할 때였다. 같은 교파에 속했던 주인집 사람들을 어머니가 심방尋訪하곤 했을 때, 오다가다 얼굴을 익혔다.

어머니가 아버지의 청혼을 결국 받아들인 것은 부분적으로 일종의 사명감에서였을 것이다. 물론 더 큰 이유는 아버지에게 개인적 매력을 느끼셨던 데 있었겠지만. 결혼을 해서 평생을 살다 보면 언젠가는 전도할 수 있을 거라는 생각을 어머니는 하셨을 것이다. 그런데 아버지에게는 어머니의 종교가 들어갈 틈이 없었다. 아버지에게는 자신의 종교와도 같은 신념—우주를 창조한 인격신이라는 건 존재하지 않는다는 신념—이 있었기 때문이었다. 어머니는 아버지에게 손을 내밀어 잡아주어야 한다고 생각을 했던 것 같다. 부부 관계의 출발이 약간 묘연하다는 느낌이다. 어쨌든 젊은 시절의 어머니는 아름다웠다. 사진 속 20대 어머니의 뽀얀 피부와 꼭 다문 입매는 새침데기 아가씨의 모습이다. 어머니에게 맘을 뒀던 다른 남성이 없었을 리는 없다. 어머니가 자신만의 종교세계에 빠져 다른 곳으로 시선을 주지 않아서 그냥 스쳐 지나갔을 터이다.

가족

오늘도 다시 반도호텔에서 김순임 씨를 만났다. 이번엔 커피숍이 아니라 한식집이었다. 그녀는 약간 수줍어하는 표정으로 내 청혼을 받아들였다. 나는 이제 남쪽에서 가족을 만들게 됐다. 4294.5.9.火

아버지가 남쪽으로 내려왔을 때, 가족은 할아버지밖에 없었다. 그 할아버지도 아버지가 대학교 2학년 때 돌아가셨다. 아버지는 사고무친이었다. 안양 부근 어느 면面에 먼 친척들이 살고 있었다는 말을 생전의 할아버지에게서 들은 아버지는 날을 잡아 그 지역에 들렀으나, 친척이라곤 아무도 없었다. 그런데 이제 아버지에게도 가족이 생길 참이었다.

쿠데타

어쩌면 군부의 쿠데타 말고는 다른 방법이 없었을지 모른다. 군인들은 어떤 식으로든 한국을 변화시킬 것이다. 그것이 진보든 퇴보든. 조금 두고 보자. 4294.5.16.火

그 당시 일부 인텔리들이 그랬듯, 아버지도 처음엔 박정희에 대해서 조심스러운 호감을 지녔던 모양이다. 두 해 뒤 제5대 대통령 선거에서 자신이 누굴 지지했는지 아버지는 말한 적이 없지만, 박정희였으리라 짐작한다. 그러나 그것은 아버지가 박정희를 지지한 유일한 선거였을 것이다. 유신쿠데타가 있기 한참 이전에 아버지는 이미 박정희에 대한 미련을 버렸다. 결정적 이유는 중앙정보부의 전횡이었다. 비밀경찰이 시민들을 '관리'하는 사회에서 자유가 꽃필 수는 없다. 특히 1967년과 그 이듬해 일기에서, 아버지는 동백림사건에 대해 여러 차례 언급하며 박정희에 대한 환멸을 거듭 털어놓고 있다.

배탈이 나서 깨죽을 끓여 먹었다. 문인간첩단 사건으로 아버지가 수감돼 계실 때, 어머니가 사식으로 아버지께 갖다 드리곤 했던 게 이 깨죽이다. 내가 어려서 몸 상태가 좋지 않을 때도 어머니는 깨죽을 만들어주셨다. 어머니가 물만 끓여서 넣으면 된다고 하시며 검정깨랑 쌀가루 빻은 것을 섞어서 주셨던 게 생각나 냉동실에서 통을 꺼냈다. 냄비에 몇 숟갈 담지 않았는데도 굉장히 진해 보여서, 일부러 밥과 물을 더 넣고 한참 동안 끓게 놔두었다. 제법 죽과 비슷한 모양새를 갖춘 것 같아서 천천히 떠먹었다. 어려서 자주 배탈이 나곤 했던 나는 어머니 몰래 깻가루를 한 숟갈 가득 입에 넣었다가 아주 혼이 난 적이 있었다. 요즘 생긴 죽집들은 들어가 보면 메뉴가 참 다양하다. 흑임자죽, 전복죽은 기본이고, 얼큰북어죽이나 낙지를 넣고 매콤한 맛을 낸 낙지죽도 있고 김치를 넣은 김치죽도 있다. 김치죽은 사먹어 보지는 않았지만 어머니가 자주 끓이던 김치국밥과 비슷한 것 같다. 술자리에 오랫동안 앉아 있곤 했던 아버지를 위해서 어머니가 손쉽게 끓여냈던 것이 멸치로 맛을 낸 김치국밥이었다. 아버지는 김치국밥을 맛있게 드시곤 했으나, 내 입맛엔 썩 맞지 않았다. 내가 좋아하던 것은 우리집 겨울 단골 메뉴에 속하는 호박범벅이었다. 시골에서 얻어온 늙은 호박을 툭 툭 잘라서 팥과 함께 끓이다가 새알심을 넣기도 했다. 호박 몇 덩어리는 우리 집 겨울 식량감이었다. 추억이 맛을 만들어내고, 맛이 추억을 만들어낸다.

프랑스

파리만이 아니라 프랑스 전역이 총파업 상황인 모양이다. 드골이 물러

프랑스에 대한 아버지의 감정은 양가적兩價的이었다. 아니, 이렇게 말하는 것이 차라리 낫겠다. 아버지는 프랑스를 동경했지만 프랑스인을 좋아하지 않았다고. 문득, 하이네의 시구詩句 하나가 생각난다. "물론 나는 영국에 가고 싶다/ 그곳에 석탄 연기와 영국인들만 없다면." 아버지는 이렇게 말씀하실 수 있었을 것이다. "물론 나는 프랑스에 가고 싶다/ 그곳에 썩은 치즈의 악취와 프랑스인들만 없다면." 그것은 소련이나 미국에 대한 태도와는 좀 다른 것이었다. 다시 말해 덜 혼란스러운 것이었다. 아니면 오히려 더 혼란스러운 것이었을까?

1950년대에 문과대학을 다닌 사람들이 대개 그렇듯, 아버지도 프랑스 문화를 흠모했다. 그러나 구체적 프랑스인에 대해 아버지가 좋은 말을 하는 일은 드물었다. 동유럽이나 북아프리카 출신의 귀화 프랑스인들에 대해서도 마찬가지였다. 이것은 얼핏 말장난처럼 들리기도 하지만, 아버지가 그렇게 말했을 때 나는 그 말을 알아들을 수 있을 것 같았다.

아버지가 프랑스에 가본 것은 1990년대이므로, 그 이전에 구체적 프랑스인과 교분을 나눈 일은 없었을 것이다. 사실 그 전에 한국에 살았던 외국인들이야 대개 미국인들이었고, 그 대부분은 군인이었다. 그러니까 그 전에 한국에서 외국인들이 지녔던 이미지는 점령군의 이미지, 제국주의의 이미지였다. 미국인의 이미지든 프랑스인의 이미지든, 아버지가 그것을 얻은 것은 책을 통해서였다. 미국인이든 프랑스인이든, 그들은 (대내적으로) 민주주의자이자 (대외적으로) 제국주의자였다. 프랑스 제3공화정 때 총리를 지낸 쥘 페리는 대내적 민주주의와 대외적 제국주의를 한몸에 체현했던 대표적 인물이다. 그러나 영미인들이 겪은 사회-정치 변동과 프랑스인들이 겪은 사회-정치 운동은 그 양상이 다르다. 그 양상의 다름은 그 나라들의 제도만 다르게 만든 것이 아니라, 사람들마저 다르게 만들었을 수 있다.

아버지는 격렬함을 싫어했다. 그것이 실천되는 격렬함이든 말만의 격렬함이든. 누구나 (사상가로서의) 사르트르를 좋아하던 시절에, 아버지는 레몽 아롱을 편들었다. 그것은 아버지의 지적·정서적 계보가 앵글로-색슨 쪽에 가까웠다는 것을 뜻하는지도 모른다. 68년 5월에 드골은 물러나지 않았다. 그러나 물러난 것과 다름없었다. 도덕적 카리스마를 잃었으니 말이다.

전철에서 가끔 자리 때문에 황당한 일을 당하곤 한다. 앞에 있던 젊은 남자가 일어서기에 내가 자리에 앉으려는 순간 갑자기 뒤에서 내 허리를 잡아당기면서 할아버지 한 분이 앞으로 튀어나오셨다. 나는 그분에게 자리를 양보했다. 같이 오신 할머니는 한참 떨어진 곳에 자리가 나자 거기까지 가서 앉으셨는데, 조금 뒤 할아버지 옆자리가 비어서 내가 앉으려던 찰나 할머니가 소리를 지르셨다. "내가 거기 앉아야 하는데!" 멀리서 할머니가 오셔서 자리에 앉으시고 내가 오히려 민망해져서 서 있다가 다른 자리 쪽으로 옮겼다. 정말 사소한 자리 하나가 사람의 됨됨이나 순간적 감정들을 보여줄 수도 있는 것 같다.

내 맞은편에 앉은 젊은 커플은 여자가 남자의 남방 배 부분에 손을 대고 있다. 둘 다 머리를 뒤로 넘겨서 꽉 동여맸는데 이마가 굉장히 넓다. 헤어스타일 때문에 이마가 얼굴의 5분의 2 정도를 차지하고 있는 느낌이다. 사람들이 혼자일 때보다는 둘이 되거나 무리를 지었을 때, 규범에 벗어나는 행동을 쉽사리하게 되는 경우가 많다. 신호등 앞에서 빨간 신호인데도 혼자가 아니면 용감해지는 것과 같은 이치인가.

급하게 남대문에 모자를 사러 나갔다. 어머니가 전도 나가실 때 쓸 모자 얘기했던 걸 까맣게 잊고 있었다. 내일 어머니한테

들르려면 오늘 얼른 나갔다 와야 한다. 하필 처리할 일도 많고 바쁠 때면 잊어버렸던 일들이 여기저기서 툭 툭 솟아 나온다. 청계천의 모자 가게들을 아버지와 함께 들르곤 했던 일이 생각 난다. 아버지가 가끔 쓰던 벙거지 모자들을 사러 부녀가 함께 나서곤 했다. 아버지는 모자들을 다 구경하기도 전에 맘에 드는 게 생기면 즉시 사버리곤 했다.

첫 번째 가게에서 꽤 괜찮아 보이는 모자가 눈에 들어왔는데 생각보다 값을 비싸게 불렀다. 좀 망설이다가 두 개를 사기로 결정하고 계산을 하는데, 아주머니는 "이거 정말 도맷값이거든. 가게를 정말 잘 만난 줄이나 알아요"라고 한다. 두 번째 가게에서 세 개를 더 샀다. 어머니는 옷 사치에 전혀 관심이 없지만, 모자는 사드리면 싫어한 적이 거의 없었다. 뭐 이렇게 많이 사느냐고 할 사람도 있겠지만, 시장에서 모자 다섯 개를 사봤자 그리 큰 돈이 들어가는 것은 아니니 어머니도 즐거워하실 것이다.

베트남전쟁

마침내 사이공이 함락됐다. 이것은 박정희에게 정치적 이득을 가져

다 줄 것이다. 1975.5.1.木

　프놈펜 함락 때와 달리, 이것은 사필귀정이라고 아버지도 생각했을 것이다. 이로써 베트남은 역사상 미국과의 전쟁에서 이긴 유일한 나라가 되었다. 그러나 베트남 민중의 그 영광은 한국인들에게 반가운 것이 아니었다. 아버지의 예측대로, 박정희는 인도차이나의 공산화를 제 철권정치의 핑곗거리로 삼았다. 도미노이론이라는 것이 인구人口에 회자되며, 한국은 반공의 최전선으로 밀쳐졌다. 박정희는 이제 거칠 것이 없었다. 그의 대통령직은 자신이 원하는 한 종신직이었고, 그는 자신의 정적 누구라도 '빨갱이'로 만들어 제거하거나 거세할 수 있었다. 그는 학도호국단과 민방위대라는 걸 조직해서, 대한민국 전체를 병영으로 만들었다.

　초등학교 때 부산에 살던 둘째 외삼촌댁엘 혼자 간 적이 있다. 방학 때마다 나더러 내려오라고 재촉하던 사촌언니는 나보다 두 살 위였다. 선이는 그때 너무 어려서 어머니가 나만 기차를 태워 보내셨다. 물론 여러 가지 주의 말씀이 따랐다.

　내가 가면 후덕한 외숙모께서 맛있는 것도 많이 해주시고 구경 가라고 용돈도 주셔서, 나뿐만 아니라 언니까지 덩달아 좋아했던 기억이 난다. 언니가 학교 소집 때문에 부두에 가야 된다기에 내가 나가서 기다린 적이 있다. 몇 층짜리 커다란 배에 탄 군인들이 많이 보였고, 아래 부두에선 여학생들이 작은 태극기를 들고 출항을 기다리고 있었다. 나는 바닷가가 그렇게 추운지 그날 처음으로 알게 되었다. 비릿한 냄새와 함께 바닷바람이 볼을 에는 듯이 스치곤 해서, 구경거리가 많았는데도 기다리기가 꽤 힘들었다. 월남으로 파병되는 맹호부대(였을 것이다, 아마. 그 장면과 함께 맹호부대 노래가 생각나는 걸 보면)를 전송하는 행사였던 것 같은데, 군악대의 음악 소리와 뚜우—하는 뱃고동 소리가 함께 내 기억 속에 저장되어 있다. 미국에서 지인의 배려로 뉴잉글랜드 쪽 바다에 몇 차례 가본 적이 있다. 그래서 바다에 대한 내 기억 속에선 부산과 뉴잉글랜드가 겹친다. 너무나 오랜만에 떠올려보는 맹호부대 노래: 자유통일 위해서 조국을 지키시다/ 조국의 이름으로 님들은 뽑혔으니/ 그 이름 맹호부대 맹호부대 용사들아/ 가시는 곳 월남 땅 하늘은 멀더라도/ 한결같은 겨레마음 님의 뒤를 따르리라/ 한결같은 겨레마음 님의 뒤를 따르리라 // 자유통일 위해서 길러온 힘이시기에/ 조국의 이름으로 어딘들 못 가리까?/ 그 이름 맹호부대 맹호부대 용사들아/ 남북으로 갈리인 땅 월남의 하늘 아래/ 화랑도의 높은 기상 우리들이 보여주자/ 화랑도의 높은 기상 우리들이 보여주자// 보내는 가슴에도 떠나는 가슴에도/ 대한의 한마음이 뭉치고 뭉쳤으니/ 그 이름 맹호부대 맹호부대 용사들아/ 태극깃발 가는 곳 적이야 다를쏘냐/ 무찌르고 싸워 이겨 그 이름을 떨치리라/ 무찌르고 싸워 이겨 그 이름을 떨치리라.

전쟁엔 무사만 필요한 게 아니다. 악사도 필요하다. 인간의 이성을 마비시키는 악사들.

거인

티토가 작고했다. 티토가 없는 유고슬라비아는 상상이 안 된다. 1940년대 후반에, 그는 스탈린에 저항했던 유일한 공산주의 지도자였다. 그는 거인이라 할 만한 사람이었다. 1980.5.5.月

혹시라도 1989년에 티토가 권력을 쥐고 있었다면 유고슬라비아는 계속 존속할 수 있었을까? 적어도 그 해체가 피비린내를 동반하지는 않았을 것이다. 소위 유고슬라비아 내전, 그리

고 더 좁혀서는 보스니아 내전이나 코소보 사태는 제2차 세계
대전 이후 유럽이 겪은 첫 전쟁이었다. 그리고 그것은, 제2차 세
계대전이 그랬듯, 유럽인들이 저희들 힘만으로 끝낼 수 없는 전
쟁이기도 했다. 전쟁이 끝나려면 미국의 개입이 필요했다. 미국
은, 프랑스 외무장관을 지낸 위베르 베드린의 말처럼, 단지 슈퍼
파워가 아니라 하이퍼파워가 되었다. 그런데 투쟁은 늘 권력으
로 보상받아야 할까? 제2차 세계대전 중의 전설적 게릴라전이
아니었다면, 티토는 해방된 조국의 지도자가 될 수 없었을 것이
다. 그는 파르티잔 지도자였기에 국가의 지도자가 되었다. 그것
은 부분적으로 김일성의 경우와 같다. 그러나 그들이 반드시 종
신 지도자가 돼야 했을까? 티토가 모스크바에 굴복하지 않았
다는 점이 그의 독재를 받아들일 만한 것으로 만들지는 못한
다. 소위 '자주관리제'라는 것도 독재체제의 면사포였을 뿐이
다. 티토가 거인이었는지는 모르겠으나, '민주주의적' 거인은 아
니었다. 동유럽의 다른 독재자들보다는 더 '민주주의적'이었을
지도 모르지만. '제3세계의 거인'이었다고 말하면 그럴듯하긴
하다. 티토에 대해 아버지가 슬며시 드러내는 호의를 나는 이해
할 수 없다.

아침 일찍 휴대폰 문자 소리에 잠을 깼다. 무심코 열어보니 대출과 관련된 내용 같기도 하고 게임 같기도 하고 종잡을 수가 없다. 발신 번호가 010-0000-0000인 걸 보니 어쩌면 성인용 게임일지도 모른다. 생각해보니 나는 휴대폰을 스물네 시간 내내 켜놓고 사는 것 같다. 잘 때는 꺼놓을까 하는 생각도 있지만, 혹시라도 어머니(나 선이)가 내게 급한 전화를 할 수도 있다는 생각도 들고 해서 굳이 끄게 되지를 않는다. 반면에 연희는 일이 바쁘거나 쉬어야 할 때는 절대로 휴대폰을 켜놓지 않는다. 말하자면 나는 내가 궁금증을 견디지 못하는 것이고, 연희는 바깥세상과 잠시 단절되어도 잘 버티는 것이다.

좋은 세상

광주가 무너진 모양이다. 박정희의 죽음이 내게 준 안도감은 너무 일찍 온 것이었다. 좋은 세상은 언제 올 것인가. 1980.5.27.火

박정희가 죽었을 때 나는 열여덟 살이었다. 앞뒤 꽉 막힌 여고 1학년의 모범생. 비상계엄령과 함께 대학교 휴교령이 내려졌다. 초중고등학교는 열려 있었으므로, 나는 여전히 학교엘 나갔다. 학교 분위기는 무거웠다. 나는 교사들이 이 상황을 어떻게 받아들일지 궁금했다. 묘하게도 대부분의 교사들은 이 사태에 대해서 아무 말도 하지 않았다. 이 일을 거론했던 교사들도, 나라 사정이 어려울수록 모든 국민이 제자리에서 제 일에 몰두해야 한다며, 우리들의 동요를 막으려 했다. 벌써 30년이 넘는 세월이 지났지만, 그즈음의 기억이 또렷하다. 나는 슬프고 불안했다. 실제로 눈물이 나기도 했다. 박정희는 내가 태어났을 때부터 대통령이었다. 나는 박정희 말고 다른 대한민국 대통령이 있을 수도 있다는 것을 상상할 수 없었다. 전쟁이 나면 어떡하지, 하는 두려움도 있었다. 박정희 말고는 북한 공산주의자들의 공격으로부터 대한민국을 지켜낼 지도자가 있을 것 같지 않았다. 그러나 그즈음 아버지는 마음의 평화라도 얻은 듯 담담해 하셨다. 교사들이 아무 말도 하지 않았으므로 나는 아버지에게 물을 수밖에 없었다. "이제 우리나라는 어떻게 되는 거죠?"라고. 아버지는 "독재자가 죽었으니 세상이 좀 더 나아질 것"이라 대답했다. 아버지 입에서 나온 '독재자'라는 말에 나는 조금 놀랐던 것 같다. 그러고 보면 그때까지 아버지와 나는 박정희에 대해서 얘기해본 적이 없었다. 내게 그렇게 슬프고 불안하게 다가 왔던 사건이 아버지에게는 안도감을 주었던 것이다.

그리고 이듬해 5월, 나는 열여덟 살 여고 2년생에 지나지 않았지만, 나라에 뭔가 큰일이 일어나고 있다는 것을 어렴풋이 느꼈다. 나는 그때까지 신문을 열심히 읽는 편이 아니었다. 그러나 그즈음에는 신문을 꽤 읽었다. 내가 발을 딛고 있는 대한민국에서 무슨 일이 일어나고 있는지 궁금했기 때문이다. 신문을 통해, 내 정신의 키는 훌쩍 자랐다. 광주에서 무서운 일이 벌어지고 있다는 것을 알게 된 것도 신문을 통해서다. 나중에 알고 보니, 그 신문들이 진실만을 전한 것은 아니었지만.

아버지는 광주에 대해서 말이 없으셨다. 내가 광주에 대해서 물어보았는데도 말이다. 그저 "좋지 않은 일이 일어나고 있는 모양"이라는 게 아버지의 대답이었다. 게다가 아버지는 "학교 친구들과도 광주 얘기는 하지 않는 게 좋겠다"는 당부까지 하셨다.

그해 5월 광주에서 무슨 일이 일어났는지를 비교적 자세히 알게 된 것은 대학에 들어가서다. 연희는 여고생 때 이미 광주를 알고 있었던 듯하다. 그녀는 내 서울여고 동창일 뿐만 아니라 서강대 동창이기도 하다. 전공도 영문학으로 같았다. 우리들은 '현대사회연구회(현사연)'라는 독서 동아리에 같이 가입했다.

들어가서야 알게 된 사실이지만, 현사연은 경찰과 안기부의 표적이 돼 있던 '불온서클'이었다. 현사연에 들어가서 소위 '광주 비디오'라는 것을 봤다. 독일에서 만들어진 것이었다. 그때 받은 충격은 지금도 생생하다.

나는 현사연에 이름만 올려놓은 '모범생'이었지만, 연희는 동아리 활동에 열심이었다. 우리는 뒷날 '386'이라고 불릴 세대의 일원이었다. 내가 그 이름으로 불리는 것은 겸연쩍은 일이다. 대한민국의 민주주의를 위해 내가 한 일은 몇 번의 시위 끝에 사복 경찰관에게 붙들려 두 차례 경찰서 유치장에서 밤을 보낸 게 다이기 때문이다. 그러나 연희는 달랐다. 그녀는 2년 동안 징역살이를 했다. 그리고 출감을 한 뒤에도 이런저런 일로 구치소를 드나들었다. 연희는 여고시절부터 나와 가깝긴 했으나 우리가 상대방에게 진한 감정을 지니게 된 것은 그녀가 징역살이를 할 때부터다. 처음엔 일종의 부채의식으로, 이어선 동료애로 나는 그녀를 몇 차례 면회했고, 편지를 주고받았다. 대학 2학년 때 처음 학교에서 떨려난 연희는 복학과 제적을 되풀이했고, 입학한 지 11년 만에야 졸업을 할 수 있었다. 그동안 나는 석사과정을 마치고 미국으로 건너가 박사학위를 받고 돌아왔다. 귀국해서 연희를 만났을 때, 나는 평생 그녀와 함께 살 수밖에 없다는 것을 깨달았다. 물론 연희가 그걸 바라는 한 말이다.

1987년 6월의 거리엔 나도 있었지만, 나는 근본적으로 학생 운동이나 사회운동에 거리를 두고 있었다. 아버지는 1987년 이후의 한국을 좋은 세상이라고 판단했을까? 2007년 12월 19일 이후의 한국은 아버지에게 어떻게 비쳤을까? 아버지의 자살은, 그러니까 아버지의 절망은 정치적인 것이었을까, 아니면 순수하게 실존적인 것이었을까? 알 길이 없다. 아버지는 2007년 12월 19일 이후 일기를 쓰지 않았다.

그러고 보니 요번 어버이날 5월 8일은 좀 우울했다. 아버지가 안 계시고 처음 맞는 어버이날이라 어머니한테 신경이 많이 쓰였다. 매사에 그리 다정다감한 편이 못 되는 나는 어머니에게도 착한 딸이 아닌 것 같다. 선이네랑 같이 사시는 것이 다행스럽게 여겨지고, 동생 내외가 고맙다. 그래도 애들이 있으니까 선이네는 분위기가 늘 밝다. 아이들이 어버이날이라고 장식용 카네이션꽃을 두 개씩 만들어와 제 엄마, 아빠, 외할머니, 그리고 이모인 나에게까지 하나씩 달아주었다. 연희가 과장스럽게 서운함을 드러냈다. 내가 어렸을 때 학교에서 장식용 카네이션을 만들어오면, 어머니는 내가 만든 것과 선이 만든 것 두 개를 꼭 달고 나가셨고, 아버지는 그걸 벽에다 걸어놓으셨다. 그것들이 마치

상장賞狀이나 되는 듯해서 어깨가 으쓱했다.

나는 일기를 언제부터 써왔을까. 어려서부터 아버지가 뭔가 읽고 쓰고 계신 모습에 익숙해져서인지 나는 늘 일기 비슷하게 기록하는 것을 습관으로 삼은 것 같다. 그렇다고 내게 특별한 문학적 재능이 있다고 생각하지는 않는다. 그냥 습관이 돼 이것 저것 끼적여서 펼쳐놓고 지내온 것 같다. 선이는 내가 이렇게 벌려놓는 습관 때문에 치를 떨었다.

"언니, 일기장이라도 좀 챙겨라, 응?"

"또 읽어봤니?"

"처음엔 호기심에서 훔쳐보기라도 했는데, 이렇게 마구 늘어 놓으니까 읽고 싶은 마음조차 안 생겨, 제발."

나이 차이가 나는데도 선이는 늘 야무지게 일을 하고 언니인 나까지 챙겨주곤 했다. 그건 나이 먹어서도 별로 바뀌지 않은 것 같다.

미테랑

미테랑이 오랜 도전 끝에 마침내 대통령에 당선됐다. 그의 '사회주

의'가 어떤 꼴일지 기대가 된다. 1981.5.11.月

'기대'라는 말은 아버지가 미테랑에게 호의를 지니고 있었음을 뜻한다. 프랑스인에게 내보이는 그런 호의는 아버지에게 매운 드문 것이었다. 그렇다면 정치적 이유로? 그것도 확실치 않다. 아버지가 중도좌파, 사회민주주의자였는진 모르겠다. 아버지 소설의 몇몇 인물들은 사회민주주의로 경도했지만, 그 인물들이 늘 긍적적 캐릭터는 아니었으니 말이다. 예컨대《발푸르기스의 밤》에 등장하는 로베르트 에버하르트는 선거와 의회를 통해 사회를 바꿀 수 있다고 믿는 베른슈타인주의자이지만, 그의 내면에는 반反유대주의가 똬리를 틀고 있다. 아버지를 무슨 '주의자'로 호명하는 건 불가능해 보였다. 아버지는 호모사피엔스의 분열적, 또는 다중적 성격을 이해하고 있었다. 그리고 그들이 만들어낸 세상의 윤리적 모호함도 이해하고 있었다.

미테랑이 대통령이 됐을 때 나는 여고 3학년이었고, 선은 여고 1학년이었다. 선은 생일이 빨라 초등학교를 일곱 살에 들어갔다. 연희는 나와 같은 반이었다. 대입 준비에만 몰두했던 나에 견주어 연희는 훨씬 어른스러웠다. 어른스러웠다는 것은 정치에 관심이 있었다는 뜻이다. 연희와 애길 나누다 보면 문득 아버지와 얘기를 나누는 느낌이 들곤 했다. 그녀도 아버지처럼 프랑스의 앞날에 대해 어떤 '기대'를 가지고 있었던 것 같다. 연희는 그즈음 어느 날 나와 점심을 먹으며 5공화국 이후 프랑스 정치사를 설명한 뒤, 1930년대의 인민전선과 제2차 세계대전 종전 직후 이래 처음으로 좌파가 프랑스를 운영하게 됐다고 호들갑을 떨었다. 세계사 교과서의 굵은 활자들에만 익숙해져 있던 나는 연희의 박식에 감명 받았다. 학교 성적은 나와 어금지금했지만, 그녀의 지적 더듬이는 사방을 향하고 있었다. 나는 '사회주의'라는 말에서 어떤 부정적 이미지를 떠올렸고, 그 이미지가 프랑스와 쉽게 연결되지 않아 혼란스러웠다. "그러니까 이제 프랑스가 공산주의 사회에 가까워졌단 말이니?"라고 나는 연희에게 물었다. 연희는 "바보 같은 소리! 프랑스가 이제 예전보다 한결 더 민주주의 사회에 가까워졌다는 뜻이지"라 대답했다. 연희는 나보다 조숙했을 뿐만 아니라, 우리 동년배들 대부분보다 조숙했다.

슈퍼에서 장을 볼 때는 푸른 야채 쪽으로 자꾸 시선이 간다. 여러 가지를 꼼꼼히 비교해보다가도 늘상 고르는 것은 상추나, 시금치, 풋고추 정도다. 잘 안 해먹던 재료는 잘 사게 되지를 않는데, 텔레비전에서 우연히 가지의 여러 가지 효능에 대해서 듣고 난 뒤로는 나도 모르게 가지에 손이 간다. 당근도 마찬가지고. 한번은 가지를 사와 어떻게 요리를 해먹나 궁리하다가 결국은 큼직하게 썰어서 프라이팬에 기름을 두르고 구워 먹기로 했다. 당근도 납작하게 잘라서 넣었다. "맞아, 당근의 카로틴은 지용성 비타민이지. 기름과 함께 조리하면 훨씬 좋을 거야"라고 스스로 신통해 하면서 혼잣말을 했다. 커다란 대형 접시에 가지 조금, 당근 조금, 닭고기 조금, 예닐곱 가지를 늘어놓으니 뷔페 음식을 먹는 기분이 들었다. 하지만 영양가가 아무리 좋아도 두 끼, 세 끼 연속해서 먹을 자신은 없다. 아무래도 나는 요리 쪽으로는 취미도, 열의도 없는 것이 확실하다. 그래도 최근 들어 한 일 중에 '생산적 소비'라 부를 만한 일이 있었다. 전기압력밥솥을 산 것이다. 압력솥을 처음 사용해보는 터여서 신경을 써 분량을 맞추었는데도 잡곡밥이 좀 질게 되었다. 내가 원래 된밥을 좋아하지는 않지만, 이렇게 진밥을 먹는 것도 고역스럽긴 마찬가지다. 다음에는 계량컵을 사용해서 분량을 정확하게 맞추어야겠다.

스타일리스트

'스타일리스트'라는 말은 더러 폄훼의 뉘앙스를 담아 사용되기도 하지만, 누구나 스타일리스트가 될 수 있는 것은 아니다. 자기만의 문체를 지니게 되기까지에는, 그래서 필자의 이름이 없어도 누가 썼는지를 이내 알 수 있을 만큼 독특한 글을 쓰게 되기까지에는, 재능만이 아니라 많은 노력이 필요하다. 스타일을 지니고 있다는 것은 문필가로서의 장점이지 단점은 아니다. 스타일리스트라는 말에서 내가 제일 먼저 떠올리는 이름은 지난 90년에 작고한 문학평론가 김현이다. 그는 유럽어 번역투의 한국어도 눈이 시리도록 아름다울 수 있다는 것을 모범적으로 보여준 개성적인 스타일리스트였고, 자신의 문체로 많은 사람들을 감염시킨 문장의 교사였다. 나를 두고도 스타일리스트라고 부르는 사람들이 있는 듯한데, 내 의견은 좀 다르다. 내 글은 이를테면 '표준적' 문장인 듯하다. (겸체하는 것이 아니다.) 나는 '어떻게'보다 '무엇을'을 더 중시한다.

나보다 연배가 아래인 문필가 가운데도 스타일리스트는 많다. 소설가 박상륭·이인성, 문학평론가 김우창·유종호·정홍수, 시인 황지우, 문화평론가 이재현 같은 이들은 그 개성적인 스타일로 한국어의 산문에 아름다운 무늬를 만들고 있다. 그러나 한 자연언어를 나무에 비유하자면 스타일리스트의 산문은 아름답게 뻗어나간 가지들이지, 그 몸통이 될 수는 없다. 한 자연언어에는 스타일리스트의 개성적인 글 이전에 그 언어를 사용하는 사람이면 누구나 익혀야 할 어떤 표준적 문장, 교과서적 문체가 필요한 법이다. 그런 표준적·교과서적 문장을 익히지 않은 채, 섣불리 스타일리스트의 문장만을 흉내내다가는, 겉멋만 배어 있을 뿐 문법에도 어긋나고 논리도 풀어진 나쁜 문장에 버릇 들기 십상이다.

김정수 씨의 새 책 《외로움과 괴로움》은 한국어의 그런 표준적 문장을 모아놓은 교과서라고 할 만하다. 김정수 씨는 이 산문집에다 자신이 평론문에서 보여주었던 개성적 글쓰기의 욕망을 최대로 억제하고 쓴 듯한, 가히 한국어의 몸통이라고 할 만한 표준적 글 54편을 모아놓고 있다. 방금 나는 저자가 개성적 글쓰기의 욕망을 억제한 듯하다고 말했지만, 되다 만 스타일리스트가 흔한 우리 글판에서 실상 김정수 씨의 이 글들이야말로 그 교과서적 단정함으로 독특한 개성을 확보하고 있다고도 할 수 있다. 이 책은 내용에서도 젊은 세대에게 읽힐 만하다. 흔히 자신의 일상에서 길어 올린 생각들을 따라가다 얻게 된 깨달음을 기록하고 있는 이 글들은 그 온건한 양식으로 독자들의 마음을 덥힌다. 그 깨달음이 흔히 통념이라고 불리는 것에서 크게 벗어나 있는 것은 아니지만, 내가 보기에는 그런 통념이야말로 한 공동체를 든든히 떠반치고 있는 기본적 가치들인 것 같다. 김정수 씨는 예비 국어 교사들을 가르치는 사범대학 교수이기도 하다. 이 책에 모인 글들은 중등학교 교과서에 실려도 전혀 어색하지 않을 것 같다. 1985.5.4.±

김정수 씨에 대한 아버지의 호의가 뜻밖이다. 김정수 씨는 보수주의자, 귀족주의자를 자처하는 사람이니 말이다. 어쩌면 그 호의는 김정수 씨의 글 전반을 향한 것이 아니라《외로움과 괴로움》만을 향한 것인지도 모르겠다. 아버지는 '논쟁적'인 글을 좋아하지 않으셨다. 따지고 보면 글을 쓰는 것 자체가 '날 좀 알아달라'는 하소연일 수도 있겠다. 적어도 아버지는 그 하소연이 사나운 언어로 쓰이는 걸 좋아하지 않으셨다.

5·3사건

인천에서 벌어진 반정부 시위가 매우 격렬했던 모양이다. 1986.5.3.±

4·19나 6·10 같은 혁명적 상황을 제외하면, 그날 시위는 유례없이 규모가 컸고, 과격했다. 시위대의 일부가 사회주의적 전

망에 올라타고 있던 것은 분명하다. 5·3사건은 한국 자본주의를 소란스럽게 할 만큼 프롤레타리아의 힘이 커졌음을 보여주었다. 연희도 그 자리에 있었다. 그녀는 징역살이를 마치고 복학했다가, 다시 제적된 상태였다. 나는 그때 이미 내 알량한 학생운동에서도 손을 떼고, 대학원에 진학한 지 얼마 안 된 참이었다. 대학원을 이화여대로 간 것은, 거기 유종호 선생님이 계셨기 때문이다. 그 전에 선생님과 무슨 인연이 있었던 건 아니고, 학부에 다닐 때 보던 계간지《세계의 문학》이 나를 그 선생님께로 이끌었다. 5·3 시위는 그 이듬해 6월항쟁의 질료가 되었을 뿐만 아니라, 7~8월 노동자 투쟁의 씨앗을 뿌렸다. 5·3은 한국에서 부르주아민주주의자들과 프롤레타리아가 손을 잡은 거의 마지막 투쟁이 아니었을까? 6·10이 그렇지 않느냐는 반론도 있을 수 있겠으나, 그것은, '넥타이부대'라는 말이 상징하듯, 근본적으로 부르주아 항쟁이었다.

학교 후배 민정이랑 신촌에서 저녁 약속을 했다. 지금 출판사에서 일하고 있는 민정이는 다른 직원 한 명을 데리고 왔는데 안면이 있는 이였다.

"독고 선생님, 안녕하세요? 제가 불청객으로 따라왔는데 괜찮지요? 오늘은 우리가 좀 한가해서요."

"아, 네, 그럼요. 그때 술자리에서 뵙고…… 오랜만이네요."

"그러게요. 그럼 오늘도 아예 술자리로 만들어볼까요, 하하."

"언니는 요즘 바깥나들이가 뜸하던데, 뭐 바쁜 일 있어요?"

"바쁜 일은 무슨. 나야 늘 그 일이 그 일이지."

"그나저나, 언니 어머니는 이제 좀 괜찮으세요? 인제 일 년 되네요."

"응, 요즘은 활동도 하셔. 괜찮아."

"독고준 선생님 계실 때 원고를 좀 받아두는 건데, 그게 제일 아쉽더라."

후배가 조심스럽게 얘기를 꺼냈다. 아마도 집에 아버지가 써 놓은 글들이 있을 거라고 짐작을 하는 모양이다.

"어, 뭐, 그렇게 특별한 미발표 원고가 있을 것 같지는 않은 데……."

"저희가 독고준 선생님의 열렬한 팬인 건 잘 아시지요? 혹시 유고라도 내실 참이면 좀 진지하게 생각해주십쇼."

술잔을 권하며 김씨 성을 가진 남자 직원이 수완 좋게 덧붙인다.

아버지가 한두 출판사에서만 책을 계속 내왔기 때문에 이

출판사에서는 아버지 책이 마음에 들고 안 들고를 떠나서 출간할 기회가 없었다.

"원고라도 있으면 한번 생각이라도 해보겠지만……."

애매하게 대답을 하면서, 얘는 결국 나를 보자고 한 목적이 출판 로비였네, 생각한다. 뭐, 어차피 어머니가 나와 선이에게 아버지 일기장을 넘긴 것도 얼마 전 일이니까. 만약 아버지의 일기를 출판한다면 얼마나 많은 부분을 덜어내야 하는 걸까. 좀 머리가 아파오기 시작한다. 예상치도 않았던 문제를 미리 걱정해야 하다니…….

웃고 떠들며 얘기하던 중에 '쿨병 중증'이란 말이 나왔다. 맞어. 요즘은 쿨한 것 좋아하지. 일단, 쿨하게 접어두자.

5월

어제, 김귀정이라는 성균관대 3년생이 경찰의 시위진압 과정에 숨졌다. 1991.5.26.日

노동자와 학생들의 죽음으로 점철된 그해 5월에 대한 아버지

의 기록은 딱 이 한 줄이다. 전쟁에서 특히 그렇지만, 시위에서
도 다치거나 죽는 건 주로 젊은이들이다. 늙은 세대의 이념(차라
리 이해관계) 다툼 속에서 젊은이들이 죽는다. 1980년 이후 해마
다 5월은 죽음의 달이었지만, 특히 이해 5월이 그랬다. 그때 나
는 미국에 있었다. 브라운대학 박사과정 학생이었다. 연희는 그
즈음 문화운동에 열심이었다. 민문협, 민문연, 노문연으로 이어
지는 문화운동 단체에서 그녀는 음악 쪽 일을 하고 있었다. 연
희는 대학에서 나처럼 영문학을 공부했지만, 음악에 재능이 있
었다. 노래를 잘 불렀다는 뜻은 아니고, 노래 만드는 재주가 있
었다는 뜻이다. 1980년대 이후 한때 대학 제적생이 노동현장에
'위장취업'하는 것이 한 흐름을 이루었지만, 연희는 노동운동에
발을 들여놓지 않았다. "공장 생활을 내 몸이 견뎌낼 수 없을
것 같았어"라고 연희는 내게 보낸 편지에서 쓴 적이 있다. 그녀
에게 굵은 팔뚝은 없었지만, 예민한 귀는 있었다. 소위 민중가
요 가운데, 일반인들에게도 잘 알려진 노래 몇 곡은 연희가 만
든 것이다. 예컨대 〈한라에서 백두까지〉나 〈5월〉 같은 노래들.

그 노래들에 생각이 미치니, 지난해 5월이 떠오른다. 시청 앞
으로 노란색 물결들이 몰려들었다. 손에 노란 꽃을 든 아주머
니, 노란 장화를 신은 아이, 노란 티셔츠, 노란 선캡, 온통 노

랑 일색이었다. 브라운대의 옛날 은사님이 소개한 크리스틴이란 분이 관광을 왔다고 해서 덕수궁에 시간 맞춰 대려고 택시를 타던 중이었다. 택시 기사가 요리조리 돌려서 가는데도 약속 시간을 넘길 것 같아 초조했다. '약속시간을 좀 더 일찍 잡을 걸 그랬나?' 하다가 '그래, 이 광장의 풍경을 보는 것도 의미 있는 관광이 될 거야'라고 생각하기로 했다. 다행스럽게도 중간에 길이 막히지 않았다. 덕수궁 안을 둘러보고, 천천히 걸어서 인사동으로 이동했다.

제자인 희진이한테서 뜻밖의 선물을 받았다. 일전에 내가 지나가는 말로 "아이, 우산이나 양산도 너무 무거워서 들고 다니기가 힘들어. 요새 날씨처럼 오락가락할 때는 가벼운 뭔가가 있으면 좋을 텐데"라고 했던 말을 기억하고 있었던 모양이다. 어디서 구했는지 아주 조그맣고 때깔 좋은 양산을 내밀었다. 내가 늘 신세를 지는, 크고 작은 심부름들로 괴롭힘을 당하는 아이인데도, 오히려 내게 받기만 한다고 미안해 한다. 사람마다 마음에도 결이 있을 터인데 희진의 마음결은 정말로 곱디고울 것이다.

만델라

남아프리카공화국 최초의 다인종 선거에서 만델라가 대통령에 당선됐다. 기쁘다. 1994.5.7.土

아버지의 장편《흑과 백》(1985)은 남아프리카를 배경으로 한 것이었다. 아버지의 소설(장편이든 중단편이든)이 동시대 소설들과 특히 달랐던 점은, 배경을 외국으로 삼은 것이 적잖다는 것이다. 그것이 내재적으로 꼭 필요한 장치였는지, 아니면 군사정권의 박해를 피하기 위해 만든 은폐장치였는지는 확실치 않다. 어쩌면 둘 다였는지도 모른다.

아버지가 해외에 나가본 것은 연세가 지긋해지신 뒤였다. 그런데 젊은 시절에 쓴 소설들 가운데도 외국을 배경으로 한 것들이 있다. 그중에는 한국인이 등장하는 작품도 있고, 아예 한국인이 등장하지 않는 작품도 있다.《흑과 백》에도 한국인이 등장하지 않는다. 이 작품은 흑인해방을 위해 싸우는 어떤 네덜란드계 백인의 복잡한 내면을 그린 심리소설이다. 다수파(물론 남아공의 인종적 다수파는 예나 지금이나 흑인이지만, 아파르트헤이트를 비롯한 정치적 결정들이 네덜란드계 백인이나 영국계 백인들 손에 달려 있었다는 점에서 진정한 다수파는 이 백인들이었다) 또는 주류가 소수파 또는 비주류에게 차별의식을 갖지 않는 게 얼마나 힘든지를 이 소설은 보여준다. 그 전에 인도를 배경으로 한 단편 몇 편에도 한국인이 나오지 않지만, 한국인을 등장시키지 않은 장편은 《흑과 백》이 처음이다. 이 소설에 만델라가 직접 등장하지는 않는다. 그러나 그 이름은 등장인물들의 입에서 여러 차례 거론된다. 그가 대통령이 됐으니, 아버지도 감회가 컸을 것이다.

퍼스트레이디

재클린 리 부비에 케네디 오나시스가 죽었다. 1994.5.20.金

좀 지나친 것 아닌가 싶게 그녀의 죽음에 대한 미디어의 반응이 컸던 걸로 기억된다. "내 일생 중 가장 큰 성취는 수많은 고통을 겪고도 평온을 유지할 수 있었던 것"이란 그녀의 말이 생각난다. 화려하면서도 극적인 삶을 겪으면서 인생의 섭리를 터득했던 걸까. 그녀의 모습은 언제 보아도 매력적이다. 하지만 그녀의 외적 매력이 전부는 아닐 것이다. 비록 자신의 운명을 건 선택들이 결과적으로 최선은 아니었으나, 철저하고 처절한 자기 관리가 오늘날까지 그녀를 매력적으로 보이게 하는 이유일 것이다. 어차피 대중들은 대중매체가 보여주는 이미지를 통해서 그녀를 바라보았고, 그녀는 그 점을 일찍부터 간파하고 있었다. 그녀가 세상에서 가장 부유한 나라의 퍼스트레이디가 된 게 서른 갓 넘어서였다는 사실이 새삼 떠오른다.

기우뚱한 균형

어제, 아내와 아이들이 '갑년' 운운하기에 별소리 다 한다고 물리쳤다. 매년 생일 때마다 가족과 외식을 하는 것도 쑥스러운데 회갑연이라니. 순임과 둘이 광화문의 일식집 '도쿄'에서 참치 정식을 먹는 것으로 '회갑연'을 대신했다. 집에 돌아오니 거의 열 시, 그런데 뜻밖에도 그 늦은 시각에 학이 전화를 했다. 막무가내로 당장 나오라는 것이다. 산울림 소극장 근처의 '마포껍데기집'으로. 40년지기의 강청을 물리치기가 어려웠다. 학은 한 달쯤 전 교육부 장관직에서 물러난 터다. '마포껍데기집'은 한 해에 너덧 번 내가 학과 만나는 곳이다. 옥호에 '껍데기'라는 말은 있지만, 학과 내가 그 집에서 시키는 안주는 대개 소갈빗살이나 막창구이다. 문리대 동창들과 교유가 거의 없는 나에겐 학이 서로 너나들이하는 드문 벗이다. 행인지 불행인지 학과 나는 또래들에 견줘 술이 세다. 한 달에 한두 번 정도는 밤을 꼬박 새워 마시기도 한다. '마포껍데기집'은 그런 밤샘 술자리에 딱 어울린다. 날이 새 출근시각이 될 때까지 영업을 하기 때문이다. 룸살롱들 역시 마찬가지일 테지만, 나만이 아니라 학도 룸살롱을 불편해 한다. 나야 한갓 서생에 지나지 않으니 그럴 수도 있지만, 정치판 한구석에 발을 들여놓았던 학까지 룸살롱을 불편해 하는 것이 신기하다. 오늘도 우리는 아침 아홉 시가 넘어서 껍데기집을 나왔다. 학은 여당 지도부로부터 총선에 나가라는 권유를 받고 있는 모양인데 그리 내키지는 않는 듯하다. 그렇다고 학교로 돌아가기도 싫고, 아내와 둘이 경주로 낙향하고 싶단다. 이야기가 정치에 이르렀기에, 내가 몇 차례 부러 김영삼 씨 험담을 했다. 학은 그냥 웃기만 하다가 마침내 정색을 하고 반격을 했다. 김영삼 씨의 삼당합당과 집권이 아니었으면 정치군부를 숙청할 수 있었겠느냐고. 맞는 말이다. 나 역시 김영삼 정권의 수혜자다. 글을 쓰며 자기검열을 하는 일이 거의 없어졌으니 말이다. 그런데도 뭔가 개운치 않다. 정의를 이루기 위해 부정의를 행하는 것은 정의로운 일인가? 껍데기집의 몇몇 젊은 손님들이 학과 나를 알아보고 말을 건넨다. 사인을 부탁하며 책이나 노트를 들이밀기도 한다. 둘이어서 소주 다섯 병과 맥주 여남은 병을 비운 듯. 그런데 신기하게도 오늘 숙취가 없다. 1995.5.4.木

아버지를 '행동'에서 멀어지게 한 것은 만사에 대한 회의였다. 명확해 보이는 것 앞에서도 아버지가 버리지 못한 윤리적·논리적 의심이 아버지의 목소리를 낮추었다. 아버지가 윤리나 논리의 척도로 삼은 것은 균형이었다. 더 정확히는, 어느 철학자의 표현대로 '기우뚱한 균형'이었다. 그 기우뚱한 균형 속에서만, 아버지는 편안할 수 있었다. 평등과 자유의 기우뚱한 균형, 정의감과 세속적 이해관계의 기우뚱한 균형. 그 균형이 기우뚱해야 하는 것은 '가치'라는 것이 스칼라가 아니라 벡터이기 때문이다.

김수영

《창작과 비평》 여름호에 시인 김수영金洙暎의 에세이 7편이 실려 있다. 지난 1981년 민음사에서 나온 《김수영 전집》에 누락된 글들이다. 김수영은 지난 세밑에 작고한 미당 서정주와 함께 지금 활동 중인 시인들로부터 가장 커다란 메아리를 얻고 있는 시인일 테지만, 한국문학사에서 김수영의 자리가 시에만 국한돼 있는 것은 아니다. 그는 문학과 사회와 정치에 대한 자신의 생각을 상큼하고 통찰력 넘치는 에세이로도 표현할 줄 알았던 산문가이기도 했다. 한 장르에서 활동하는 것이 상례가 된 50년대 이후의 한국 문단에서 읽을 만한 에세이를 남긴 시인은 많지 않다. 김수영 이후만을 본다면, 나는 고은·오규원·이성복·황지우·김정환·김형수 정도의 이름을 얼른 떠올릴 수 있을 뿐이다. 이들의 에세이에도 짙게든 옅게든 김수영의 그림자가 드리워져 있다. 《창작과 비평》이 '발굴'해 실은 그의 에세이들에 별난 점은 없다. 독자들이 그동안 김수영을 읽으며 익숙해진 자유와 사랑의 갈구, 우리 문화의 후진성에 대한 탄식, 매문賣文에 대한 자조自嘲 같은 것이, 60년대 문단의 한 돋을새김이었던 그의 '해외문학적 교양'과 어우러져 있다. 나라 바깥이라고는 일본과 만주밖에 가보지 못했던 김수영은 외국 문학에 대한 갈증이 대단했던 것 같다. 그는 번역을 자기 생업의 가장 중요한 부분으로 삼았고, 지속적으로 외국의 문화 잡지들을 훑었다. 그의 시에서까지 언급되는 《엔카운터》지가 그가 마땅히 혐오했을 미국 중앙정보국의 뒷돈으로 운영됐다는 것을 생전의 김수영이 알았을까 싶기는 하지만, 그는 그런 수상쩍은 잡지에서조차 어떤 진보적 부분을 뽑아내 자기 정신의 자양분으로 삼았다. 불문학을 전공한 평론가 김현도 자신이 쥘 쉬페르비엘이라는 프랑스 시인의 이름을 처음 접한 것이 김수영의 에세이에서라고 고백한 적이 있거니와, 외국 문화에 대한 김수영의 관심은 흔히 아마추어적 경지를 넘어섰고, 그 당시로서는 금제의 공간이었던 사회주의권까지를 포괄했다. 《창작과 비평》에 실린 그의 에세이 한 대목. "소설이나 시의 천재를 가지고, 쓰지 못해 발광을 할 때는 세상이란 이상스러워서, 청탁을 하지 않는다. 반드시 그런 재주가 고갈되고 나서야 청탁을 하기 시작한다. 그러니까 무릇 시인이나 소설가는 청탁이 밀물처럼 몰려올 때는 자기의 천재는 이미 날아가버렸다고 생각하는 게 좋다. 세상은 참 우습다. 그렇게 이를 갈고 속물들을 싫어할 때는 아무 소리도 없다가 이렇게 내 자신이 완전무결한 속물이 된 뒤에야 속물에 대한 욕을 쓰라고 한다. 세상은 이다지도 야박하다."(《이 거룩한 속물들》) 2001.5.28.月

나는 때로, 김수영이 문단을 가로지르는 비평 유파들을 통해 과대평가되었다는 생각을 하기도 한다. 아버지도 더러 그런 말씀을 하셨다. 그런데 뜻밖에 이 글에서는 김수영에 대한 평가가 긍정적이다. 하긴 세계관이 그렇듯, 심미안도 바뀔 수 있는 거니까. 아니, 서로 모순되는 듯한 세계관이나 심미안이 한 사람의 머릿속에 공존할 수도 있는 거니까. 그에 대한 존경을 공언한 바 있는 고은처럼, 김수영의 산문에는 오문誤文, 비문非文이 많다. 그의 시에서 가끔 보이는 오문은 의도된 시적 허용이 아니라 서투른 한국어의 표지標識가 아닐까?

콤플렉스

소설가 김원일 씨의 화갑을 맞아 평론가 권오룡 씨가 엮어낸《김원일 깊이 읽기》라는 책의 끝머리에는 작가의 시들이 실려 있다. 대개 '잠언'이라는 제목을 달고 있는 데서도 드러나듯, 이 단형시들은 온전히 정제한 작품이라기보다 섬광처럼 떠오른 생각들을 서둘러 글로 낚아챈 메모에 가깝다. 그러나 이 짧은 메모들은 지난 40여 년 동안 20세기 한국사를 가족사 속에 수렴하며 웅장한 문학적 성채를 쌓은 이 대형 작가의 깊숙한 마음자리를 흘끗 보여준다. 소설은 흔히 체험의 '변형'이지만, '체험'의 변형인 것도 엄연하다. 김원일 씨의 많은 작품에 실체성이 마모된 채 흐릿한 흔적이나 아스라한 기억의 형태로 등장하는 아버지는 작가에게 "해방과 전쟁 사이/ 말갈기같이/ 어둠의 산야를 달리다/ 젊은 나이에/ 이슬로 마른/ 아.버.지/ 한 번도 불러본 적 없는/ 두려운 그리움/ 이슬"(〈아버지〉에서)이다. 이 부재하는 아버지는 6·25 전쟁 때 가족을 남쪽에 남겨두고 북으로 가버린 사람이다. 연좌제의 그늘 속에서 작가에게 늘 '두려운 그리움'이었던 아버지가 없었다면, 또는 그 아버지가 성장기의 작가 곁에 실재했다면, 김원일 씨는 소설가가 되지 않았거나 지금과는 매우 다른 소설가가 되었을지 모른다. 작가의 소설들 속에서 강인하고 매몰찬 여성으로 등장했던 어머니는 "내 귀밑머리 셀 때/ 눈감으신 어머니/ 귀밑머리에 눈물 머무니/ 지난 말씀 다시 적신다/ 정직한 사람이 되어라"(《잠언3》에서)고 회억된다. 김원일 씨 자신이나 그의 실제實弟인 소설가 김원우 씨의 회고로 미루어보면, 그 어머니는 김원일 씨를 가혹한 매질로 키웠던 듯하다. 그런 어머니에 대한 불편한 감정은 《마당 깊은 집》을 비롯해 김원일 씨의 작품 여러 군데서 드러난다. 그 어머니를 추억하며 작가가 끌어낸 '정직한 사람이 되어라'는 밋밋한 가르침은 김원일 씨 소설들이 내장한 강건한 윤리성, 그 사기邪氣 없되 슬프고 더러는 억압적인 청정의 근원인 것 같기도 하다. '잠언4'라는 제목을 단 "눈 가자 귀도 가고/ 벙어리 삼중고에/ 수족마저 못 쓰면/ 동무 삼아 치매와 놀다/ 마지막 식물인간 되어도/ 혀는 맛을 안다나/ 징그러워라/ 생명의 마지막 욕망" 같은 텍스트를 읽다 보면 《슬픈 시간의 기억》의 어떤 인물들이나 《아우라지 가는 길》의 자폐증 청년의 얼굴이 활자 위에 내려앉는다. 작가는 "불은 타올라 높게 솟아 혁명이 되고/ 물은 바다로 낮게 흘러 소금이 된다"(〈잠언2〉에서)고 말했다. 김원일 씨는 그의 대표작 가운데 하나에 《불의 제전》이라는 제목을 붙인 바 있지만, 전쟁과 분단을 휘감고 흐르며 그의 드넓은 문학 공간을 채워온 것은 반짝이는 삶의 소금을 만들어내는 물이었던 듯하다. 2002.5.25.土

아버지의 아버지는 남으로 내려왔으나, 김원일 선생의 부친은 북으로 올라갔다. 가족 가운데 월북한 이들이 있는 작가들에게 아버지는 일종의 콤플렉스 같은 걸 지니고 계셨던 모양이다. 일종의 윤리적 콤플렉스를.

운명

복거일 씨는 《비명을 찾아서》, 《역사 속의 나그네》 같은 소설과 《오장원의 가을》이라는 시집을 통해 잘 알려진 문인이지만, 경제와 과학을 중심에 놓고 현재와 미래 세계를 진단하고 처방하고 예측해온 문명비평가이기도 하다. 하이에크를 연상시키는 자유지상주의(리버태리어니즘)적 경제평론들과 도구주의적 언어관에 기초한 영어 공용어화론 등 그의 '과격한' 입론들 때문에 복거일 씨는 우리 지식인 사회의 주류로부터 흔히 따돌려지거나 적대시되어왔다. 복거일 씨의 문체는 그의 생각만큼 과격하지 않다. 단아하고 명료하고 깔끔한 그의 문체는 그의 글에 담긴 메시지의 과격함과 도발성을 때로는 덮고 때로는 돋보이게 하면서, 그의 글을 표한 아우라로 감싼다. 아무튼 그는 글솜씨가 부족한 전문가들과 전문지식이 부족한 문장가들만 흔한 사회에서, 전문적 담론을 잘 다져 일반인들이 먹기 편하게 요리해주는 탁월한 대중화 저자의 면모를 보여왔다. 수년 전부터 글쓰기가 뜸했던 그가 《문학과 사회》 여름호에 〈유전자 혁명과 인류의 진화〉라는 글을 발표했다. 문체는 여전히 깔끔하고 생각은 여전히 전복적이다. 복거일 씨는 이 글에서 유전자 혁명의 경과를 기술하고 그 앞날을 예측하며 그 혁명에 대처하는 길을 모색한다. 그가 특히 강조하는 것은 유전자 혁명의 뜻을 살필 때 인류 진화의 맥락에서 긴 시평을 유지해야 한다는 것이다. 그가 말하는 진화는, 긴 시평이라는 말에서 암시되듯, 사람과 기계 사이의 이종 교배로 나온 개체(사이보그)를 통한 인체의 기계화나 그것의 귀결점으로서의 초인(슈퍼맨)의 출현만이 아니라, 계급적·공간적 거리가 야기할 서로 다른 종으로의 인류의 분화, 더 나아가서 지구 생물들의 '물체 복제'를 통해 먼 별에서 태어나고 진화할 수도 있는, 그래서 지구 위의 생물들과 물질적 연속이 끊긴 새로운 생물체들의 경우까지를 포함한다. 그러니까 복거일 씨가 이 글에서 제기하는 것은 사람이란 무엇인가, 어디까지가 사람인가라는 대단히 형이상학적인 질문이다. 연구 사업에서 기업의 역할을 강조한다든가, 종교의 외투를 걸친 비과학적 믿음의 폐해를 지적하는 등, 복거일 씨는 이 글에서도 그가 지금까지 보여주었던 자유주의적 유물론자의 모습을 의연히 보여준다. 그리고 다른 글들에서도 그랬듯, 그는 이 글에서도 원만하게 타협하거나 적당한 선에서 멈추는 것이 아니라 끝까지 나아가 뿌리를 뽑는다. 긴 시평에서 그가 상상하고 있는 미래의 '인류', 외양도 심성도 우리와 전혀 닮지 않은 그 낯선 '인류', 여러 종으로 나뉘고 심지어 우리와의 물질적 연속성마저 지니지 않은 우리의 '후손'을 생각하는 일은 어쩔 수 없이 음산하고 꺼림칙하다. 2003.5.27.火

복거일 씨에 대해 아버지가 보였던 호의는 생전의 아버지에게 복거일 씨가 보였던 존경의 반대급부 같다. 아버지의 교유交遊에서 가장 뜻밖인 것이 복거일 씨와의 사귐이다. 그것은 현우림 씨나 이동하 씨에게 아버지가 보였던 호감보다 더 놀랍다. 복거일 씨는 극단을 추구하는 사람이고, 아버지는 늘 중용을 얘기하던 분이었으니 말이다. 사람의 사귐도 운명인 모양이다.

아내와 함께 홍제천변을 걸었다. 봄볕과 봄바람이 살갗을 간질였다. 자전거를 탄 젊은이(심지어 내 또래의 늙은이도 띄엄띄엄 보였다)들이 우리들 곁을 싹싹 지나갔다. 걷는 것도 좋지만 자전거를 타고 좀 먼 하이킹을 하는 것도 괜찮아 보였다. 아내는 자전거를 탈 줄 모른다. 배우기엔 너무 늦은 나이인가? 그렇지 않을 것 같다. 아내는 건강하니까. 아내와 일본엘 다시 갈 수 있다면, 자전거 여행을 하고 싶다. 홍제천변에서, 나는 아내의 손을 잡고 걸었다. 아내의 손은 늙은이의 손이었다. 내 손 역시 그랬지만, 아내의 손보다는 덜 거칠었다. 아내에 대한 미안함이 가슴 한구석을 아리게 했다. 얘기는 주로 아내가 했다. 처갓집 식구 얘기들, 왕국회관 사람들 얘기, 아이들 얘기. 저녁은 선이 집에서 온가족이 함께 했다. 선우서방이 직장에서 부국장으로 승진했다 해서 마련된 자리였다. 선은 바쁘기도 하고 음식 솜씨도 없는 터라, 중국음식을 배달시켰다. 붉은 포도주를 두 병 마셨다. 가애와 평애가 내 핏줄 같다. 2004.5.4.火

이즈음이 아버지의 가장 편한 시기였는지 모른다. 이제 아버지는 소설만이 아니라 글을 거의 쓰지 않으셨지만, 나날의 삶에서 자족감을 느끼시는 듯했다. 가족 사이의 유대도 가장 단단해 보였다. 가애와 평애는 제부가 전처와의 사이에 둔 딸아이들이다. 제부의 고향이 가평이어서, 이름을 가애, 평애라 지었다 한다.

정치

헌법재판소가 노무현의 탄핵소추를 기각했다. 이것이 법리적 판단이었는지 정치적 판단이었는지는 확실치 않다. 그러나 헌법재판관들이 지난 총선 결과의 영향을 전혀 안 받았다고 판단하는 것은 어리석다. 2004.5.14.金

아버지의 견해에 전적으로 동의한다. 정치는 사람살이의 모든 부분을 최종적으로 조정하고 제어한다. 그래서 욕하기도 칭찬하기도 어려운 것이 헌재다. 총선에서 한나라당이 이겼다면, 한국인들은 사법부가 국가원수를 몰아내는 광경을 처음 목격했을지도 모른다. 그렇다면 헌재가 한 일은 일종의 인민재판이었을 것이다. 그 뒤 행정수도 이전을 위헌이라 판결했을 때, 헌재의 이 판결 역시 인민재판이라 말할 수밖에 없다. 이때의 인민은 이 사회에서 기득권을 누리는 특별한 인민일 것이다. 강남 지역의 세 구나 한남동 같은 데서 사는. 오웰의 풍자를 훔쳐오자면, '모든 인민은 평등하다. 그러나 어떤 인민은 더 평등하다.'

대중

전통 사회에서 글을 쓰고 책을 내는 것은 극히 제한된 사람들만 누릴 수 있는 축복이었다. 동아시아에서는 그런 사람들을 흔히 유자儒者 또는 선비라고 불렀고, 유럽에서는 리테라티라고 불렀다. 그런 복을 누릴 수 있는 사람이 드물었던 것은 보통교육이 확립되지 않은데다가, 글말과 입말이 분리돼 있었기 때문이다. 동아시아에서 글을 쓴다는 것은 고전 중국어 곧 한문으로 글을 쓰는 것을 뜻했고, 유럽에서 글을 쓴다는 것은 옛 로마시대의 문어 곧 고전 라틴어로 글을 쓴다는 것을 뜻했다. 당연히, 사회 구성원 대다수가 문맹의 늪에서 헤어날 수가 없었다. 민족국가의 성립과 함께 자국어로 글을 쓰는 것이 당연시되고 시민혁명 이래 보통교육이 도입되면서 그런 제약은 크게 줄어들었다. 그 뒤 '대중'이 역사의 전면에 등장하면서 지식인들은 자신들이 전통 사회에서 누렸던 독점적 지위를 위협받게 됐다. 그러나 아직도 누구나 책을 낼 수 있는 것은 아니다. 집필에서 출판에 이르는 과정이 어떤 사람들에게는 가 닿을 수 없는 먼 곳이다. 한편, 표현 욕구는 사람에게 본원적인 것이다. 특히 삶의 황혼에 이르러 자신의 삶을 돌아보고 자신이 살았던 흔적을 남기고 싶다는 바람은 자연스럽다. 그런 바람을 격려하는 것은 문학의 민주화라는 측면에서도 바람직하다. 최근 기묘숙奇苗淑이라는 분이 쓴 《걸어온 길을 되돌아보며》라는 문집을 읽었다. 비매품이다. 발행처가 고봉학술원高峯學術院이라고 되어 있는 것으로 보아, 저자가 조선 중기의 성리학자 고봉 기대승奇大升의 후손인 듯하다. 저자는 1916년생, 그러니까 세는나이로 89세다. 그는 6·25 한 해 전인 1949년에 남편을 잃고 아들 둘과 딸 하나를 어렵사리 키워냈다. 중년에 이르러서는 원불교에 입교해 마음을 추슬렀다. 《걸어온 길을 되돌아보며》는 지나온 삶에 대한 저자의 회고와 종교적 명상으로 채워졌다. 학교 공부를 하지 않은 이의 글이어서 문체는 질박하고 단조롭다. 그러나 투박한 표지만큼이나 멋부림 없이 쓰여진 이 글들에는 누구도 대신할 수 없는 기묘숙이라는 개인의 삶이 묻어 있다. 사실, 이런 종류의 책에도 특권으로서의 글쓰기나 출판이라는 혐의가 없는 것은 아니다. 글과는 무관한 삶을 살아온 저자가 책을 낼 수 있었던 데에는 전문직 종사자들로 잘 자란 자식들의 배려나 아직도 우리 사회에 남아 있는

'가문家門'이라는 봉건적 에토스의 힘이 작용했을 것이다. 그러니까 글쓰기의 민주주의는 아직 미래의 일인지 모른다. 그러나 글쓰기의 민주주의는 시간을 우군으로 삼고 있다. 특히 인터넷은 대중으로서의 지식인을 탄생시키며 즐김으로서의 글쓰기, 아마추어리즘으로서의 글쓰기를 격려해, 교육적·계급적·연령적 배경과 상관없이 누구나 사이버 공간과 현실 공간을 넘나들며 자유롭게 글을 쓰는 문자의 민주주의를 머지않은 미래에 실현할 것이다. 2004.5.20.木

아버지는 때때로 '지식인의 소멸'이 아니라 '모든 이들의 지식인화'가 올바른 미래 전망이라고 말씀하셨다. 그런데 아버지는 《걸어온 길을 되돌아보며》라는 책을 어떻게 구한 것일까? 기씨奇氏 문중과 무슨 통교가 있으셨던 걸까?

독서

평범한 독자들에게 철학 책이 매력적인 경우는 드물다. 수학 책이나 물리학 책만큼은 아닐지라도, 철학 책 역시 특정한 부류의 사람들만을 위한 배타적 읽을거리로 보이는 일이 잦다. 입문서라고 해도 사정이 크게 달라지지는 않는다. 역사적 순서에 따라 서술을 하든 주제나 사조별로 서술을 하든, 철학 입문서는 쉽게 씹어지지 않는 개념어들과 미로 같은 계보들로 가득 차 있다. 철학 입문서들에 손이 얼른 가 지지 않는 것은 또 그 개념어들과 계보들이 내 삶과는 다른 공간에 있다는 판단과도 관련이 있을 것이다. 알랭 드 보통이라는 젊은이가 쓴 《삶의 철학 산책》은 그 점에서 매우 다르다. 나는 이 책을 들자마자 단숨에 읽어치웠다. 소크라테스, 에피쿠로스, 세네카, 몽테뉴, 쇼펜하우어, 니체 여섯 철학자에 대한 맛보기 입문서인 이 책은 일종의 심리치료 서적이다. 각 장의 주인공인 이 철학자들은 심리치료사로 등장한다. 그러니, 어떤 식으로든 삶에서 좌절을 맛본 독자라면 이 책을 중간에 덮기는 어렵다. 원제가 '철학의 위안'인 《삶의 철학 산책》은 그 제목이 '위안'이라는 말로 끝나는 여섯 개의 챕터를 여섯 철학자들에게 할애했다. 예컨대 첫 챕터인 '인기 없음에 대한 위안'에서 저자는 소크라테스가 동시대 사람들의 편견에 어떻게 맞섰는지를 기술하면서, 다수의 생각이 반드시 옳은 생각은 아니라는 것, 사고의 산물은 직관의 산물보다 우월하다는 것을 보여준다. 둘째 챕터인 '충분한 돈을 갖지 못한 데 대한 위안'에서는 에피쿠로스의 소박한 삶과 그의 쾌락주의를 소개하면서, 우정과 자유와 사색 세 개의 재화만으로도 인간이 얼마나 행복해질 수 있는가를 보여준다. '부적절한 존재에 대한 위안'의 주인공 몽테뉴는 섹스나 배설이나 지적 무신경이 조금도 부끄러운 일이 아니라고 말한다. 저자는 그 사이사이에 자신이 직접 겪은 사적 에피소드들을 고명처럼 흩뿌린다. 독자들은 이 책에 담긴 메뉴 가운데 자신의 처지에 따라 아무거나 골라 먹을 수 있다. 저자가 차려놓은 음식 모두를 동시에 삼키면 도리어 탈이 날 수도 있다. 예컨대 비관주의를 통해서 좌절을 극복하는 세네카의 방식과, 다소 기괴한 낙관주의를 통해서 좌절을 넘어서는 니체의 방식은 하나의 인격 안에서 조화롭게 공존하기 어렵다. 실상 '곤경에 대한 위안'이라는 마지막 챕터에 등장하는 니체는 위안이라는 것 자체를 무용할 뿐만 아니라 해롭다고 선언함으로써, 저자가 그때까지 소개해온 심리 치료법들을 모두 사이비로 만든다. 그렇다면 이 책은 결국 유익한 책이 못 되는 것 아닌가? 그럴지도 모른다. 그러나 이 책은 재미있다. 저자는 유익함을 가장하면서 재미를 만들어냈다. 그것은 저자의 젊음에서 나온 재미일 것이다. 2004.5.24.月

누구나 자기보다 나이가 아래인 사람의 좋은 책을 처음 읽을 때 기분이 묘해진다. 그 묘한 기분은 일종의 열패감 같은 것이다. 그러나 독자와 아예 세대가 다른 젊은 저자의 책을 읽을 땐, 그 책이 아무리 훌륭해도, 그 열패감이 사라진다. 비교의 욕망,

경쟁의 욕망은 나이가 비슷한 사람들 사이에서 가장 격렬하게 흘러나온다.

김지하

김지하 씨의 시집 《화개花開》를 읽다가 〈비〉라는 제목의 시를 만났다. 《화개》에는 육체적·정신적 노쇠 이후의 삶이 감당해야 할 을씨년스러움을 잿빛 이미지에 담은 시들이 여럿 있는데, 굳이 칸막이를 하자면 〈비〉도 그런 부류에 속하는 시다. 그러나 생애의 후반을 정신의 암흑 속에서 보낸 독일 시인 휠덜린에게 시적 자아를 투사하는 〈휠덜린〉의 화자나, 독서인으로서 시력의 감퇴를 한탄하며 침침한 눈으로 살아야 할 여생을 걱정하는 〈쉰둘〉의 화자에 견주어, 〈비〉의 화자는 몸에 한결 더 밀착해 있다. 말하자면 〈비〉의 화자는 〈휠덜린〉이나 〈쉰둘〉의 화자처럼 지식인이 아니라, 몸으로 한 생애를 감당하는 육체 예술가, 속된 말로 딴따라에 가깝다.

"리듬은 떠나고/ 비만 내린다// 내리는 빗속에/ 춤추며 하소하나// 리듬은 떠나고/ 비만 내린다." 화자는 리듬에 민감해야 할 예술가인 듯하다. 노래꾼일 수도 있고 춤꾼일 수도 있고 음유시인의 후예일 수도 있다. 아니 굳이 예술 종사자가 아닐 수도 있다. 리듬에 민감하게 반응하며 한 생애를 살아온 사람이면 족하다. 그런데 생애의 어느 순간, 그는 리듬을 잃어버렸다. 아마 나이 탓일 것이다. 예전의 그는 빗소리에서 리듬을 듣는 것이 자연스러웠는데 이제는 거기서 아무런 감응을 겪지 못한다. 굳은 감각을 되살리려고 춤추며 하소연해보기도 하지만, 리듬은 잡히지 않는다. 그가 추는 춤은 이제 아무런 신명이 담기지 않은 춤이다. 《화개》에 실려 있는 또 다른 시 〈빗소리〉의 화자는 "빗소리 속엔/ 미래의 리듬이/ 사산死産된 채로 드러나// 잿빛 하늘에 흔적을 남기던/ 옛사랑의 이야기가/ 숨어 있다"고 노래하고 있는데, 〈비〉의 화자는 빗소리에서 사산된 리듬마저 읽지 못한다. 급기야 화자는 자신의 아우성을 주변의 생물체와 사물들에게 이입한다. "내리는 빗속에/ 온갖 것 소리 지른다// 흙도 사금파리도/ 상추잎도 소리 지른다// 닫힌 몸속에서 누군가 소리 지른다."

빗소리에서 리듬을 읽어낼 감각을 화자에게 되찾아주기 위해 흙도 사금파리도 상추잎도 함께 소리 질러보지만 화자의 몸은 굳게 닫혀 있다. 리듬으로 미만한 세계와 화자의 몸 사이에는 부도체의 벽이 놓여 있다. 그래서 "외침의 침묵"만 흐른다. 결국 화자는 다시 한 번 슬프게 확인한다. "리듬은 떠나고/ 비만 내린다."

그러면 이 시의 화자는 과연 리듬을 잃어버렸는가? 그렇지 않다는 것을 이 시의 독자들은 대뜸 알아차릴 수 있다. 리듬이 떠났다고 되뇌는 이 노래야말로 리듬으로 그득 차 있기 때문이다. 이 책을 천천히 읽어보면, 거기 빗소리가 감히 범접할 수 없는 경쾌한 리듬이 완강히 버티고 있음을 깨달을 수 있다. 만약에 〈비〉의 화자가 김지하 씨와 온전히 겹친다면, 리듬은 적막한 노년을 보내고 있는 듯한 이 시인을 아직 떠나지 않은 듯하다. 김지하 씨는 리듬의 부재不在마저 리듬에 실어 노래하는 시인이다. 2004.5.27.木

김지하 씨는 젊은 시절부터 아버지와 잘 알고 지냈다. 그런데도 아버지는 김지하 씨의 석방을 요구하는 문인들의 탄원서에 서명한 적이 없다. 다만, 옥중의 김지하 씨와 더러 편지를 주고받았을 뿐이다. 긴 투옥 뒤 세상으로 돌아온 김지하 씨가 그 도사연하는 태도로 후배들로부터 비판을 받을 때, 아버지는 그분을 감쌌다. 그런데 '적막한 노년'이라니. 정작 이 말이 향해야 할 곳은 아버지의 삶이었다. 아버지께 좀 더 자주 들렀어야 했는데……

폴 리쾨르가 죽었다. 한국식 나이로는 여든아홉이었다. 리쾨르는 20세기 후반의 현상학과 해석학을 대표하는 철학자다. 후설 연구로 시작한 그의 학문적 역정은 절충론적 타협을 거부하면서도 여러 갈래로 뻗어나가 오늘날에는 철학·신학·문학과 여타의 인문학을 넘나들며 그것들을 종합하는 거대한 지적 성채를 이룩했다. 국내에서는 그의 《악의 상징》(1960)이 지난 94년에 번역된 것을 시작으로, 세 권으로 된 《시간과 이야기》(1983~1985)의 앞 두 권이 최근 번역되었다. 올해 초에 이화여대 양명수 교수의 번역으로 아카넷에서 출간된 《해석의 갈등》(1969)은 그 두 책의 사이에 놓인 저작이다. 《해석의 갈등》에서 리쾨르가 노리는 것은 현상학 방법에 해석학의 문제를 접목시키는 것이다. 저자는 이 책의 서론에서 해석학을 현상학 위에 세우는 두 가지 방법 곧 하이데거식의 '이해존재론'이라는 가까운 길과 언어학·의미론을 거쳐가는 좀 더 멀고 힘든 길 가운데 자신은 두 번째 길을 택하겠다고 말한다.

《해석의 갈등》이라는 책 제목 자체가 20세기 들어 담론의 분해와 해체를 야기한 다양한 분과 학문들 사이의 긴장과 갈등을 암시한다. 《해석의 갈등》에 묶인 에세이들은 이 시대 담론의 공간 한가운데서 발견되는 그런 갈등들을 탐색한다. 예컨대 구조언어학과 의미론, 해석학과 정신분석학 같은 경쟁적 해석들의 갈등을 어떻게 중재할 수 있는가에 대한 모색이 이 책의 목표다. 리쾨르는 언어 문제를 붙잡고 늘어짐으로써 다른 논쟁적 철학 문제들과 만날 수 있다고 생각한다. 해석학이 자신과 현상학의 만남을 주선하는 의미론을 중심에 놓을 때, 그것은 인간이라는 의미의 다원적 기능을 해명할 거대한 언어 철학의 탄생에 기여하리라는 것이 저자의 믿음이다.

리쾨르는 의미론의 중심을 이루는 다의적 표현들을 '상징'이라고 부르자고 제안한다. 그런데 해석이란 문자적 의미에서 출발해 거기 숨겨진 모든 수준의 의미를 탐색하는 작업이다. 그러니 상징 표현의 영역과 해석활동의 영역은 서로 겹친다. 해석은 복수複數의 의미가 있는 곳에 개입해서 의미의 그 복수성을 명료하게 드러낸다.《해석의 갈등》에서 해석학이 순차적으로 구조주의, 정신분석학, 현상학, 악의 상징 해석, 종교와 믿음을 만나는 것은 이런 전제에 따른 것이다. 그러나 의미론의 도움만으로는 해석학이 철학이 될 수 없다. 의미 형성을 자기 안의 닫힌 체제로 보는 언어학적 분석은 언어를 절대자로 만들고, 자기가 겨냥하는 것 앞에서 사라짐으로써 어떤 존재에 이르기를 바라는 언어 기호의 원래 의도를 무시하게 되기 때문이다. 그래서 '의미론 차원' 다음에는 기호들의 이해와 자아의 이해를 연결하는 '반성

차원'이 와야 한다. 리쾨르의 철학은 풍요롭고 섬세한 만큼 때로 지루하고 위태롭고 바스러질 듯하다. 그러나 그런 지루함과 위태로움 없이 인간이라는 존재의 의미를 캐내기는 힘들 것이다. 2005.5.22.日

나는 리쾨르의 책을 한 번도 읽어본 적이 없다. 아버지의 독서는 오지랖이 넓었다. 아버지는 소설가가 아니라 가장 좋은 뜻의 '글쟁이'가 돼야 했었던 것 아닐까.

광화문 쪽으로 나갔다가 문득 서울시립미술관을 가볼 생각이 들었다. 서소문 큰 찻길 쪽으로 나 있는 후문도 있지만, 덕수궁 돌담길을 따라 정동극장 쪽으로 걷다가 시립미술관 꽃밭을 따라 걸어 올라가는 코스를 나는 좋아한다. 때마침 로댕전展 현수막도 걸려 있고, 앞마당에는 빨간 하이힐 모양의 말 조각을 비롯해서 재미난 볼거리들이 많았다. 미술관 근처가 사람들로 붐벼, 줄 서서 로댕전 티켓을 사려면 시간이 오래 걸릴 것 같았다. 그냥 1층에서 오승우전展만 관람하기로 했다. 전시장에 막 들어서자마자 엄청난 사이즈의 작가 사진이 걸려 있어서 풋 하고 웃음이 나왔다. 좀 '촌스러운' 풍경이었다. 그러나 전체적으로 선이 굵고 큼직큼직한 대형 작품들이 맘에 들었다. 화가나 음악가처럼 자신이 좋아하는 일을 평생 동안 할 수 있는 사람들의 삶은 복 받은 삶인 것 같다. 아버지처럼 문학을 한 사람들도 창작을 한다는 점에서 복 받은 삶을 누리는 것이리라. 자기 마음에 맞는 새로운 세계를 지어내는 복.

기준

신동엽의 시와 마찬가지로, 김수영의 시도 나는 그리 좋아하지 않았다. 그는 박인환을 폄훼하며 한국어도 잘 못했던 자라고 말했지만, 그 말은 김수영 자신에게도 돌아가야 하는 것 아닐까? 1968.6.16.日

신동엽은 '창비'의 '기준'이었고, 김수영은 '창비'와 '문지'의 '동시적 기준'이었다. 아버지는 그 어떤 것의 기준도 아니었다. 물론 아버지는 시인이 아니라 소설가이긴 했으나. 민중에 대한 불신을 견지했다는 점에서 아버지는 '문지'에 가까웠지만(아버지의 소설들 가운데 반 이상이 '문지'에서 출간됐다), 그 민중에 대해 깊은 연민을 가졌다는 점에서 '창비'와도 무관치 않았다. 민중을 불신했다는 것은 아버지가 반_反민주주의자였다는 뜻이 아니다. 민중에 대해 깊은 연민을 가졌다는 것 역시 아버지가 과도한 민주주의자였다는 뜻이 아니다. 아버지의 발은 반민주주의와 과도한 민주주의의 경계에 걸쳐 있었다. 이 점에서도 아버지는 회색인이었다. 나는 그 '회색인'을 '사려 깊은 사람'으로 읽는다. 아버지는 사려 깊은 분이었다. 새삼 아버지가 그립다.

6월항쟁

나는 27년 전의, 그리고 7년 전의 빚을 갚아야 했다. 젊지 않은 몸이기는 하나, 원이랑 선이와 함께 종로의 시위대에 합류했다. 원의 친구라는 젊은 처자도 잠깐 같이 있었다. 원의 고등학교 대학교 동창이라 한다. 학생운동을 하다 제적된 뒤 문화운동을 하고 있다고. 시위대에 끼여 〈임을 위한 행진곡〉을 불렀는데, 조금 어색하기도 했다. "호헌철폐, 독재타도"를 외칠 때도. 11시 조금 넘어서 귀가. 1987.6.10.水

지금도 그날이 또렷이 기억난다. 나는 대학원생이었고 선은 대학생이었다. 그 뒤로도 아버지는 몇 차례 우리들과 함께 시위에 참가했다. 무슨 재야단체들의 간부들 말고는, 아버지 외에 50대로 보이는 사람은 없었다. 6월항쟁이 일종의 전쟁이었다면, 아버지는 늙은 사병이었다.

'어색하다'는 말은, 요즘 젊은 블로거들의 말로 번역하면, '손발이 오그라드는 느낌이었다' 정도가 될 테다. 물론 맥락은 전혀 다르다. 아버지의 '어색함'은 '스스럼'과 이어져 있지만, 요즘 블로거들의 '오그라드는 손발'은 도덕적·미학적 차원과 관련이 있다.

1960년 4월과 1980년 5월에 아버지는 술과 몽상으로 자신의 비겁함을 잊었다. 아버지가 언젠가 해준 말이다.

아버지가 친구 분들과 동석한 자리에 불려나가는 것은 참 고역스런 일이었다. 그 자리 자체가 싫었다기보다는 평소와는 사뭇 다른 모습의 아버지를 보는 게 편하지 않았다. 집안에서 평소에 별말이 없던 아버지 모습과는 다르게, 많이 흥분하고 상기된 모습으로 정치를 논하는 아버지 모습은 내게, 아니 우리 가족에게 참 낯설었다. 아버지는 그 자신이 모주꾼이었을 뿐만 아니라, 술자리를 맨 마지막까지 지키는 '의리파'였다. 그래서인지 아버지의 많지 않은 친구들은 하나같이 술을 잘 마시는 이들이었다. 아버지와 술을 같이 드신 분으로 가장 또렷이 기억나는 사람은 김학 선생님으로, 그분은 종종 우리 집 안방 신세를 지곤 하셨다. 물론 그것은 아주 옛날 일이다. 내가 대학 다닐 무렵부터 그 선생님을 뵌 적이 없는데, 아버지와 무슨 일로 사이가 벌어진 것인지 아니면 저절로 얼마간 적조했는지 아버지께 여쭤본 적은 없다.

김학 선생님은 아주 자상한 분이었다. 지인들에게도 데면데면했던 아버지와 달리 그분은 우리들이나 어머니에게도 안부를 물으시곤 했다. 경상도 분이신데, 경상도 남자는 무뚝뚝하다는 통념을 이분에게는 적용할 수 없었다. 아버지 빈소에 오셔서 날을 새우셨다. 건강이 썩 좋아 보이지는 않으셨다.

프랑스어

젊음은 그 자체로 아름답고 힘세다. 그러나 그 아름다움과 힘셈은 젊음이 지나간 뒤에야 실감의 영역 안으로 들어온다. 아니, 젊음이 그 자체로 아름답고 힘센 것은 아닐지도 모른다. 그 아름다움과 힘셈은 시간의 미화 작용이 낳은 환상에 지나지 않을지도 모른다. 실제의 젊음은 바스러질 듯 힘겹고, 날것으로 누추하기 십상일지도 모른다. 그 시기는 한 영혼이 세상 속으로 진입해 처음으로 세상과 불화를 겪는 시기다. 그러나 그 시기의 기억은 대체로 성년 이후의 기억들보다도 오히려 더 또렷하다. 헤세의 《데미안》에서 이문열의 《젊은 날의 초상》에 이르는 성장소설들이 많은 사람들의 마음을 울렁거리게 하는 것은 그래서일 것이다. 프랑스 작가 장 폴 아리베의 《눈뜰 무렵》도 성장소설이다. 이 소설은 부모를 잃고 목동으로 자라던 한 시골 소년이 프로방스의 소년하사관학교에 들어가 그 2년차에 겪은 일들의 기록이다. 시대적 배경은 1940년대 후반, 즉 프랑스가 독일의 지배에서 해방된 지 얼마 뒤다. 그 시대의 프랑스에 소년하사관학교라는 것이 있었다는 게 신기하다. 소년하사관학교의 생도는 중학생이면서 예비 군인이다. 13~14세의 화자에게, 하사관학교의 삶은 달콤함보다는 쓰라림이 더 짙다. 규율은 엄격하되 불합리하고, 거친 식사와 굶주림이 일상사다. 그러나 이 학교에서 내쫓기는 순간 그는 피가 물처럼 흐르는 베트남 전선으로 떠나야 한다. 그 공포의 힘으로, 화자는 곡예사처럼 위태롭고 아슬아슬하게 이 학교에서의 삶을 견뎌낸다. 물론 이곳의 삶이 오직 쓰라림만으로 채워지는 것은 아니다. 권투 배우기를 통한 담임 하사와의 우애 그리고 그 하사 부인과의 연애는 이 지옥 같은 학교생활에서 화자가 찾아낸 원기소다. 사랑의 기쁨과 불륜의 괴로움, 상급생들과의 불화, 외인부대원들의 난투극, 퇴학 위기, 영창 경험, 의무실에서의 고독 같은 것이 이 소설 속에서 화자가 겪는 에피소드들이다. 부재중인 담임 하사를 조롱한 이웃 소대 담임 하사와의 드잡이 끝에 영창에 갇힌 주인공은 그 안에서 명상을 거듭한다. 하느님은 정말 존재할까, 그분은 언제나 선할까, 왜 그분은 전쟁과 집단수용소와 살인을 허용할까, 남편 이외의 다른 남자를 사랑할 권리가 여자에게 있을까, 내가 하느님보다 성모 마리아를 더 사랑한다면 하느님은 질투하지 않으실까, 하느님은 낙오자와 성공자를 똑같이 사랑하실까 같은 것이 그의 머릿속을 맴도는 물음들이다. 너무나 많은 사건들을 몰아서 겪어내는 그 한 해 동안, 우리 주인공은 사랑에 눈뜨고 삶에 눈뜬다. 많은 성장소설들의 주인공이 그렇듯. 1986.6.28.土

이 책이 번역되고 얼마 뒤, 저자가 한국을 방문했다. 물론 책 프로모션 차원이었다. 주한 프랑스 문화원이 주최한 만찬에 아버지와 나도 초대받았다. 문화원은 프랑스어를 할 줄 아는 한국 작가를 찾다가 아버지 이름을 발견했다. 처음엔 거절하셨는데, 문화원의 한국 출판물 담당자(한국 여성이었다)와 내가 설득해서 참가하시게 되었다. 나는 "아빠 불어 실력을 발휘할 기회

잖아요"라는 말로 아버지를 꼬드겼다. 사실 아버지의 불어는,
독학자의 것으로는, 놀랄 만큼 훌륭했다. 브라운에서 집중 교
육을 받은 내 불어 같지는 않았지만.

6·29선언

노태우가 직선제를 받아들였다. 사실은 전두환이 받아들였다고 말하는 것이 옳겠지만. 이제, 좋은 세상이 올 것인가. 1987.6.29.月

누구나 짐작할 수 있듯, 결정권자는 전두환이었지 노태우가
아니었다. 그리고 전두환의 결정은 미국의 권고와 경고를 받아
들인 것이었다. 전두환은 두 김 씨가 동시에 출마하면 노태우에
게 승산이 있다고 영리하게 판단했을 것이다. 그러기에 김대중
을 사면했겠지. 전두환은 퇴임 이후에도 권력의 정점에 있고 싶
어 했던 것이 분명하다. 나중에 드러난 바지만, 국가원로자문
회의라나 뭐라나 하는 걸 통해서 말이다. 이 대목에서 그는 영
리하지 못했다. 그에게 자리를 거저 물려받은 게 아니라 직선제
로 선출된 대통령이라면, 노태우든 두 김 씨 가운데 하나든, 그

의 통제를 받아들일 리가 없다. 직선제를 받아들인 순간, 전두
환은 더 이상의 권력 추구를 포기했어야 했다. 천하의 푸틴마
저 더러는 메드베데프를 마음대로 다루지 못하고 있지 않은가.
전두환은 자신이 등소평쯤 되는 줄 알았던 모양이다. 그러나 이
인간백정에 대해, 정의는 아직 이뤄지지 않았다. 전全재산 29만
원으로 살고 있다는 이 가정경제家政經濟의 귀재에게 말이다.

　우리 아파트 바로 곁의 고등학교에서 축제가 있는 모양이다.
마이크에 실린 음악 소리가 시끄럽고, 멋을 잔뜩 부린 학생들이
서성이는 게 눈에 띈다. 남학교여서 그렇겠지만, 여학생 손님들
도 많이 보인다. 어느 여학생은 교복 상의를 몸에 찰싹 들러붙
게, 길이를 싹둑 잘라 짧게 만들어 단추를 끌렀고, 요즘 유행하
는 식으로 속에 긴 티셔츠를 레이어드해서 입었다. 교복도 미니
스커트다. 대신 긴 양말을 신었다. 자신의 패션 감각을 맘껏 자
랑하고 싶은 여학생들의 옷차림에 자꾸 눈이 간다. 옛날 같으면
눈살을 찌푸렸을지도 모르겠지만. 사실, 어린 아니 젊은 학생들
은 옷을 어떻게 입어도 아름답다. 젊음은 그 자체로도 빛이 난
다는 말을 수도 없이 들었는데, 이제 내가 그 말을 실감하게 되
는 걸 보니 나이를 먹기는 먹었나 보다.

단점

어제, 김현이 죽었다. 서울대 병원 빈소에서 밤을 꼬박 새웠다. 그는 재능 있는 글쟁이였으나, 더러 그 재능을 과신했다. 내 소설들에 대한 가장 그럴듯한 평론은 김현의 손에서 나왔다. 그도 모든 것을 정확히 읽어내지는 못했지만. 예컨대 그는 〈플루트의 골짜기〉와 〈이모〉가 자매소설이라는 것을 몰랐다. 그래도 그가 없는 한국 문단은 꽤 쓸쓸할 것이다. 장강의 뒷물결이 앞물결을 밀어내듯, 새로운 재능들이 나타나기야 하겠지만. 1990.6.28.木

미국에 있던 터라, 나는 선생의 빈소에 가질 못했다. 문단에 친구가 많지 않았던 아버지에게 김현 선생은 다섯 손가락 안에 꼽힐 친구였을 것이다. 일곱 살 연하의 친구이긴 했으나. 아버지가 젊었을 때부터, 다시 말해 내가 어렸을 때부터, 김현은 더러 우리 집을 드나들었다. 아버지와 술을 마시기 위해서. 김현은 나와도 인연이 있다. 신춘문예에서 내 글을 뽑아 비평가로 만들어준 이가 김현이다. 나는 그 직후 코냑 한 병을 들고 선생을 찾아갔다. 그리고 함께 술을 마셨다. 그 뒤로도, 선생에게서 몇 차례 술을 얻어 마신 적이 있다. 내가 아버지 같은 모주꾼이었다면, 선생과 훨씬 자주 술을 마셨을 것이다. 안 그런 것이 다행이다. 선생의 몸을 해친 것이 술이었을 테니. 나는 아버지 앞에서는 술을 많이 마신 적이 없지만 김현 선생님과는 폭음을 한 적이 딱 한 번 있다. 선생은 그 자리에서 내 글에 대한 일종의 비판적 지적을 하셨는데, 겉으로는 겸손하고 예의바르게 미소를 지으며 듣고 있었지만, 속으로는 부끄러움과 화가 범벅돼 쥐구멍에라도 들어가고 싶은 심정이었다. 그날 선생님께 실수를 하지 않으려고 취중에도 엄청난 노력을 했다. 아무튼 흐트러진 모습은 보여드리지 않았다.

다음날 아침, 못마땅해 하는 어머니의 시선을 받으면서 전날 저녁의 일들을 되새겨보았다. 내 성격의 장점은 속상한 일들을 오랫동안 담아두지 못한다는 점이다. 그렇게 쉽게 털어버리니, 다음 글에도 똑같은 실수를 해 똑같은 지적을 받게 되는가 보다. 그렇다면 이건 단점인가?

사전

사전은 읽기 위한 책이 아니라 찾아보기 위한 책이다. 영어사전을 통째로 외웠다는 수재들의 괴담이 믿거나 말거나 식으로 중고등학교 영어시간에 회자되기는 하지만, 사전을 읽는 것이 평범한 독서는 아닐 것이다. 그러나 내 기억이 옳다면, 문학평론가 염무웅 씨는 젊은 시절 국어사전을 읽는 기쁨을 소재로 수필을 쓴 적이 있다. 해직 시절의 그는 잠자리에서 국어사전을 읽는 버릇을 들였는데, 이런 별난 취미 덕에 자신이 그 전까지 같은 뜻으로 써왔던 '오로지'와 '애오라지'가 다른 뜻의 부사라는 것을 알게 되었다고 한다. 마흔을 갓 넘어서 그 글을 읽은 나는 그 뒤로 이 듬직한 후배의 취미를 본떠보려고 했지만, 결국 실패하고 말았다. 그러나 국어사전이나 영어사전은 좀 극단적인 경우고, 분야별 술어사전 같은 것은 충분히 독서의 대상이 될 만하다. 예컨대 《기호학 사전》이라는 제목으로 번역된, 프랑스 학자 뒤크로와 토도로프의 《언어과학 백과사전》 같은 책은 참고서이면서 그 자체가 독서를 위한 책이기도 하다. 이런 종류의 사전들은 흔히 해당 분야의 입문서 역할을 한다. 소설가 복거일 씨가 최근에 펴낸 《세계 환상소설 사전》도 이런 부류에 속할 것이다. 표제도 사전이고 각 챕터별 구성도 사전 형식을 취하기는 했지만, 이 책은 보기에 따라서 환상소설 사전이라기보다 환상소설 입문서에 가깝다. 저자는 흔히 판타지소설이라고 불리는 환상소설의 성격, 영역, 역사를 자상하게 설명한 뒤, 김만중의 《구운몽》을 비롯해 자신이 환상소설로 분류한 한국어 문학작품들에 대해 간략한 비평적 접근을 시도한다. 곁들여 환상소설에 자주 나오는 용어들도 해설하고, 일반 독자들이 읽을 만하다고 자신이 판단한 작품들을 추천하기도 한다. 그러니까 《세계 환상소설 사전》은 참고용 책이면서 독서용 책이다. 나도 이 사전을 일반 책 읽듯 처음부터 끝까지 내리 읽었다. 물론 제6장을 이루는 작가와 작품 리스트는 대충대충 보며 건너뛰었다. 환상소설을 거의 읽어보지 않은 나에게 거기 나열된 고유명사들이 너무 낯설었기 때문이다. 그러나 이 책의 다른 부분은 매우 흥미로웠다. 특히 최인훈의 《구운몽》과 이우혁의 《퇴마록》, 이영도의 《드래곤 라자》 등의 해설을 포함하고 있는 제9장 '한국의 환상소설'이 그랬다. 국내외의 환상소설에 익숙한 독자들이라면, 제6장을 포함해 사전 전체가 읽을 만할 것이다. 급진적인 영어 공용화론으로 많은 비판을 받은 바 있는 복거일 씨의 한국어 사랑은 이 책에서도 여전히 도탑다. 문체는 단정하고, 고유명사를 제외하면 외래어를 찾아보기 힘들다. 복거일 씨는 글을 쓰며 유럽산産 외래어를 거의 노출시키지 않는 매우 드문 한국어 저자다. 2001.6.1.金

또다시 복거일에 대한 호의. 그런데 아버지는 왜 이런 글을 발표하지 않고 일기장에 묻어두었던 것일까?

비평

《문학과 사회》 여름호를 읽다가 성학인 씨의 시 〈뼈아픈 직립〉을 만났다. 나는 직립이 뼈아프게 된 사연을 들어본다. "허리뼈 하나가 하중을 비켜섰다/ 계단을 뛰어 내려오다가/ 후두둑/ 직립이 무너져 내렸다."

화자는 계단을 서둘러 내려가다 허리뼈 하나가 삐긋 어긋난 듯하다. 다른 척추동물에게도 이런 일은 일어날 수 있겠지만, 그것은 특히 곧추 서서 걷는 인간에게 흔하다. 허리 아래가 상반신의 무게를 늘 감당해야 하기 때문이다. 조류 가운데도 펭귄처럼 곧추 서서 걷는 동물이 있고 일부 유인원들은 직립 흉내를 더러 내기도 하지만, 직립은 주로 인간의 특성이다. 19세기 말 자바에서 화석이 발견된 직립원인直立猿人(피테칸트로푸스에렉투스)은 약 50만 년 전에 살았던 것으로 추정되는, 유인원과 인류의 중간형이다. 직립 보행은 앞발을 해방시켜 도구의 사용을 가능하게 만듦으로써 문명의 탄생을 촉진했다. 인류의 머나먼 방계 조상이 어느 순간 벌떡 일어설 생각을 하지 못했다면, 우리는 수렵시대에도 들어서지 못했을 것이다. 공작인(호모파베르)으로서의 호모사피엔스는 반드시 직립인(호모에렉투스) 이후의 단계이기 때문이다. 그러니까 인류의 진화에서 직립만큼 획기적인 사건은 드물다.

그런데 화자는 "후두둑/ 직립이 무너져 내렸다." 인간의 특성 하나를 순식간에 잃었다. "뼈를 맞췄다/ 삶의 벽돌 한 장쯤은/ 어긋나더라도/ 금세 다시 끼워놓을 수 있는 것이었구나/ 유충처럼 꿈틀대며 왔던 길을/ 바로 서서 걸어 돌아왔다." 화자는 정형외과나 접골원에 가서 어긋난 뼈를 맞춘 듯하다. 병원으로 갈 때는 허리를 펴지 못하고 엉금엉금 걸었겠지만, 일단 뼈를 맞추고 나니 몸이 다시 온전해진 듯해 바로 서서 돌아왔다. 기분이 좋아 휘파람을 불었을지도 모른다. 어긋난 삶의 벽돌을 금세 다시 끼워놓았으므로.

그러나 그것이 끝은 아니다. "온몸이 다 잠들지 못하고/ 밤을 새워 아프다/ 생뼈를 억지로 끼워 넣었으니/ 한 조각 뼈를 위하여/ 이백여섯/ 내 삶의 뼈마디 마디가/ 기어코 뼈몸살을 앓아야 했다." 하등동물과 달리 인간의 몸의 기능은 종합적이다. 한 군데 탈이 나면 바로 거기만 아픈 것이 아니다. 어긋났다가 제자리로 돌아온 뼈만이 아니라 온 뼈마디 마디가 고통에 동참한다. 그래서 화자는 잠들지 못한다.

생각해보면 이게 다 직립 때문이다. 물론 직립은 인간의 자존을 상징한다. 꼿꼿이 서 있음으로써 인간은 자신을 네발짐승과 구별한다. 그 직립은 진리와 완성의 숫자 1의 직립이고, 생명력 넘치는 나무의 직립이며, 힘차게 발기한 남근의 직립이다. 그러나 직립 때문에 사람은 취약하다. 직립은 문명의 열쇠였지만, 그것은 한편으로 탈력脫力의

저주다. 그래서 이 위태위태한 직립은 잠 못 이루는 화자에게 "뼈아픈 직립"이다. 2001.6.8.金

나는 가끔 아버지가 시 평론을 하셨어도 성공하셨으리라 생각한다. 그 대가代價로 우리 집은 애옥살림을 면할 수 없었겠지만. 아버지가 직접 시를 쓰신 적은 없지만, 시에 대한 감상이나 비평은 일기장 여러 군데서 발견된다.

여행

아내와 함께 일본 나들이를 한 뒤 어제 돌아왔다. 도쿄와 오사카, 나라, 교토 등지를 둘러봤다. 나라의 동대사東大寺가 가장 인상적이었다. 그 엄청난 규모라니. 일본은 가장 큰 것들과 가장 작은 것들을 동시에 지니고 있는 나라 같았다. 해방되기 전에 잠깐 익힌 일본어가 이따금 튀어나오려 했지만, 부러 영어만 사용했다. 사람들은 친절했다. 19세기 말부터 20세기 중간까지 오로지 침략전쟁에 몰두했던 일본이 이리 친절한 일본이기도 하다는 점이 묘했다. 2002.6.24.月

이 여행은 어머니의 두 번째 해외 나들이고, 아버지에겐 세 번째였다. 일본은 아버지에게도 처음이었다. 아버지는 교토를 배경으로 단편을 쓰시기도 했는데, 막상 그 도시에는 늘그막에야 가보시게 된 것이다. 자기 큰딸내미는 한참 전에 가본 그 도시에.

아버지의 소설

모리스 토레즈가 죽었다. 한 시대가 저물어가는 듯. 1964.7.12.日

프랑스 공산주의자들에 대한 아버지의 관심⋯⋯. 아버지는 결코 공산주의자가 아니었지만, 공산주의자들에 대해선 관심이 있었다. 특히 자본주의 체제의 공산주의자들. 당연히, 그 관심이 꼭 우호적인 것은 아니었다. 모스크바 재판과 중국 문화대혁명을 옹호했던 서유럽 공산주의자들을 아버지는 경멸했다. 이를테면 몇몇 실존주의자들, 초현실주의자들. 아버지 생각에 이들은 파시즘을 옹호한 미래주의자들보다 더 나빴다. 미래주의자들은 정치적으로 순진했으나, 실존주의자들, 초현실주의자들은 정치적으로 교활했다.

아버지의 이런 생각은 군사정권 시절에도 마찬가지였다. 아버지가 보기에 공산주의는 자본주의의 대안이 아니었다. 그러면 아버지는 자본주의 옹호자였나? 딱히 그렇다고 말할 수는 없다. 물론 아버지에게 소련과 미국이라는 선택지가 주어진다면, 아버지는 미국을 골랐을 것이다. 그러나 그 행위는 더 나쁜 것을 버리고 덜 나쁜 것을 선택한 소극적 행위였을 것이다. 아버지는 한쪽에서 이뤄진 정의가 다른 쪽에서 불의를 낳는다는 것을 알고 있었다. 그것이 아버지의 실천이성을 제약했다. 그리고 아버지의 소설에 영웅이 등장하는 걸 막았다. 영웅이 등장하지 않는 소설은 얼마나 지루할까? 그것을 아버지도 알고 계셨다. 그러나 다른 방식으로 글을 쓰는 게 아버지에겐 불가능했다. 아버지는 잘 팔려나갈 책을 쓸 재능이 없었고, 독자들은 아버지의 책을 읽을 취향이 없었다. 아버지가 쉰 넘어 쓰신 소설들은 사정이 좀 달랐지만.

에어로빅 운동화가 다용도실 선반 위 상자 속에 곱다랗게 들어 있다. 연희의 강권으로 동네 체육관에 에어로빅 수강을 신청했었다. 운동화를 준비해서 가보니, 젊은 여자들과 나이든 여자들이 스무 명 남짓 뒤섞여 있었다. 다들 숙련돼 있는 듯 춤을 잘 추는 데 놀랐다. 요즘 '뜨고' 있는 젊은 가수들 노래에 맞춰서 움직였다. 맨 뒷줄에서 어정쩡 따라 하며 나는 계속 진땀을 뺐다. 저능아가 되어버린 느낌이었다. 며칠 동안 동작들을 따라 하기가 힘들어 쩔쩔매는 내 모습이 안쓰러웠던지, 옆자리에 섰던 아주머니가 말을 걸었다. "처음엔 다 힘들어요, 나도 여러 번 새로 시작한 거예요." "아, 네, 그러셨군요, 제가 워낙 둔해서." "조금만 더 하면 잘할 거예요." "네, 감사합니다." 알고 보니, 바로 옆 아파트에 산다고 했다. 동네에서 사람을 사귀는 것에 대한 기대감으로 며칠 더 나갔다가 결국은 접고 말았다.

외계인

며칠 전 미국 우주비행사 닐 암스트롱이 달을 밟았다. 우주공간을 향한 도전에선 소련이 앞섰으나, 달에 제 나라 국기를 꽂는 덴 미국이 앞섰다. 암스트롱과 가가린, 어느 쪽이 더 큰 상징이 될까? 1969.7.22.火

나는 아버지의 결론을 알고 있다. 가가린이다. 비유컨대 가가린은 우주 개척의 플라톤이다. 1959년 이후 우주개발의 모든 역사는 가가린의 해석이자 각주다.

문득, 외계에 지성체가 존재할까를 두고 연희와 논쟁하던 여고 시절이 생각난다. 나는 있다는 쪽이었고, 연희는 없다는 쪽이었다. 그래도 둘이 동의한 대목이 있다. 그 지성체가 만일 지구를 탐색하러 온다면, 인류는 멸망하거나 노예화할 것이라는 점. 왜냐하면 수천, 수만 광년을 날아서 지구에 올 정도의 기술 문명을 지닌 외계 지성체의 눈에, 인류는 하찮은 벌레에 지나지 않을 것이므로.

지성과 양식은 비례하지 않는다. 이 행성에서 가장 지성적인 종種인 인류는 그와 동시에 가장 잔혹한 종이기도 하다. 그런 현상은 개체의 수준에서도 발견된다. 나폴레옹 보나파르트의 지성을 신뢰하는 사람도, 그가 유럽을 피로 물들인 전쟁광이었다는 사실을 부정할 수는 없으리라. 하이데거도 그랬고, 드리외 라 로셀도 그랬다.

내 몸이 유적이다

김현진 씨의 시집 《내 몸이 유적이다》를 읽다가 〈기역을 중심으로〉라는 재미있는 시와 마주쳤다. 한글 닿소리 글자 'ㄱ'을 시상詩想의 출발점으로 삼는 시다. 실상 시집 《내 몸이 유적이다》에는 말 자체에 대해 발랄하고 짓궂은 탐색을 수행하는 작품들이 여기저기 흩뿌려져 있다. 한 편의 시나 한 권의 시집으로 들어가는 문은 여럿 있을 수 있겠지만, 《내 몸이 유적이다》의 내부로 들어가는 문 가운데 하나는 말의 문이다. 말할 나위 없이 시는 가장 섬세하고 정교한 말의 예술이다. 그렇다면 《내 몸이 유적이다》는 부분적으로 '말에 대한 말들'이라고도 할 수 있다. 〈기억을 중심으로〉는 그 '말에 대한 말들' 가운데 하나다. 그러나 그 말이 오직 말에 대해서만 말하는 것은 아니다. 나는 〈기억을 중심으로〉 속으로 들어가본다.

첫 행은 'ㄱ,'이다. 한글의 첫번째 닿소리 글자가 덩그렇게 놓여져 한 행을 이루고 있다. 더 나아가 이것 자체가 한 연을 이루고 있다. 이 시를 낭독할 때 첫 행을 어떻게 읽어야 할까? 물론 '기역'이라고 읽을 수 있다. 그러나 그것은 이 글자의 이름을 읽는 것이지, 이 글자의 소릿값을 내주는 것은 아니다. 우리말 자음은, 그것을 '닿소리'라고 부르는 데서도 알 수 있듯, 모음의 도움 없이 홀로는 소리를 내지 못한다. 그래서 'ㄱ'은 소리 내어 읽을 수가 없는 표기다. '그'라고 읽는 체하다가 둘째 음소를 발음하지 않거나 '윽'이라고 읽는 체하다가 첫째 음소를 발음하지 않아야 하겠지만, 한국어 화자에게 그것은 쉬운 일이 아니다. 그래서 화자는 둘째 연에서 ㄱ의 그 종속성을 타박한다. "홀로 서지 못하고 영원히/ 모음의/ 오지랖이나 발치에 빌붙어서 살아가는." 이어 화자는 ㄱ으로 끝나는 말들을 읊어본다. "ㄱ이 받치고 선/ …/ 개혁/ 자의식/ 교각/ 가족/ 교육/ 쾌락/ 권력/ 마약/ 묵시록/ …" 그러던 화자는 문득 "토대가 불안하다"고 느낀다. 토대란 ㄱ인데, 그 굽어진 생김새가 영 안정감이 없어 보이는 것이다. 그래서 화자는 "ㄱ을 두드려 편다/ ――――――――…/ ㅇㅇㅇㅇㅇㅇㅇㅇㅇㅇ…./ 곳곳이 붕괴된다." 굽은 ㄱ을 ―로 펴놓으니 그 위의 건조물들이 무너질 수밖에 없다. 그 무너지는 건조물들은 개혁, 교각, 가족, 교육 같은 것들이다. 그 결과는 당연히 "아비규환"이다. 삼풍백화점 사건이나 9·11 사태를 생각해보자. 그 아비규환 속에서 구조를 요청하는 외침이 들린다. "―여기요, 여기!" 문이라도 보이면 그리로 탈출하면 될 텐데, 문이 보이질 않는다. 그래서 화자는 투덜댄다. "ㄱ이 떠받치고 서 있던 세계/ 도대체 들고나는 문은/ 어디 있었던 거지?" 이 시를 개혁이나 가족이나 교육의 부실함에 대한 야유로 읽는 것은, 불가능한 읽기는 아니지만, 재미없는 읽기다.

1993.7.15.木

맞다. 이 시는 언어의 유희지 정치적 노래가 아니다.

김일성

어제 김일성이 숨졌다. 1994.7.8.金

김일성은 누구인가? "절세의 애국자이시며 민족적 영웅이시며 백전백승의 강철의 령장이시며 국제 공산주의 운동과 로동 운동의 탁월한 령도자"이다. 또 "빛나는 지략과 비범한 통찰력으로 전쟁의 매 계단마다 탁월한 군사전략적 방침과 독창적인 전법들을 내놓으시고 강의한 의지와 비상한 혁명적 전개력으로 전체 인민과 인민군 장병들을 전쟁 승리에로 령도하신 위대한 수령님"이다. 더 나아가 "인류가 낳은 혁명의 영재이시며 민족의 태양이시며 전설적 영웅이신 위대한 수령"이시고, "만민의 위대한 태양이시며 민족해방의 구성"이신데다가, "우리 모두의 영원한 생명의 은인이신 어버이"('위대한 수령 김일성 동지에 대한 존칭 수식사와 수령님을 높이 우러러 칭송하는 표현',《우리말 어휘 및 표현》, 9~20쪽)시다.

역사상 김일성만큼 한 정치공동체를 완전히 거머쥔 독재자가 있었을까? 멀리는 네로와 칭기즈칸부터 20세기의 히틀러와 스탈린까지 그 어떤 독재자나 식인귀도 김일성에겐 미치지 못했으리라. 혹, 캄보디아를 '킬링필드'로 만든 폴 포트나 키우 삼판 정도라면 김일성과 자웅을 겨뤄볼 만하지 않을까? 선량한 백성들은 때로 전장에서 적敵의 손에 죽기도 하고, 후방에서 굶주려 죽기도 하고, 때로는 독재자의 비위를 거스르다가 목숨을 잃기도 했다. 김일성은 이 모든 독재자들 위에 있는 태양이었다. 그 태양이 마침내 졌다. 어쩌면 아버지는 이날 소년기의 자신을 떠올렸을지 모른다. 학교에서의 따돌림과 전쟁의 참혹함 같은 것들을. 마지막으로 본 원산 풍경을. 남학교나 군대에 '원산폭격'이라는 얼차려가 있듯이, 원산에 대한 미군의 폭격은 무자비했었던 모양이다.

내가 아버지에게 연희를 처음 소개한 날, 6월항쟁 때 말고 친구로서가 아니라 애인으로서 처음 소개한 날, 아버지는 자신의 '첫 경험'에 대해 말해주었다. 아버지의 (아마 의도된) 호탕함에 나도 연희도 놀랐다.

원산 제2중학교 시절 얘기였다. 전쟁 중 텅 빈 학교를 찾았다가 원산 시내 거리를 걷고 있는데, 미군의 공습이 시작됐다는 것, 멍한 상태로 있는데 손윗누이 또래의 여자가 다가오더니 아버지의 팔을 잡아끌어 방공호로 데려갔다는 것, 사람들이 계속 밀려들어 방공호는 사람들의 훈김과 한여름의 열기로 숨이 막힐 지경이었다는 것, 아버지를 방공호로 데려온 여자의 부드러운 팔이 아버지의 가슴과 어깨에 뭉클한 감촉을 낳았다는 것. 이게 전부다.

아버지가 어머니 이외의 여자와 잠자리를 같이한 적이 있을까? 왠지 없을 것 같다. 아버지에겐 섹스도 관념이었던 것 아닐까?

그 인연에 울다

김혜선 씨의 근간 시집 《그 인연에 울다》에는 〈신비하다〉라는 시가 실려 있다. 시인은 과일 가게에서 복숭아를 산다. 복숭아를 봉지에 담은 가게 아주머니가 시인에게 말한다. "이거 한쪽만 상한 건데/ 도려내고 드실래요?" 상한 복숭아 몇 개를 덤으로 주겠다는 것이다. 시인은 그 호의를 고맙게 받아들인다. 그는 집으로 돌아와 복숭아들을 맛본다. "먹다 보니 하, 신기하다." 무엇이 신기한가? "성한 복숭아보다/

상한 복숭아 맛이 더 좋고/ 덜 상한 복숭아보다/ 더 상한 복숭아한테서/ 더 진한 몸내가 나"는 것이 신기하다.

그 일상적 경험의 신기함에서 시인은 어떤 신비함을 맛본다. 그래서 그는 말한다. "육신이 썩어 넋이 풀리는 날/ 나도 네게 향기로 확, 가고 싶다." 시인은 복숭아의 살에서 자신의 살을 연상한다. 그럴 만도 하다. 복숭아 빛깔이 살빛에 가까워서만은 아니다.('살색'이라는 우리말에 의도되지 않은 인종주의적 함의가 있다는 지적이 있다. '살색'이라는 말이 '정치적으로 그른' 말이라는 지적이다. 사실 한국어를 배우는 흑인이 '살색'이라는 말을 익힐 때, 그는 묘한 느낌을 받을 것이다.) 과피의 솜털도 살을 닮았고, 과육의 감촉도 그렇다. 무르익은 수밀도를 한 입 베어 물 때의 육감적 기억을 되살려보라. 복숭아가 흔히 볼이나 가슴이나 엉덩이에 비유되는 것은 자연스럽다. 시인은 성한 복숭아도 맛보고, 상한 복숭아도 맛본다. 그런데 신기하게도 성한 복숭아보다 상한 복숭아 맛이 더 좋고, 덜 상한 복숭아보다 더 상한 복숭아에서 더 진한 몸내가 난다.

시인은 상한 과육에서 썩은 육신을 상상한다. 육신의 썩음은 죽음이다. 그리고 죽음은 흔히 공포와 혐오의 대상이다. 그러나 성한 복숭아보다 더 맛있는 상한 복숭아를 썩은 육신과 짝지음으로써 시인은 죽음의 공포와 혐오에서 벗어난다. 상한 복숭아 맛이 더 좋고 더 진한 몸내를 내듯, 썩은 육신이 향기를 뿜을 수 있기 때문이다. 상한 복숭아가―특히 한쪽만 상한 복숭아라면—꼭 썩은 육신에 비유될 필요는 없을 것이다. 그것은 차라리 상처난 몸, 온전치 못한 몸에 비유될 만하다. 그래서 상한 복숭아가 더 맛있고 더 진한 몸내를 낸다면, 상처 난 육신이나 불구의 육신은 더 짙은 영혼의 향기를 뿜어낼 수도 있다. 더 나아가 상한 복숭아는 상처 난 영혼에도 비유될 만하다. 그 상처 난 영혼은 아무런 시련 없이 무구하기만 한 영혼보다 더 넉넉하고 더 강할 수 있다. 그것이 원숙의 힘이다. 그래서 나는 시인의 노래를 이렇게 고쳐 읽는다. 성한 삶보다 상한 삶의 맛이 더 좋고, 덜 상한 삶보다 더 상한 삶에서 더 짙은 향훈이 난다. 2001.7.1.日

짧은 시 한 편을 읽을 때도, 아버지는 소수자 편이었다. 아버지의 삶은 성한 삶이었을까, 아니면 상한 삶이었을까?

한국어사전

사전은 한 사회가 집적한 지식과 정보의 곳간이다. 그리고 그것은 18세기 백과전서파들이 보여주었듯 계몽과 진보의 거점이다. 어떤 사회가 내놓은 사전의 됨됨이는 그 사회가 성취한 학문의 수준을 그대로 드러낸다. 사전의 편찬은, 언뜻 생각하기와는 달리, 박람강기와 꼼꼼함만이 아니라 논문의 집필 못지않게 창조성을 요구한다. 특히 일정한 전문 분야의 주제별 사전은 표제어의 해설 하나하나가 소논문에 가까울 뿐만 아니라, 그 분야에서 집적된 지식을 하나의 체계로 꿰어 내야 한다는 점에서 높은 수준의 지적 창조성이 밑받침되지 않으면 안 된다. 지금까지 한국에서 나온 학문 분야별 전문 술어 사전은 대개 외국의 사전을 편역하거나 번역한 것들이었다. 번역이나 편역은 학문 축적의 바탕이다. 그것은 북돋워야 할 일이지 타박할 일은 결코 아니다. 문제는 편역자들이나 번역자들이 흔히 정성이나 능력이 부족해, 믿고 기댈 만한 사전을 내놓지 못한다는 사실에 있을 것이다. 게다가 학문의 궁극적 경지는 번역 너머의 창조에 있을 터이므로, 번역되거나 편역된 사전은 결국 하나의 징검다리라고 할 수 있다.

우리사상연구소가 엮은 《우리말 철학 사전 1》은 한국의 철학계가 지적 독립을 모색하는 한 지표로 읽힌다. 이 사전은 박이문·정대현·김상봉·홍윤기 씨 등 철학자 열두 사람이 이성·언어·자아·자유 등 철학의 기본적 개념 열두 개에 다소 길게 붙인 해설을 모았다. 우리사상연구소는 앞으로 5년간 매해 이런 형식의 사전을 펴내 철학의 기본 개념 60개를 담을 계획이라 한다. 제1권의 서문에 따르면 저자들이 합의한 집필의 대원칙은 '우리말로 철학하기, 주체적으로 사유하기'였다고 한다. 더 나아가 서문은 이 사전이 "단순히 서양에서 통용되고 있는 철학 개념의 내용을 소개하는 차원의 사전이기를 지양하고, 이 시대 이 땅에서 살며 고민하는 한국 철학인의 '철학함'이 배어 있는 그런 철학 개념들을 담은 살아 있는 철학 사전이기를 표방한다"고 말한다.

그러나 이미 출간된 제1권만을 살필 때 이 원칙이 온전히 구현되었는지는 의심스럽다. 이 사전은 분명히 번역되거나 편역된 것은 아니지만, 표제어들의 선택이나 해설의 방향은 압도적으로 서양 이론의 그늘 아래 있다. '자유' 항목을 맡은 홍윤기 씨만이 그 1절을 한국 사회의 자유 의식에 할애하고 있을 뿐이다. 말하자면 이 책의 서문은 과대광고다. 그것은 학문의 독립이 선언으로 달성되는 것은 아니라는 점을 일깨운다. 2001.7.30.月

아버지는 더러, 자신이 소설가가 되지 않았더라면 한국어사전 편찬자가 되었으리라고 말씀하시곤 했다. 시중에 나와 있는 한국어사전들은 아버지의 눈에 차지 않았다. 그러나 나는 '사전 편찬자 독고준'을 상상할 수 없다. 아버지는 집단작업에 적응할 수 없었을 테니까. 그리고 사전 편찬은 집단작업을 요하는 대표적 사업이니까.

박정희

박정희가 죽은 지 올해로 23년이다. 그가 죽은 지 9년 뒤인 1988년부터 우리 사회는 민주화의 길에 들어섰다. 이제 한국 사람 누구나 불법 체포와 고문의 두려움 없이 공개적으로 대통령을 비판할 수 있다. 지금도 우리 사회에는 고쳐야 할 것이 산더미처럼 쌓여 있지만, 이 사회가 박정희 시대의 한국 사회와는 비교할 수 없을 만큼 자유로운 사회인 것은 확실하다. 그런데도 박정희 시대에 대한 향수 그리고 박정희 개인에 대한 숭앙은 이 사회 일각에 완강히 자리잡고 있다. 그 이유 가운데 하나는 박정희가 18년 동안의 강압 통치를 통해서 기득권자들을, 곧 자기편을 너무 많이 만들어놓았다는 데 있을 것이다. 그러나 이 이유는 젊은 세대 사이에서도 박정희 신드롬이 일고 있다는 사실을 설명하지 못한다. 일부 젊은이들이 박정희에게 호의를 갖고 있는 것은 그들이 박정희 시대의 야만을 겪어보지 못했을 뿐만 아니라 박정희가 누구인지를 모르기 때문일 것이다.

최상천 씨의 《알몸 박정희》는 비판적 전기 형식을 통해 박정희가 누구인지를 살핀다. 박정희는 누구인가? 한 마디로 요약하기 힘들다. 그가 '변신의 황제'이기 때문이다. 저자는 책의 뒷부분에서 그가 살핀 박정희의 실체를 이렇게 요약한다. "평범한 시골 학교 학생에서 '두

목 급장'으로, 보통학교 교사에서 만주군관학교와 일본 육사를 거쳐 만주군 장교로, 박정희에서 다카키 마사오로, 다카키 마사오에서 오카모토 미노루로, 오카모토 미노루에서 다시 박정희로, 만주군 중위에서 가짜 광복군 중대장으로, 가짜 광복군 중대장에서 대한민국 육군 장교로, 제국주의자에서 공산주의자로, 공산당 최고위급 간부가 공산당 진압군 작전장교로, 무기징역 죄수에서 다시 육군 정보장교로, '빨갱이'에서 반공주의자로, 육군 장성에서 반란군 두목으로, 민정이양공약에서 출마선언으로, '개헌은 없다'에서 삼선개헌으로, '이번이 마지막 출마'에서 종신 대통령으로, 어제까지 악마라고 욕하던 김일성과 손에 손 잡고 '7·4 남북공동성명'으로 전 민족과 세계를 상대로 '역사적 사기'를 치고……."

영국인 철학자 브라이언 매기는 《칼 포퍼》라는 책에서 "합리적인 사람이라면 마르크스에 대한 포퍼의 비판을 읽은 뒤에도 마르크스주의자가 될 수는 없다"고 말한 바 있다. 합리적인 사람이라면 《알몸 박정희》를 읽은 뒤에도 박정희 옹호자가 될 수는 없을 것이다.

2002.7.5.金

《알몸 박정희》는 나도 읽어보았지만, 그리 인상적이진 않았다. 저자가 박정희에 대한 역사재판의 검사 역할을 너무 '독하게' 해서 그랬는지도 모른다. 박정희를 비판적 관점에서 다룬 책으로 내게 가장 인상 깊었던 것은 내 동갑내기가 쓴《네 무덤에 침을 뱉으마!》다. 이 책에도 물론 단점은 있다. 박정희를 너무 희화화하는 바람에 그가 저지른 역사적 범죄들이 공포와 분노를 자아내지 못하고 만화책 속의 에피소드들 같은 느낌을 준다는 것. 하기야 풍자라는 게 본디 그런 것이니…….

두 J와 두 C

기독교 운동가 김교신金敎臣·1901~1945의 글들이 《조와弔蛙》라는 책으로 묶여 나왔다. 1972년에 그의 전집이 6권으로 출간된 바 있지만 말투가 너무 예스러워 일반인들이 읽기엔 좀 어려웠는데, 이번 선집은 그가 주재하던 잡지 《성서조선》에서 111편의 글을 가려 뽑아 요즘 독자들의 감각에 맞게 다듬은 것이다. '개구리를 추도함'이라는 뜻의 '조와'는 이 선집의 제일 마지막 글 제목이다. 《성서조선》 158호(1942년 3월)의 권두언인 '조와'는 필자가 기도터로 삼은 연못가에서 극심한 겨울 추위에 얼어 죽은 개구리들을 묻어주며 그 추위에도 살아남은 개구리들을 보는 감회를 적은 글이다. 이 글은 '아, 전멸은 면했나 보다!' 하는 안도로 끝난다. 일제는 이 글에서 조선 민족의 현실에 대한 은유를 읽었고, 즉시 이 잡지를 폐간하는 한편 김교신을 비롯한 편집자들과 독자들을 구속했다. 이것이 이른바 《성서조선》 사건이다.

김교신은 한국 기독교운동사에 무교회주의의 씨를 뿌린 사람이다. 일본인 스승 우치무라 간조內村鑑三의 영향 아래 일구어진 김교신의 무교회주의는 '조선산朝鮮産 기독교'의 수립이라는 필생의 목표와 짝을 이루고 있었다. 이것은 이 책의 첫 글인 《성서조선》 창간사(1927년 7월)에서 이미 또렷하다. 김교신은 이 글에서 잡지의 표제가 '성서조선'이 된 이유를 "우리의 마음 전부를 차지하는 것은 '조선'이라는 두 글자이고, 애인에게 보낼 최고의 선물은 성서 한 권뿐이니 양자의 어느 하나도 버리지 못하여 된 것이 그 이름이었다"고 밝히고 있다. 창간사는 또 "'성서조선'아, 너는 소위 기성 신자의 손을 거치지 말라. 그리스도보다 외국인을 예배하고, 성서보다 회당을 중시하는 자의 집에서는 그 발의 먼지를 털지어다"라고 말함으로써, 김교신의 조선산 기독교가 무교회주의라는 점을 또렷이 하고 있다. 김교신에게 예수는 교회가 아니라 성서였다. 우치무라가 사랑한 것이 '두 J' 곧 Jesus(예수)와 Japan(일본)이었다면, 김교신이 사랑한 것은 '두 C' 곧 Christ(그리스도)와 Chosun(조선)이었다. 거기에 교회를 비롯한 기독교적 제도가 들어설 자리는 없었다.

'조와'에 묶인 글들은 이렇게 '성서'와 '조선'을 두 축으로 해서 저자의 종교적·일상적 사색을 펼쳐 보이고 있다. 20세기 전반기에 쓰여진 이 글들은 믿음이나 민족의식을 흔히 세속의 부귀로 대치하는 오늘의 기독교에 한 지침이 될 만하다. 2002.7.10.水

아버지는 기독교 신자도 민족주의자도 아니었지만 어떤 기독교인이나 어떤 민족주의자에겐 호감을 보였다. 예컨대 문익환 목사 같은 분.

청춘

《작가세계》 여름호에 정혜라 씨의 시 두 편이 실려 있다. 둘 다 쓸쓸하다. 이 시에서나 저 시에서나 화자는 덩그렇게 내던져져 외롭다. 그가 물리적으로 혼자인 것은 아니다. 그러나 그는 자신과 동행자 사이에 놓인 벽 앞에서 참담하다. 첫 번째 시 〈마흔 살〉에서 소통 불능의 적막함은 나이와 관련돼 있다. "서해 바다에, 비가 내리는 서해 바다에/ 쓸쓸하다. 한때는 신의 주름치마마냥 화려했던 해안이/ 이제는 방조제가 놓여져/ 염분 가득한 내음만 남았다// 우리는 밤 늦은 시가/ 서해에 닿아 방조제 끝을 바라본다." '마흔 살'이라는 활자를 떠난 눈길이 (해가 저문) 서해 바다를, (을씨년스러운) 비를, (따뜻한) 방조제를, 과거의 화려함 대신 염분 냄새만 풍기는 해안을 쓸어 내려가며 귓전에 적막의 맥놀이를 만들어낼 때, 마흔 살은 이제 도리 없이 쓸쓸한 나이다. 화자는 그 쓸쓸함을 되뇐다. "서해 바다는 쓸쓸하다/ 누구도 누군가의 다른 위안이 되지 못한다./ 오직 그대와 나만이 콘크리트 위에 남았을 뿐이다." 그 콘크리트는 해안에 쌓은 둑, 곧 방조제의 콘크리트다. 그 콘크리트의 굳은 질감은 그곳에 오롯이 남은, 그래서 가장 가깝다 할 그대와 나의 속살마저 갈라놓고 있는 각질의 감각, 마흔 살의 감각이다. 화자는 결국 한탄한다. "저 홀로 깊어지기가/ 어려운 일이란 걸 왜 말해주지 않았더란 것이냐."

두 번째 시 〈봄밤〉에서 교감의 불능은 나이와 무관한 원초적 존재 조건에 가깝다. "차가운 차창에 이마를 기대었네/ 횡단보도를 벗어나 한 순간 시야 밖으로 그대 사라지고/ 나는 부서져오는 가슴 한 조각을/ 투명한 유리창 속으로 집어넣을 듯이 밀었네/ 그러나 이 감정은 아주 오래된 것/ 나는 느낌표 몇 개를 마음속 여백에다 콕콕 찍었네." 〈봄밤〉의 '그대'는 어쩌면 〈마흔 살〉의 '그대'와 동일인일지도 모른다. 차에서 '그대'를 막 내려 보낸 화자는 그와의 교감 가능성을 지레 포기한 것 아닐까 잠시 아쉬워하다가, 이내 마음을 다잡아 느낌

표 몇 개를 찍고 만다. 아마 '이젠 정말 끝!' 하는 느낌표이리라. 그리고
는 자신의 선택을 정당화하기 위해 말의 치료를 수행한다. "흔들리면
서, 저 밤하늘을 향해/ 몇 번이고 입술을 깨물어보지만 그렇지만/ 아
무 것도 변하는 것은 없다고/ 내 사랑을 지금 불러놓아도 아무 것도 변
하는 것은 없다고/ 몇 번은 더 그런 적도 있지만/ 깊은 어둠만 더 깊어
졌을 뿐이라고/ 이 가슴 속의 불구를 끄집어줄 수 있는 사람은 없다고/
되뇌어보네." 누구도 고쳐줄 수 없는 '가슴 속 불구'를 확인하는 화자의
봄밤은 서럽다. 그러나 그 밤은 마지막 네 행의 꽃불 아래 찬란하게
요염하다. "한없이 작아지는 떠도는 마음속에서/ 무슨 송사리떼 같은
것이 하늘을 맴돌아/ 짚어도 닿을 것 없는 깊은 슬픔만/ 꽃수술을 달고
흐르는 봄밤에." 정혜라 씨! 그대는 아직 청춘이에요. 2003.7.17.木

물론 그렇겠죠, 아빠. 아빠보다 스물대여섯 살이나 젊은 사람
이니.

죽음

누구도 죽음을 피할 수 없고 죽음이 언제 찾아올지 알 수 없다는 점에

서, 죽음은 늘 우리 곁에 있다. 그러나 우리들이 늘 죽음에 대해 생각하는 것은 아니다. 죽음에 대한 현대인들의 공포와 불안은 거의 절대적이어서, 우리는 되도록 죽음이라는 현상을 외면하려고 한다. 우리가 어쩔 수 없이 죽음에 대해 생각하는 것은 신문에서 부고 기사를 읽을 때나, 친지의 죽음을 겪고 빈소에 앉아 있을 때 정도다. 우리를 죽음에 대한 상념에서 구원하는 것은 바쁜 일상이다. 우리는 바쁘게 살며 죽음에 대해 잊는다. 그것은 사회를 위해서도 다행스러운 일이다. 죽음에 대한 불안과 공포가 우리에게 늘 들려憑 있다면, 세상이 제대로 굴러갈 수가 없을 테니 말이다. 세상을 만들어가는 것은 결국 잡념에서 해방된 노동이다. 한편, 사람은 무엇보다도 생각하는 동물이다. 그 생각의 대상에서 죽음의 의미가 제외되어야 할 이유는 없다. 죽음은 사람들에게 끔찍한 것이지만, 죽음이 공평하게(누구도 죽음을 피할 수는 없으니) 모두에게 관련돼 있다는 점에서, 죽음의 의미를 탐색하고자 하는 욕망은 자연스럽다. 죽음에 대한 현대인들의 절대적 불안과 공포가 과연 합리적인지를 판단하기 위해서도 죽음의 의미를 따져보는 것은 필요하다.

젊은 철학자 유호종 씨의 《떠남 혹은 없어짐》은 그 부제가 드러내듯 '죽음의 철학적 의미'에 대한 탐구다. 이 작은 책에서 저자는 죽음과 관련해서 제기되는 물음 세 가지에 대해 답변을 시도한다. 물음들이란 '죽음 이후 나는 영원히 사라지는가'라는 인식적 차원, '나의 죽음은 정말 나에게 나쁜 일인가'라는 정서적 차원, 그리고 '인간은 어느 시점부터 죽었다고 볼 수 있는가'라는 실천적 차원의 물음이다. 첫 질문에 대해 저자는 죽음과 함께 의식이 사라진다는 것이 경험적으로 참이라고 하더라도 그것은 내가 현재와 같은 감각 경험을 더 이상 하지 않는 상태인 죽음 이후를 해명하지는 못하며, 더 나아가 나의 죽음 후 내가 어떻게 될지를 감각 경험에 기반한 과학적이고 추론적인 사고로는 개연적으로라도 알 수 없다고 주장한다. 두 번째 질문에 대해서 저자는 '자기의 죽음은 자기로부터 좋음(좋은 것들)을 박탈하기 때문에 나쁘다'고 보는 '박탈 이론'을 조목조목 반박하며, 나의 죽음 후 내가 사라진다고 가정하더라도 그 죽음은 내재적으로나 비교적으로나 가치가 중립적中立的일 뿐 나에게 나쁜 것으로 판명되지는 않는다고 주장한다. 세 번째 질문에 대해서 저자는 죽음의 실천적 의미가 '어떤 사람을 장례 지낼 수 있게 하는 사건'이라는 데 유의해 심폐사心肺死만을 죽음의 기준으로 보되, 삶과 죽음이라는 전통적 이분법의 두 항 사이에 의식意識의 불가역적 소실로서의 '인격사'를 삽입해 삼분법적 시각을 도입해야 한다고 말한다. 저자의 견해에 동의하지 않는 독자도 이 책을 읽으며 죽음을 소재로 논리학 연습을 해볼 수는 있을 것이다. 읽을 만한 책이다. 2003.7.20.日

아버지 일기는, 종종, 죽음과 관련된 아버지의 생각을 드러낸다. 그런 일은 뒤로 갈수록 더 잦아진다. 이날처럼 독서일기의 형태를 취하든 아니면 직설적으로 핵심에 접근하든. 나이가 들수록 죽음의 신호를 민첩하게 받아들이게 되는 모양이다. 하긴 나만 해도 그렇다. 아직 쉰이 채 안 됐는데도, 주변의 죽음이 남일 같지 않다.

책 속의 삶

H의 장점은 간결한 낙관주의다. 그의 낙관주의는 박정희 시절에도, 전두환 시절에도 튼튼했다. 그가 교편을 잡으면서도 현실에 직간접적으로 발을 들여놓은 것은 그 낙관주의 덕일 것이다. 나는? 혁명을 피해 도망 나온 옛 러시아 귀족이라도 되는 양 사물의 어두운 면만 본다. 그러나 그 비관주의가 내 삶을 떠받쳐주었다. 책을 매개로 삼아. 내가 사는 세상은 책 속의 세상이다. 책 속에서 나는 평안하다. 2004.7.9.金

아버지의 일기 가운데 독후감이 많은 게 이해된다. 실제로 아버지는 책 속에서 사셨다. 그 속에서 아버지는 괴로워하고 즐거워하셨다. H는 김학 선생일 것이다.

김대중

김대중이 살아서 서울로 돌아왔다. 1973.8.13.月

어렴풋이 그때가 기억난다. 그러나 그것은 열한 살 계집아이에게는 그리 큰 관심사가 아니었다. 아버지는 그때 어머니 앞에서 박정희를 욕하며 혀를 찼다. 아니, 이 기억은 만들어진 것인지도 모른다. 유년기의 기억, 아니 10대 때의 기억도 이젠 흐릿하다. 점점 흐릿해지는 그 기억은 시간의 원근법을 엉망으로 만들어버린다. 먼저 경험했던 일이 나중에 경험했던 일보다 더 가까운 일 같기도 하고, 겪었던 일이 시간축의 어디쯤에 있는지

막막하기도 하다. 나이를 한두 살 더 먹을수록 기억들은 더욱 더 복잡하게 뒤엉킨다. 마침내는, 내 경우, 겪었던 사실을 잊어버리는 경지를 넘어서서 겪지 않은 사실을 기억하는 경지에 이르렀다. 아직 쉰도 안 됐는데, 참.

제6공화국이 들어서고, 소위 5공청문회와 광주청문회가 열렸을 때 얘기다. 그때 나는 셰익스피어를 공부해보겠다고 태평양을 건너기 직전이었다. 증인으로 불려나온 이들이 국회의원들의 질문에 "기억이 안 난다"는 말만 되풀이해 시민들의 빈축을 샀다. 그런데 그때 나는 그이들이 정직하게 대답하고 있을지도 모른다는 생각을 했다. 8년 전 상황을, 그리고 10여 년 전 상황을 똑똑히 기억하고 있는 사람은 드물 테다. 산다는 것은 기억을 축적하는 과정이자, 축적한 기억을 잃어버리는 과정이기도 하다. 축적의 속도가 상실의 속도보다 빠를 때, 사람들은 총명하다는 소리를 듣는다. 그러나 장년 이후 나이를 먹어갈수록, 대부분의 사람들은 기억의 상실 속력이 기억의 축적 속력보다 더 빠르다는 것을 어쩔 수 없이 인정하게 된다.

김대중 납치는 이후락 선에서 결정됐을까, 아니면 박정희의 지시나 승인을 받은 '거사擧事'였을까? 김대중의 목숨을 구한 것은 미군이었을까 아니면 일본 자위대였을까? 또 김형욱의 실종

은 어떤가? 그것은 박정희의 지시에 따른 것일까, 아니면 중앙
정보부 차원의 공작이었을까? 그것을 알고 있던 사람들은 이제
대개 저세상 사람이 됐을 것이다. 결국 영구미제 사건으로 남을
가능성이 크다. 박정희가 직접 지시해 일어난 일들이라면, 그는
단작스러웠다. 납치나 살해 공작이 박정희 아랫선에서 이뤄졌
다면, 그는 곁에 너무 충성스러운 부하들을 두었다.

　모처럼 선이네 식구랑 어머니랑 연희랑 가족 나들이를 했다.
지금은 꽤 많이 자라버린 조카애들과 한번 재미있게 놀아줄 겸
용인 에버랜드로 향했다. 같은 아파트에 살면서도 서로 바빠 자
주 보게 되지 않는 조카 녀석들은 이모인 나보다 연희를 더 잘
따른다. 이 아이들은 연희를 작은이모라고 부른다. 애들이 정신
없이 놀이기구를 타며 재미있어 하는 걸 보는 어머니의 표정이
밝다. 아버지가 살아 계셨을 때는 이런 식의 나들이가 쉽지 않
았던 것 같다. 아버지가 본디 가정적 성격이 아니었던데다가 또
자라온 환경이 어두워서인지 평범한 나들이도 흔쾌히 따라나
서주시지 않았다. 그런 성격을 지닌 분이 두 딸에게는 그분 나
름대로 많은 애정을 주었다. 차라리 어머니가 보통 엄마들처럼
남편에게 바가지도 긁고 잔소리를 했더라면 두 분 사이에 그어

져 있던 보이지 않는 금, 벽을 허물 수 있지 않았을까 하는 생각
이 스친다. 하지만 어머니는 그분 나름대로 자존심이 강한 분이
고 그분 나름의 원칙이 있다.

워터게이트사건

닉슨이 사임했다. 이것은 미국 민주주의의 승리일까? 1974.8.11.日

　문장 끝의 물음표는 아버지가 이 사건을 미국 민주주의의 승
리라 여기지 않았다는 걸 시사하는 것이리라. 그저 미국 지배
계급 내부의 갈등이 닉슨의 사임으로 봉합됐다는 견해. 그것은
촘스키의 견해이기도 하다. 그렇다면 아버지는 촘스키의 정치
적·이데올로기적 동반자였던가? 아니라고 말하는 게 안전할 것
이다. 왼쪽으로든 오른쪽으로든, 위로든 아래로든, 아버지는 치
우침을 경계했다. 아버지는 이상주의자가 아니라 현실주의자였
다. 그 현실주의에는 꽤 단단한 윤리적 바탕이 있었다. 비록 그
것이 소극적 윤리라 할지라도. 아버지는 경계인이자 단독자였
다. 이 경계인에게는 동지가 없었고, 이 단독자에게는 신이 없

었다. 신을 지니지 못한 단독자가 할 수 있는 일은 글쓰기뿐이었을 것이다. 아버지는 공동체에 이로움을 주기 위해 글을 쓰진 않았다. 아버지는 글을 통해 공동체를, 세계를 투명하게 보고자 했다. 그런데 그 투명한 시선이 공동체에 이로움을 주었을지도 모른다.

나는, 아버지와 달리, 워터게이트사건이 미국 민주주의를 한 뼘 정도라도 자라게 해주었다고 믿는다. 권력자들은 법을 어기고 싶어 한다. 지금 한국의 집권세력이 그러듯. 그리고 그런 일이 되풀이되면, 그 사회는 무너지기 십상이다. 닉슨의 사임이 권력엘리트들끼리의 싸움에서 패한 탓이라 하더라도, 그것을 미국 민주주의의 승리라 보는 데는 지장이 없다. 순수한 민주주의는 꿈나라에서나 가능할 것이다. 비록 지배엘리트들끼리지만, 미국인들은 망가져가는 민주주의를 수리할 능력이 있었다. 아버지처럼 균형과 절제를 중요시했던 이가 워터게이트사건을 가볍게 보았다는 것이 좀 뜻밖이다.

한 줄의 죽음

베니그노 아키노가 마닐라 공항에서 암살됐다. 1983.8.21.日

저명인사의 죽음이 아버지의 일기에선 흔히 한 줄로 끝난다.

베니그노 아키노가 죽었을 때 나는 스물한 살의 대학생이었다. 세상의 이치를 조금씩 깨달아갈 때였다. 학생운동에 열심이었던 것은 아니지만, 아시아의 독재자들에 대해선 관심이 있었다. 나는 마르코스의 무모함에 몹시 놀랐다. 그 뒤 코라손 아키노가 대통령이 됐을 때, 아버지는 무슨 생각을 했을까? (또 그 아들이 최근에 필리핀 대통령이 된 것에 대해 저 세계의 아버지는 어떤 생각을 할까?) 이 역시 지배엘리트들 사이의 싸움일 뿐이라고 생각했을까? 아버지가 그렇게 생각하셨다면, 이번엔 나도 아버지 편이다. 나는 필리핀의 소위 '피플파워' 놀음이야말로 민주주의와 무관한, 지배엘리트들 사이의 싸움이었다고 생각한다. 코라손 아키노의 집권은 반동부르주아의 집권이었다. 이것이 워터게이트사건과 어떻게 다르냐고? 미국의 카터 지지 세력과 포드 지지 세력은, 필리핀의 아키노 지지 세력과 마르코스 지지 세력 사이보다 계급적으로 덜 친화적이었다. 그런데 김대중의 목숨을 구해줬던 미국이 왜 이때는 베니그노 아키노를 마르코스의 아가리 속으로 밀어버렸을까? 미국은 박정희보다 마르코스를 더 다루기 쉽다고 생각한 걸까?

위대한 식사

안희준 씨의 시집 《위대한 식사》를 읽었다. '민중적 건강성'이라는 말은 1970년대 이래 우리 문학의 어떤 흐름 속에서 너무 되풀이 징발되다 보니 이젠 닳고 닳은 상투어가 되었지만, 안희준 씨의 시세계를 표현하기 위해 그보다 더 적절한 말을 달리 찾아내기도 어렵다. 안희준의 시가 담백하게 풍경을 그리든 그 풍경 속에 자신을 깊이 투사하든, 그의 언어는 동시대 민중 정서의 깊은 뿌리에까지 다다라 있다. 그가 대지의 아들이라는 것은 이번 시집에서도 역연하다. 그러나 이 '젊은' 시인도 나이를 먹나 보다. 나는 시집을 읽다가 〈병病〉이라는 작품에 오래 머물렀다. 시인의 달관 속에서 기진氣盡의 기미가 읽혔기 때문이다.

시인에게 병은 삶의 나른함을 씻어내고 긴장을 부여하는 정화제 같은 것이다. "잊을 만하면 그대는 찾아와/ 내 생활의 안위와 평안에 시비를 건다/(…)/ 나는 마음이 거처할 집/ 평생에 다 짓지 못할 것이다." 불자佛子들은 태어남, 늙음, 죽음과 함께 병듦을 중생이 겪을 수밖에 없는 네 가지 괴로움으로 꼽는다. 그런데 그 가운데 병은 다른 셋과는 조금 다른 층위에 있다. 태어남·늙음·죽음 앞에서는 원칙적으로 누구나 평등하지만, 병 앞에서는 그렇지 않다. 타고난 체질이나 가진 재산에 따라, 어떤 사람들에게는 병고가 대수롭지 않을 수도 있다. 시인은 그렇게 좋은 팔자는 아닌 듯하다. 그에게 병은 잊을 만하면 다시 찾아온다. 그러나 시인은 그 병을 단순히 괴로움이라고만 생각하지는 않는다. 병으로 하여, 삶은 권태 너머의 그 무엇에 이른다. "권태에 친해져 아픔 없는 생이 견딜 만하면/ 그대는 찾아와 바람 부는 들녘, / 흐느껴 우는 강을 보여준다." 시인은 병이 "빛보다는 어둠에 친화한 삶/ 다 살아낸 후에야 나를 떠날" 것이라고 짐짓 소침하지만, 이어 "나는 오늘도 그대로 하여 큰 도적이 되지 못하고/ 작은 슬픔 하나에도 위태로워져 크게 울고 있다"고 자부한다. 마지막 두 행이 왜 '자부' 인가? 그것이 '나는 시인이다'라는 선언이기 때문이다. 작은 슬픔 하나에도 흐느끼며 세계의 비참에 공명할 수 있는 사람이야말로 시인이기 때문이다. 나는 "빛보다는 어둠에 친화한 삶"이라는 안희준 시인의 자기규정을 반만 믿는다. 그의 시가 사회의 그늘진 곳에 따스한 눈길을 건네왔다는 점에서 그 진술은 옳지만, 늘 민중의 건강한 낙관성 위에 구축돼왔다는 점에서 그 진술은 그르다.

시인이여, 당신의 같은 시집에 실린 시 〈신생新生〉을 다시 보라. 고목의 가지 위에 맺힌 물방울들이 더러는 흙살 속으로 파고들며, 더러는 새의 심장 속으로 스며 날개에 힘을 보태며 이 행성을 생명으로 채우는 어떤 순간들을 묘사한 이 시에서 당신은 "세계에 완전한 소멸은 없다"고 선언했다. 당신의 시 세계는 생명의 빛으로 밝고, 〈신생〉의 마지막 행을 빌면 "연초록의 그 촉촉한 입술"처럼 싱싱하다. 2000.8.5.土

아버지는 소설보다 시를 더 자주 읽으셨고, 동세대 사람들의 작품보다는 한 세대 아랫사람들의 작품을 더 자주 읽으셨다. 안희준 시인이 이 글을 읽었다면 많이 격려가 됐을 것이다. 그러나 아버지는 다른 사람들(의 작품들)에 대한 평가를 일기장 밖으로 꺼내지 않으셨다.

이산가족 상봉

남북 이산가족 상봉이 다시 이루어진다. 전혀 기대하지 않았던 일들이 이뤄지고 있는데 기쁜 건지 심란한 건지 마음을 종잡을 수 없다. 어쩌면 누님은 돌아가셨는지 모른다. 여기서 할 일을 제대로 못했다는 생각이 가족을 찾아보고 싶은 마음을 눅이고 있는지도 모르겠다. 아버지를 허망하게 보낸 것, 그리고 누님이 내게 건네주었던, 현호성의 이름이 적힌 당원증—누님의 인생과 맞먹는 그 당원증—의 의미를 나는 내 일신의 안위를 위해 별 의미 없이 흘려버리고 말았다. 2000.8.15.火

당원증이라니……. 무슨 말일까. 아버지는 어머니나 다른 친구에게 결코 털어놓을 수 없는 비밀을 힘겹게 간직하고 사셨는지 모른다. 뭔지 정확히 알 수는 없으나 아버지가 누님(내 고모 말이다)에게 큰 죄책감을 느끼면서 살았다는 것은 확실하다. 언젠가 어머니에게서 잠깐 들은 얘기로는, 남으로 내려오는 배를 원산에서 탈 때 동생이 친구네 가족에 겨우 얹혀서 타게 되자, 고모는 자기 때문에 동생까지 못 탈까 봐 지레 배 타는 것을 포기했다고 한다. 텔레비전에서도 이산가족 상봉 장면을 많이 보셨을 텐데, 아버지는 그때마다 어떻게 감정을 다스렸을까. 어쩌면 아버지는 예전에 겪었던 문인간첩단 사건 때문에 가족 상봉을 아예 포기했는지도 모른다.

유럽 여행

두 달 가까이 유럽을 둘러보고 왔다. 아내와 원, 연희와 함께였다. 아내와 나는 우리 내외끼리만 가길 바랐으나, 원이 같이 가겠다고 고집을 부려 넷이 함께 다녀왔다. 원이는 여름방학을 통째로 우리 내외에게 헌납한 셈이었다. 연희도, 매달려 있던 주말연속극이 6월에 끝나 한숨 돌릴 기회가 필요하긴 했다. 이번 여행을 통해 이뤄진 '가족사적 사건' 하나는 순임이 연희와 꽤 가까워졌다는 것이다. 결과적으로 보면, 원과 연희가 동행한 것이 큰 다행이었다. 활자로만 익힌 내 프랑스어나 영어는 현지에서 거의 쓸모가 없었다. 원이 아니었으면, 큰 고생을 할 뻔했다. 그렇다고 전혀 고생스럽지 않은 것은 아니었다. 내 몸이 늙었다는 것을 이번 여행을 통해 실감했다. 이렇게 긴 여행은 처음이자 아마도 마지막이 될 것 같다. 연희는 서울을 떠나기 전에 주도면밀하게 계획을 세웠다. 들르게 될 주요 도시를 정하고, 그 도시들의 호텔방을 인터넷으로 일일이 예약해두었다. 유레일패스도 준비했고, 렌터카도 예약을 해놓았다. 렌터카는 파리에서 출발해 다시 파리에서 반납하도록 돼 있었다. 그래서 우리 넷은 큰 도시엘 갈 땐 유레일패스를 사용하고, 시골들을 둘러볼 땐 렌터카를 사용했다. 승용차 운전은 연희와 원이 번갈아가며 했다. 나도 한 번 해보려 했지만, 아내와 아이들이 극구 말렸다. 내가 늙은이가 아닌 것은 아니지만, 아내와 아이들에게서 늙은이 취급을 받으니 마음이 잠깐 써늘해지기도 했다.

원의 영어는 훌륭했다. 게다가 브라운대학에서 배웠다는 불어 역시 유창했다. 원과 연희는 유럽 방문이 두 번째였고, 아내에겐 생애 최초의 해외 나들이였다. 몇 년 전 파리에서 열린 '한국문학주간'에 참가했던 내겐 두 번째 방문이었다. 그땐 파리밖에 보질 못했으니, 이번 여행을 통해 주마간산 격으로나마 유럽 전체를 보고 싶은 욕심이 있었다. 파리에서 시작된 여행은 런던, 다시 파리, 마드리드, 세비야, 그라나다, 리스본, 다시 파리, 안트베르펜, 암스테르담, 코펜하겐, 스톡홀름, 오슬로, 헬싱키, 상트페테르부르크, 베를린, 프라하, 빈, 부다페스트, 베오그라드, 아테네, 나폴리, 로마, 밀라노, 토리노, 제네바, 다시 파리로 이어졌다. 이런 도시들을 보는 틈틈이 시골에도 들렀다. 비록 두 달 여행이긴 했으나 유럽의 대부분을, 주로 수도를, 잠깐씩 본 셈이었다. 베네치아와 더블린을 못 가본 게 서운하긴 했지만, 원이 촘촘하게 짜놓은 여로를 벗어날 수 없었다. 이 도시들 가운데 살고 싶은 곳을 고르라면, 다시 말해 가장 맘에 드는 도시를 고르라면, 암스테르담, 프라하, 제네바 정도를 꼽을 만했다. 원에게도 낯선 도시들이 많았지만, 이 아이는 영리하게도 서울에서 유럽 관광안내 책을 다섯 종이나 가지고 온 터라 우리들 가이드 노릇을 깔끔히 할 수 있었다. 나는 지나는 도시마다 그 도시에서 살았던 이름난 사람들을 떠올리곤 했다. 예컨대 암스테르담에선 스피노자를, 부다페스트에서는 루카치와 하우저를, 제네바에선 소쉬르와 루소를, 토리노에서는 그람시를, 런던에서는 마르크스를, 하는 식이었다. 파리나 빈이나 프라하 같은 곳에선 떠오르는 사람들이 너무 많아, 헤아리기도 어려웠다.

나와 두 아이는 무신론자고 아내는 '이고도'이긴 하지만, 우리는 곳곳의 성당엘 들러 마음의 안식을 구했다. 특히 바티칸의 성베드로 성당과 파리의 노트르담을 들렀을 땐, 신이 있든 없든 인류에게는 종교라는 제도가 필요할지도 모른다는 생각이 들었다. 암스테르담의 운하들과 제네바의 레망호를 보았을 땐, 문득 자살 충동이 일기도 했다. 죽음이라는 걸 어차피 피할 수 없다면, 더구나 그 죽음이 내게서 그리 멀지 않다면, 죽음의 장소로 아름다운 곳을 택하고 싶었다. 비록 그곳이 내 두 고향(원산과 서울 말이다)에서 1만 킬로미터나 떨어진 곳일지라도.

좀 더 젊었을 때 유럽엘 와봤으면 좋았을 거라는 생각이 자주 들었다. 아내도 만족스러워했다. 그 만족스러움은 처음 와본 도시들의 아름다움 때문만이 아니라, 연희의 정성 때문이기도 했다. 연희는 아내를 보디가드처럼 따라다니며 개인 가이드 노릇을 했다. 스칸디나비아에서 백야를 경험할 때는 그곳이 이방異邦이라는 걸 실감하지 않을 수 없었다. 아니 이방을 넘어서, '다른 세계' 같기도 했다. 가는 곳마다 한 국인들이 많은 것에 놀랐다. 파리 지하철에선 한국어를 자주 들을 수 있었고, 다른 큰 도시들에서도 한국인들과 많이 스쳤다. 도시에서 떨어진 농촌 지역에 이르러서야, 한국인들의 흔적이 없었다. 그리고 그 인종 다양성이라니……. 루아시의 샤를드골 공항에서 내려 파리로 들어가는 동안, 나는 유럽이 백인들의 땅이라는 통념이 엉터리라는 것을 실감했다. 물론 나는 책이나 신문을 통해 유럽이 인종 전시장이라는 것을 알고는 있었다. 그러나 그냥 막연히 알고 있는 것과 실제로 그것을 체험해보는 것은 다르다. 사실 나는 이 여행에서 들른 몇몇 도시들을 소설의 배경으로 삼은 바 있다. 그 소설들 속에 나는 다양한 인종집단을 등장시켰지만, 이 정도이리라고는 상상하지 못했다. 아프리카계나 아랍계, 아시아계 사람이 눈에 띄지 않는 도시는 아예 없었다. 아, 딱 한 군데, 안트워프에서 좀 떨어진 바젤(스위스의 바젤이 아니다)이라는 소도시(이걸 도시라고 불러야 할까?)에서는 백인 이외의 인종을 찾아볼 수 없었다. 우리들 넷 말고는 말이다. 바젤의 한 레스토랑에서 저녁을 먹었는데, 아시아계 사람을 처음 보는지 힐끗힐끗 곁눈질하는 손님들이 있었다. 내가 다시 유럽엘 갈 수 있다면, 시골들을 둘러보고 싶다. 그러나 내게 그런 기회는 찾아오지 않을 것이다. 벌써 60대 중반 아닌가. 연희와 원이 고마웠다. 처음 생각대로 아내와 단둘이 유럽에 갔다면, 고생은 훨씬 더 하고 볼거리도 제대로 찾지 못했을 것이다. 지난 두 달 동안 기다란 꿈을 꾼 것 같기도 하다. 2001.8.29.水

　아버지가 어머니와 단둘이 유럽 여행을 하겠다고 말씀하셨을 때, 거기 가장 반대한 사람이 연희였다. 두 달이라면 젊은 사람들에게도 힘든 여행일 텐데, 두 분을 그냥 가시게 할 수는 없다는 거였다. 마침 나는 방학이고 자기는 드라마 하나를 끝냈으니, 둘이서 모시고 돌아다니자고 연희는 말했다. 두 분이 여행사를 통해 단체여행에 끼일 수도 있었겠지만, 그렇게 되면 정작 가시고 싶은 데를 거의 못 가고 여행사 가이드의 통제에서 벗어날 수 없다는 것도 연희의 반대 이유 가운데 하나였다. 그렇다고 단 두 분이 여행을 하시면, 크든 작든 어떤 위험에 처할 수도 있다고 연희는 말했다. 나는 연희가 고마웠다. 그래서 그 방학을 부모님과 함께 하기로 결정했다. 연희와 나도 이미 젊은이는 아니었지만, 그걸 고려해도 힘든 여행이었다. 어머니 아버지는 훨씬 더 힘드셨을 것이다. 특히 아버지는. 일기의 이 대목을 읽고 나니 아버지 생각이 더 난다. 아버지는 내가 영어만이 아니라 불어도 유창하다고 말씀하셨지만, 그건 과장이다. 브라운대학에서 스텔라에게 배운 내 불어는 소박한 것이었다. 물론 불문학을 전공했으면서도 불어권에 살아보지 못한 선의 불어 보다는 내 불어가 더 유창할 것이다.

아버지는 그 여행을 기다란 꿈에 비유하셨지만, 그건 나나 연희에게도 그랬다. 그렇게 긴 여행은 어머니 아버지께만이 아니라 우리에게도 처음이었던 것이다.

아버지는 암스테르담과 프라하, 그리고 빈을 가장 높이 쳐주셨지만, 나는 다르다. 그 여행에서 들렀던 도시들 가운데 살고 싶은 도시를 셋만 고르라면, 나는 그라나다와 나폴리와 리스본을 택할 것이다. 그라나다는 알람브라궁전과 집시들 때문에, 나폴리와 리스본은 어떤 가난의 냄새 때문에 말이다. 나폴리는 시칠리아 섬의 팔레르모와 함께 마피아의 손아귀에 있는 도시로 알려져 있지만, 그들이 설마 별 볼 일 없는 아시아 여자에게까지 해코지를 하랴. 혹시 마피아가 동성애를 혐오한다면 모르지만.

그 여행에서 내게 가장 깊은 인상을 준 것은 알람브라궁전이었다. 그 궁전은 탐미의 소산일 뿐만 아니라 권력의지의 소산이기도 할 것이다. 그리고 궁전 근처 알바이신 언덕의 어느 동굴에서 공연된 집시 여자들의 플라멩코도 인상적이었다.

지금 생각해도 그때 부모님과 함께 여행을 한 것은 잘한 일이었다. 그 뒤 아버지는 눈에 띄게 쇠약해지셨다. 우울증에 시달리시는 것 같기도 했다. 무엇보다도, 어린 시절을 빼놓으면, 내가 부모님과 온종일 같이 지낸 건 그때가 처음이자 마지막이었다. 연희와 나는 어머니 아버지의 가이드였을 뿐만 아니라 보호자였다. 시간이 거꾸로 흐르기 전엔, 앞으로 그런 일이 없을 것이다.

왼쪽 가슴이 뜨끔뜨끔하다.

곰남자

《동서문학》 가을호에 독일 작가 마티아스 폴리티키의 〈곰남자—코펜하겐/파리/서울, 1989년 9월/ 1999년 9월/ 2009년 9월〉이라는 단편소설이 실려 있다. 작품 전체가 아니라 서울을 배경으로 삼은 부분만 실렸다. 번역자인 한국외대 장은수 교수의 해설에 따르면 〈곰남자〉는 독일인 주인공이 코펜하겐과 파리, 서울 세 도시를 여행하는 동안 이방인으로서 겪는 에피소드들로 이뤄져 있다고 한다. 폴리티키는 1999년에 한국을 방문해서 자신의 소설과 시를 소개하는 낭독회를 가진 바 있는데, 〈곰남자〉 속에 표사된 서울 풍경은 그때의 체험에 바탕을 둔 듯하다. 소설 속에서 화자는 한국인 술친구들로부터 폭탄주 마시는 법을 배우고 서울의 (퇴폐) 이발소 풍경을 전해 듣고 노래방에서 악을 쓴다. 이방인의 눈에 비친 한국의 이미지는 부채의 아름다움, 사물놀이의 위대함, 김치와 숭늉차, 미니스커트를 입은 미녀들이 안내해주는 주차장, 게다가 산새들의 지저귐 소리가 방송을 타고 나오고 디지털 뻐꾸기가 정차역을 알려주는 지하철 같은 것이다. 취한 화자가 서울의 밤거리에서 곰의 탈을 쓴 남자를 만나는 것이 소설의 마지막 장면이다. 작가가 한국의 웅녀 신화를 알고 있었는지의 여부는 모르겠지만, 서울과 서울 사람들을 묘사하며 곰 이미지를 불러낸 것이 신기하다. 역자의 해설에 따르면 주인공은 코펜하겐과 파리에서도 짐승의 탈을 쓴 남자를 만난다고 한다. 소설 전체가 번역되지 않아서 그것이 무엇을 상징하는지는 다소 모호하다. 《동서문학》이 이 작품을 전재全載했으면 더 좋았을 것이다. 〈곰남자〉는 한국이 문학의 공간에서도 '극동의 은자隱者'가 아니라 지구촌의 한 부분이 돼가고 있다는 한 징표로 읽힌다. 그리고 문학 속의 한국 이미지도 많이 변했다는 것을 실감하게 한다. 펄 벅의 《살아 있는 갈대》나 《새해》 같은 작품에서 한국은 오로지 수난의 땅이었다. 영국 작가 데이비드 로지가 1980년대 말에 펴낸 장편소설 《아주 작은 세상》에서는 한 젊은 문학 연구자가 자신이 한눈에 반한 여성과 재회하기 위해 전 세계를 헤집고 다니는데, 그는 그 사랑의 여로에서 부산에도 잠깐 들른다. 그러나 그 도시에 대한 세부 묘사는 없다. 〈곰남자〉에서만이 아니라 우리는 앞으로 점점 더 자주 문학작품 속에서 타자의 눈에 비친 우리를 발견하게 될 것이다. 그 과정에서 우리와 타자 사이의 담장이 점점 낮아지는 것, 그것이 세계화의 한 의미일 것이다. 2001.8.31.金

　'세계화'는 아버지 생각에 한국이 피할 수 없는 잔이었다. 사실 아버지는 문학적으로 그 세계화를 실천한 분이기도 했다.

J. F. 케네디

쿠바 위기가 가까스로 해결됐다. 이것은 케네디의 승리일까? 왠지 흐루시초프의 승리라는 생각이 든다. 흐루시초프가 케네디를 시험해보았다는 느낌. 1962.9.7.金

이것은 상식에 반하는 견해다. 쿠바 사태는 싸움이었고, 케네디가 이긴 싸움이었다. 인류의 흥망을 놓고 벌인 싸움. 그러나 아버지의 관점은, 비록 그르다고 할지라도, 매력적이다. 항우와 유방? 아니면 최영과 이성계? 케네디는 내가 태어난 해에 죽었다. 그의 삶을 추체험하면서 나는 그에게 매료되었다. 그는 내가 가장 좋아하는 미국 대통령이었다. 빌 클린턴이 나타나기 전까지는.

출세한 명문가 자식은 출세한 빈민 자식만큼 매력을 주지 못한다. 그 스토리가 덜 극적이어서 그렇다. 빌 클린턴이 김대중에게 호감을 보인 것도, 자신이 성장기에 겪은 파란만장한 삶 때문이었는지도 모른다. 적어도 부분적으론 말이다.

제사

아버님의 기일이었다. 아버님이 살아 계셨다면 내 삶은 지금과 많이 달라졌을까? 원이 엄마는 속으로 무슨 생각을 하는지 모르나, 교리를 어겨가며 시아버님 제사를 잊지 않고 꼬박꼬박 챙기니 고마울 따름이다. 두 증손녀의 손을 잡는다면, 증손자를 보듬어 안는다면 아버님은 어떤 표정을 지으셨을까? 상상만 해도 가슴이 미어져 생각을 더 이어가지 못하겠다. 1968.9.2.月

외가가 있다고는 해도 친가 쪽 친척이 전무한 우리 집에서 할아버지 제사는 커다란 행사였다. 나와 선이의 눈에 비친 큰 행삿날의 기준은 떡이었는데, 어머니는 할아버지 제삿날과 아버지 생신에는 꼭 떡을 방앗간에서 맞추어 오셨다. 접시에 올리고 난 뒤 남은 떡을 제사 지내기 전에 얻어먹는 행운이 가끔 오곤 했다. 그리고 빈대떡이 늘 빠지지 않았다. 지방紙榜을 쓰시는 아버지 옆에서 구경을 하려면 아주 조용히 있어야 했다. 지방을 붙일 밥풀을 준비하는 것은 내 몫이었다.

호찌민

어제 호찌민이 작고했다. 20세기의 위대한 혁명가를 딱 둘만 꼽으라 해도 그는 포함될 것이다. 나머지 하나는? 수많은 혁명가들이 그 자리를 놓고 다툴 것이다. 1969.9.4.木

호찌민은 아마 아버지가 호감을 지녔던, 거의 유일한 공산주의자 정치인이었을 것이다. 티토는? 아버지는 티토를 인정認定했지 좋아한 건 아니었던 듯하다. 살바도르 아옌데도 거기 포함될까? 그러나 아옌데를 '주류' 공산주의자라고 단정하기는 어렵다.

엘리자베스 1세가 잉글랜드와 결혼했다면, 호찌민은 베트남과 결혼했다. 둘 다 조국을 지독히 사랑했다. 그러나 이 두 사람은 전혀 다른 맥락의 애국자들이었다. 엘리자베스 1세가 정복자, 약탈자였다면, 호찌민은 자유의 투사였다. 호찌민은 베트남에 축복이었다. 그러나 김일성은 조선에 저주였다. 적어도 결과적으론 말이다. 우리에게 호찌민이 없었다고 단언하긴 어렵다. 그러나 그들은 해방기와 그 이후에 암살되거나 숙청되었다. 오늘날, 베트남의 경제 사정은 한국만 못하다. 그러나 국가와의 일체감은 베트남 사람들이 한국 사람들보다 훨씬 더 강할 것이다. 미군의 하위 파트너로서 한국군이 베트남전에서 저지른 짓은 '만행'이라는 말에 딱 맞는다. 우리는 베트남 인민에게 사죄해야 한다. 말로만이 아니라 마음과 행동으로. 그렇다고 그 사죄가 떠들썩해서도 안 된다. 떠들썩한 사죄는 베트남 사람들을 외려 모욕하는 짓이다. 지난 10여 년 동안, 양식 있는 한국인들은 베트남에 계속 사죄의 제스처를 취해왔다. 그러나 그 제스처는 너무 떠들썩했다.

브라운에서 공부할 때 수업을 함께 듣던 베트남 여학생이 생각난다. 이름이 쑤언이었는데 뜻이 봄春이라고 했던 것 같다. 몸매가 가녀린 아가씨였다. 신기했던 것은, 베트남을 비롯해서 한국보다 경제적으로 못하다고 여겨지던 동남아 출신 여학생들은 하나같이 성격이 밝고 명랑했다는 점이다. 그들은 거리낌없이, 스스럼없이 급우들과 잘 어울렸다. 내가 그들에게 조금만 더 호의를 표시했더라면 지금 전자우편이라도 주고받는 사이가 되었을 것이다. 당시 나는 외국인 친구 사귀는 데 별 관심이 없었고 내 자신의 문제들, 그러니까 공부, 연회, 진로 따위에 골몰해 있었다. 요즘도 가끔 거리에서, 한 톤 업된 중국어 발음이 들릴 때마다 쑤언의 약간 고음인, 웃음소리와 함께 앙앙거리는 말소리가 들리는 듯하다. 나는 지금도 중국어와 베트남어를 귀로 구별하지 못한다.

살바도르 아옌데

살바도르 아옌데가 반란군에 저항하다 살해된 모양이다. 그가 의사 출신 정치인이었다는 사실이 신기하다. 그는 개인을 치료하기보다 국가를 치료하기 바랐던 듯. 명복을 빈다. 1973.9.15.土

김대중 납치사건과 마찬가지로, 이것도 내가 열한 살 때 일이었다. 그러나 김대중과 달리, 그 시절의 기억에 아옌데라는 이름은 박혀 있지 않다. 좀 더 자라서 아옌데라는 이름을 알게 되었을 때, 그 이름은 내게 우리 제2공화국의 장면張勉을 연상시켰다. 장면에겐 정부 수반의 자질과 용기가 없었다. 어떤 지도자는 쿠데타군에 맞서 직접 총을 들고 싸웠고, 어떤 지도자는 군인들이 무서워 수도원으로 몸을 피했다. 그즈음일 것이다. 아버지가 선과 나에게 빅토르 하라와 파블로 네루다라는 이름을 가르쳐준 것은. 그러나 그 이름들은 금방 잊혔다. 나는 대학엘 들어가서야 그 이름들과 다시 만날 수 있었다. 지금도 나는 네루다의 시 한 편을 욀 수 있다. 사람들에게 잘 알려진 〈오늘밤 나는 가장 슬픈 노래를 쓸 수 있네Puedo escribir los versos mas tristes esta noche〉 말이다. 또 빅토르 하라의 노래 〈우리 승리하리라Venceremos〉도 마찬가지다. 스페인어를 익힌 것 역시 브라운대학에 다닐 때였는데, 나는 이 두 작품을 통해 이 언어에 단박 반해버렸다.

모택동과 등소평

드디어 모택동이 죽었다. 그의 공과를 엇셈해보면 양의 값이 나올까,

아니면 음의 값이 나올까? 모르겠다. 모가 아니었더라도 중국은 공산화됐겠지만, 그가 없었다면 문화대혁명 같은 만행은 없었을지도 모른다. 술자리를 한번 같이 하는 건 몰라도, 함께 기념사진을 찍고 싶지는 않은 인물이다. 1976.9.10.金

역사의 진척(또는 후퇴) 속에서 개인의 역할이 차지하는 비중을 어느 정도로 잡아야 할지는 골치 아픈 문제다. 아무튼 아버지는 집단적 정념을 두려워했다. 아마 그것이 아버지로 하여금 공산주의를 혐오하게 만들었을 것이다. 사실, 공산주의는 인간의 본성에 걸맞지 않다. 인간의 본성이라기보다 유전자의 이기심이라 말하는 게 더 정확할지 모르겠다. 널리 퍼지고 싶은 유전자의 욕망은 그 수레(생물체의 육체 말이다)를 공격성과 적의로 무장시킨다. 교육을 포함한 환경이 유전자의 그 욕망을 제어하는 데는 한계가 있다. 문화대혁명은 인간의 그런 공격성과 적의를 날것으로 드러내 보였다. 모택동은 인간 심리(차라리 생리)의 가장 어두운 부분을 이용해 소위 주자파走資派로부터 권력을 되찾았다. 문화대혁명을 찬양하는 사람은 중국 바깥에 수없이 많았다. 심지어 그 시기 중국을 방문한 사람들까지 그 찬양의 대열에 끼었다. 그들 가운데 아무도, 문화혁명기의 중국에 살고 싶어 하진 않았을 것이다. 주자파로 몰린다면 홍위병에게 치욕을 당할 것이고. 홍위병으로 산다면 결국은 하방과 재교육의 운명을 피할 수 없었을 테니.

중화인민공화국의 아버지가 모택동이었다면, 그 어머니는 등소평이었다. 등소평 역시 모택동만큼이나 인간을 알았다. 그러나 만년의 그는, 그야말로 라이벌이 없는 최고지도자였으므로, 권력을 유지하거나 되찾기 위해 인간의 그 비루함을 이용할 필요가 없었다. 정확히 말하자면 등소평이 인간의 비루함을 이용하지 않은 것은 아니다. 돈에 대한 욕망, 부富에 대한 욕망이 고칠 수 없는 인간의 본성 가운데 하나라는 것을 등소평은 알았다. 마작에 대한 그의 집착은 돈벌이를 위한 모험이 나쁜 것이 아니라는 그의 생각을 설핏 보여준다. 역사는 모택동을 등소평보다 더 큰 글씨로 기록하겠지만, 등소평이 없었다면 오늘날의 중국은 없었을 것이다. 천안문 사태를 피로 마무리했듯, 그는 자신이 바라는 중국을 만들기 위해 무자비했다. 하긴 이 말은 모택동에게도 적용되겠지만. 범우사에선가 나온 모택동의 《모순론》과 《실천론》을 읽어본 게 이화여대 대학원 다닐 때였다. 조악한 번역 탓인지 원문이 그리 엉망이었는지는 모르겠으나 잘 읽히지가 않았다.

사형제

미테랑 정권이 사형제를 폐지했다. 너무 늦은 느낌. 제 나라를 문명 세계의 중심지로 여기는 프랑스인들이 그와 동시에 사형제를, 더구나 단두대를 이용한 사형을 지금까지 용인했다는 것은 기이한 일이다.

1981.9.19.土

정말 그렇다. 영화 〈암흑가의 두 사람〉의 마지막 장면은 끔찍했다. 알랭 들롱의 목이 잘리는 장면 말이다. (그게 마지막 장면이었던가? 본 지가 하도 오래된 영화여서 기억이 잘 나지 않는다.) 대혁명기에 도입한 이 잔혹한 도구를 프랑스인들은 200년 가까이 사용했다. 죽는 건 어차피 마찬가지 아니냐고? 그렇지 않다는 것은 우리 조선조 사람들도 알고 있었다. 어떤 이는 사약을 마시고 죽었지만, 어떤 이는 능지처참을 당하며 죽었다. 죽음 앞에서도 사람들은 온전히 평등하지 않았다. 참형은 사형 가운데서도 집행인(이라기보다는 어떤 공동체의 우두머리 집단이겠지만)의 증오를 적나라하게 드러내는 야만적 방식이다. 물론 한국은 개화기에 들어서까지 이 끔찍한 방식을 유지했다. 대한제국 시대에 교수형과 포살(총살)이 도입된 것은 참형이 고등문명과 어울리지 않는다는 판단 때문이었을 테다. 참형이 낳은 신수이처身首異處는 보는 이들을 공포에 빠뜨렸을 것이다. 혁명광장(오늘날의 콩코르드광장)에 나뒹굴었을 수많은 머리를 상상하면, 프랑스혁명을 무턱대고 찬양할 수만은 없게 된다. 아니, 그 혁명이라는 물건에 진저리를 치게 된다. 아이러니는, 기요틴의 발명과 사용이 사형수들의 고통을 줄어주려는 '인도주의'에서 나왔다는 사실이다.

누군가 죽는 장면이 나오는 영화를 보면 꼭 악몽에 시달린다. 그런데 영화 장면이 그대로 재현되는 것이 아니라 많은 변형을 겪는다. 프로이트의 제자들이 좋아할 현상이다. 어젯밤 꿈도 그랬다. 나는 꿈속에서 큰조카(가애) 졸업식에 참석하려고 택시를 타고 숙명여고로 가는 중이었다. 그런데 택시기사가 "이 동네 택시들은 이 마을을 못 벗어납니다"라고 말하는 것이었다. 그 말을 듣는 순간 나는 너무 황당하고 당황해 "어떻게 그런 일이 가능하죠? 그럼, 이 동네 사람들은 여기를 벗어나본 적이 없단 말인가요?"라고 소리쳤고, 돌아온 답은 "네, 간혹 시도해본 적이 없진 않지만 그냥 이렇게 살고 있습니다"라는 것이었다. 그러고 보니 그 동네의 생김새가 바위 몇 개를 둥그렇게 이어놓은 형태다. 바위와 바위 사이를 자동차가 곡예하듯 지나는 것은 가능하지만 다른 동네로 가는 길은 찾을 수 없었다. 그 동네만 섬처럼 덩그러니 펼쳐져 있다. 휴대폰 벨은 계속 울리고, 받아보면 "사진 찍는데 빨리 안 오고 뭐하느냐"는 선이의 재촉인데, 이상하게도 내 귀를 후려친 것은 "시간이 너무나 없단 말이야!"라는 내 고함 소리였다. 그 소리는 분명 내 목소리, 익숙하지는 않지만 분명히 내가 목청껏 외치는 소리였는데……. 그렇다면 내가 잠꼬대를 했단 말인가? ……나를 짓누르는 건 결국 시간이었을까?

고르바초프

헝가리가 국경을 개방하면서 수많은 동독 사람들이 서독으로 탈출했다. 독일 통일이 얼마 남지 않은 듯하다. 동독의 위기는 세계공산주의 체제의 위기다. 고르바초프가 공산주의의 사멸을 허용할까? 1989.9.13.水

고르바초프는 허용했다. 그리고 동유럽의 지도가 바뀌었다. 권력에서 쫓겨난 고르바초프는 적잖은 논평가들의 조롱 대상이었지만, 그는 자신의 몸뚱어리를 오라에 맡긴 채 역사의 진전을 도모했던 세계사적 개인이다. 그러나 고르바초프의 결단은 한반도의 정치 군사 상황엔 거의 아무런 변화도 주지 못했다. 소련은, 러시아는 유럽 국가다. 러시아는 모스크바와 상트페테르부르크지, 블라디보스토크나 사할린이 아니다.

휴대폰을 깜박 잊고 나서게 되는 날은 아침부터 바쁘다. 안 그래도 출근 시간이 바로 앞인데 결국은 다시 집에 돌아가 휴대폰을 들고 나와야 한다. 아슬아슬하게 시간에 대어 도착해 차 한 잔 마실 틈도 없이 수업을 시작하고 나면, 오전부터 피곤하다. 사람의 편리를 위해 만든 물건이 되레 사람을 옭아맨다. 휴대폰 없이 사는 친구가 있기는 하다. 그 친구는 별로 불편해하지 않는데 주위 사람들은 답답하다. 휴대폰에서 못 벗어나는 우리들이 그 친구에게 하는 말. "이기주의자!"

우파와 좌파

칼 포퍼가 타계했다. 그는, 카프카, 레몽 아롱, 에드워드 카와 함께,

'영향에 대한 불안'을 내게 주었던 몇 안 되는 인물이다. 1994.9.14.水

이것은 아버지의 소설을 몇 권이라도 읽어본 사람이라면 누구나 납득할 문장이다. 아버지는 역사의 '진보'에 대한 믿음이 없었다. 그것은 인간에 대한 믿음이 없었다는 말이기도 하다. 대문자로 시작되는 '역사'나 '인간'에 대한 불신은 아버지가 젊었을 때부터, 아니 소년기부터 지녀온 것이기도 하다. 대학생 시절부터 절친한 사이였던 김학 선생이나 김명식 선생과 아버지를 다르게 만든 것이 이런 불신, 이런 회의였다. 대학 시절 이들 '갇힌 세대' 동인들과 가까이 지내면서도 끝내 그 일원이 되지 않은 것 역시 이런 불신 때문이었을 것이다. 아버지의 생각이 부분적으로나마 옳았다는 것은 그 뒤 아버지가 살아온 실제 역사를 통해 증명되었다. 4·19는 5·16에 짓밟혔고, 5·18은 신군부新軍部에게 잡아먹혔다. 남은 자들은 풍악을 울리며 한세상을 살고 있다. 레몽 아롱과 에드워드 카가 나란히 적힌 것이 눈에 띈다. 아버지는 견결한 우파도 다부진 좌파도 될 수 없었지만, 상식의 공간 안에서 좌파이기도 했고, 우파이기도 했다. 하기야 에드워드 카를 좌파라고 불러야 하는지는 모르겠다.

자연과 대립하는 예술

오서경 씨를 중진 시인이라고 불러야 할지 원로 시인이라고 불러야 할지 모르겠다. 중진이라는 말은 그의 시력이나 문단 내 위치를 충분히 반영하지 않는 듯해 미안하고, 원로라는 말은 시인을 노인 취급하는 듯해 미안하다. 아무튼 그는 나보다 일곱 살이나 아래다.

오서경 씨가 《지성과 문학》 가을호에 시 네 편을 발표했다. 그 가운데 한 편이 〈아이와 망초〉다. 시인은 이 시에서 심상한 풍경을 심상찮은 방식으로 묘사하며 삶과 세상의 어떤 비의를 캐낸다. "길을 가던 아이가 허리를 굽혀/ 돌 하나를 집어 들었다/ 돌이 사라진 자리는 젖고/ 돌 없이 어두워졌다." 돌이 사라진 자리가 젖었다고 할 때 그것은 들린 돌이 옴폭 남긴 공간이 물리적으로 젖어 있다는 뜻이겠지만, 그것은 또 정든 돌을 떠나보내는 공동空洞의 눈물을 연상하게도 한다. 돌 없이 어두워졌다는 행은 옴폭 패인 구멍의 어둠을 표현하기도 하지만, 그 자리에서 돌이 없어졌는데도, 이별에도 불구하고, 세상은 거기 무심한 채 오롯이 돌아간다는 뜻일 수도 있다. "아이는 한 손으로 돌을 허공으로/ 던졌다 받았다를 몇 번/ 반복했다 그때마다 날개를/ 몸속에 넣은 돌이 허공으로 날아올랐다." 수직 운동을 되풀이하는 돌멩이에서 숨겨진 날개의 이미지를 만들어내는 이 '원로'의 젊은 감각이 싱그럽다.

"허공은 돌이 지나갔다는 사실을/ 스스로 지웠다." 그 지움 때문에 허공은 옛 허공과 똑같아 보이지만, 곰곰이 생각하면 그 전후가 똑같은 것은 아니다. 이제 그 허공은 어떤 돌멩이가 지나간 허공이고, 그 사실을 지웠다고 하더라도, 지웠다는 사실 자체는 지울 수 없기 때문이다. "아이의 손에 멈춘 돌은/ 잠시 혼자 빛났다/ 아이가 몇 걸음 가다/ 돌을 길가에 버렸다." 아이가 돌 하나를 집어 들어 장난을 하다 길가에 그것을 버린 것은 무심코 한 일일 터이다. 그러나 그것은, 굳이 혼돈 이론의 나비효과를 거론하지 않더라도, 우주에 변화를 가져오는 일이기도 하다. 아이는 자신의 무심한 행동으로 젖은 자리를 만들어내고, 존재와 부재를 교환하고, 허공과 돌을 조우하게 했다. 그것은 인과의 사슬로 우주에 찬란한 변화를 만들어낼지 모른다. "돌은 길가의 망초 옆에/ 발을 몸속에 넣고/ 멈추어 섰다." 데굴데굴 굴러가는 돌에서 시인은 돋아난 발을 본다. 그 돌이 멈추어 설 때, 시인은 (돌의) 몸속으로 들어간 발을 본다. 오서경 씨의 시를 읽을 때마다 시인은 노래꾼이 아니라 견자見者라는 생각을 하게 된다. 2001.9.3.月

아버지는 오서경 선생의 시를 좋아하셨다. 오서경의 시는 '작품'이다. 인공의 기미가 많이 보인다는 뜻이다. 그러나 바로 그 인공작업이 본디 의미의 예술이다. 자연과 대립하는 예술.

언론학자 현우림 씨와 문학평론가 우석규 씨의 글쓰기에는 닮은 데가 있다. 우선 이들의 글은 정직하다. 이 두 사람은 자신들의 속생각을 그대로 글로 옮긴다. 그게 무슨 별난 일이냐고 되물을 독자도 있을지 모르겠다. 그러나 모든 문필가들이 자신들의 생각을 고스란히 글로 옮기는 것은 아니다. 여러 가지 전략전술적 고려와 이해타산은 문필가로 하여금 흔히 속마음을 그대로 글로 옮기기를 어렵게 만든다. 이럴 때, 정직한 글쓰기란 용기 있는 글쓰기를 의미한다. 그러니까 현우림 씨와 우석규 씨를 용기 있는 문필가라고도 할 수 있겠다. 둘째, 이들의 글쓰기는 흔히 비판적 글쓰기라고 불리는 카테고리 안에 있다. 이들의 글이 교차하는 것은 특히 지식인 비판의 영역에서다. 우석규 씨는 글쓰기의 초기부터 비평에 대한 비평 곧 메타비평에 깊은 관심을 보여왔고, 현우림 씨 역시 자신이 주관하는 《현대비평》을 통해서 일종의 지식사회학이라고 할 만한 담론비평 활동을 열정적으로 펼쳐왔다. 이 두 사람이 만난 것은 최근 몇 해 동안 지식계 일각을 달군 문학권력 논쟁에서다. 문학권력 논쟁에서 두 사람은 크게 보아 같은 캠프 안에 있다. 두 사람 다 문학장 안의 소수자를 옹호하고, 기존 문학권력의 보위와 재생산 방식에 이의를 제기했다. 그것은 이 두 사람이 문학권력의 주요 산실

인 문학저널리즘을 비판의 대상에 포함시켰다는 뜻이고, 그래서 기존의 문학저널리즘과 불화를 겪고 있다는 뜻이다. 그 불화는 현우림 씨에게는 전면적이었고, 우석규 씨에게는 부분적이었다. 이 두 사람이 문학권력 논쟁에서 늘 같은 목소리를 내온 것은 아니다. 거칠게 요약하자면 현우림 씨는 문학권력의 맥락이나 지형을 더 중시했고, 우석규 씨는 그런 것들을 고려하면서도 비평적 거리를 확보한 상태에서의 사실 규명에 더 천착했다. 그 과정에 상호 비판도 있었다. 최근에 나온 《현대비평》 19호에는 우석규에 대한 현우림 씨의 글 두 편이 실려 있다. 일종의 비판적 우석규론인 셈인데, 원래는 하나의 글로 썼던 것을 분량이 많아 둘로 나누었다고 한다. 이 글들은 우석규 씨에 대한 짙은 연대의식을 바탕에 깔면서도, 글쓰기에서 '감정 드러내기'를 어떻게 볼 것인가, 비판은 대화를 전제로 해야 하는가, 정당한 '연대'와 부당한 '패거리주의'는 어떻게 다른가 등을 따져보며 글쓰기에 대한 두 사람의 입장 차이를 명확히 드러내고 있다. 우석규 씨의 답변이 기대된다. 2001.9.5.水

앞선 일기들에서도 그랬지만, 이 일기도 감정 토로만이 아니라 정보 전달을 위해 쓴 것처럼 보인다. 아버지는 혹시 이 일기가 출간되기 바라셨던 걸까? 어머니와 선이랑 의논을 해봐야겠다.

지난달 말에 계간지 가을호가 쏟아져 나왔다. 내가 훑을 수 있었던 계간지들 가운데 특히 《서해문화》에 눈길이 갔다. 《서해문화》는 인천에 있는 새얼문화재단에서 펴내는 계간지인데 이번 가을호가 통권 32호다. '전지구적으로 사고하고 지역적으로 행동하라!'는 모토대로, '《서해문화》는 세계화와 지방화가 동시에 진행되는 이른바 세방화世方化 시대에 능동적으로 대처하겠다는 지역민들의 염원을 담고 출발한 잡지다. 초기에는 인천을 비롯한 서해안 지역의 쟁점들을 중요하게 다루었지만 요사이엔 그 비중이 다소 줄었다. 가을호 계간지들 가운데 《서해문화》를 특히 꼼꼼히 읽은 것은 이 잡지가 다룬 의제들이 다른 계간지들의 경우와 비교해 현실과 더 밀착해 있다는 판단 때문이었다.

《서해문화》는 '21세기 미국은 우리에게 무엇인가'라는 특집 안에 재미 언론인 서주경 씨를 비롯한 다섯 필자의 글을 모았다. 미국의 영향에서 벗어나 있는 나라는 지구 위에 없겠지만, 특히 한국에 대한 미국의 영향은 압도적이다. 문화상품에 대한 기호에서 남북문제에 이르기까지 한국에 드리워진 미국의 그림자는 짙고 크다. 부시 정권의 좌충우돌로 한국과 세계가 곤혹스러워하는 지금, 미국의 의미를 되묻는 특집은 시의적절해 보인다.

《서해문화》는 또 김지원 편집주간의 권두언과 이정빈 언론개혁시민연대 사무총장의 인터뷰 그리고 성신여대 우석규 교수의 기고문을 통해 좁게는 문학권력이나 언론권력, 넓게는 문화권력의 문제를 입체적으로 다루었다. 언론권력을 포함한 문화권력 문제는 90년대 후반부터 우리 사회 일각에서 쟁점화했고, 특히 지난해 언론사 세무조사 이후 첨예화한 바 있다. 편집진은 개입하지 않은 채 '언론 개혁, 어디로 갈 것인가'라는 외부인사 좌담으로 이 문제를 두루뭉술하게 처리한 《창작과 비평》에 비해, 문화장文化場에서의 소수파적 입장을 또렷이 한 《서해문화》의 태도는 한결 솔직하고 올곧아 보인다. 실상 영향력의 문제를 접어두면, 《서해문화》는 1970년대에 《창작과 비평》이 했던 역할을 떠맡고 있는 것 같다. 편집주간 김지원 씨는 1990년대 초에 동료 문학비평가 이재연 씨와 앞서거니 뒤서거니 하며 자신의 좌파적 문학관을 철회하는 듯한 발언을 해 민중문학 진영으로부터 비판을 받은 바 있다. 그러나 사회적 소수파에 대한 옹호와 굳은 권력관계에 대한 비판이 좌파의 임무라면, 김지원 씨나 이재연 씨는 여전히 좌파다. 그것은 문학적 출발점이 그들보다 훨씬 오른쪽이었던 우석규 교수도 마찬가지다. 본인들은 이런 딱지를 싫어하겠지만, 이들은 회색인이다. 2001.9.19.水

아버지에게 '회색인'이라는 딱지를 붙인 사람들은 그 말을 '박쥐'라는 말과 연결시켰다. 그러나 아버지에게 그 '회색인'은 실존을 좌우 너머로 밀쳐버린 독립적 개인이었다.

이유정

예술의 전당에서 열리고 있는 이유정 씨 개인전에 들렀다. 그녀의 그림은 20대 때와 크게 달라지지 않았다. 세상만사를 삼원색으로 표현하는 그 단호한 단순성. 둘러보고 나오려는 차에 이유정 씨가 왔다. 거의 20년 만의 만남. 20년 전의 만남도 그녀의 개인전 때였다. 이유정 씨는 호들갑을 떨며 반가워했다. 나도 그녀가 반가웠다. 암을 앓고 있다는 소문을 바람결에 들었는데, 실제로 얼굴이 핼쑥했다. 운명의 여신이 조금만 변덕을 부렸다면 나는 이 여자와 결혼할 수도 있었다. 물론 그 결혼은 오래지 않아 파탄을 맞았을 것이다. 좀 이른 시각이긴 했으나, 우리는 함께 저녁을 먹었다. 내가 신춘문예에 당선했을 때 그녀와 함께 저녁을 보낸 일이 생각났다. 세월은 빠르고 삶은 무상하다. 2002.9.24.火

청년 시절의 아버지가 이유정 씨에게 호감을 지녔던 것은 분명하다. 만일 두 분이 결혼했다면, 나와 선은 세상 구경을 못했을 테지.

유시민

'대중화 저자popularizer'라는 말은 어느 사회에서나 깊은 존경심을 담아 발설되는 경우가 드물다. 그러나 앎의 세계에서 이들이 맡고 있는 역할은 매우 크다. 특정 분야의 전문가들은 흔히 문장이 거칠고, 대중을 매혹할 만한 문장가들은 전문 지식이 모자란 경우가 많기 때문이다. 지식의 생산자들과 소비자들을 이어주는 대중화 저자들은 전문 지식과 문장력을 겸비해야 한다. 자연과학 지식의 대중적 보급에 크게 이바지한 20세기 소설가 아이작 아시모프는 모범적인 대중화 저자였다. 시사평론가라는 직함으로 활동하는 칼럼니스트 유시민 씨는 우리 사회의 대표적인 대중화 저자라고 할 만하다. 그는 자신이 전공한 경제학을 비롯해 인문사회과학의 다소 전문적인 지식을 일반 독자들이 흡수할 수 있을 만큼 깔끔하고 단정한 언어에 담아내는 것을 글쓰기의 큰 줄기로 삼아왔다. 그 자신의 표현을 빌면 '지식 소매상'의 역할을 해온 것이다. 유시민 씨의 글쓰기는 또 또렷한 입장을 지니고 현실 정치에 개입하는 것을 머뭇거리지 않는 당파적 글쓰기다. 시사 칼럼치고 당파성에서 자유로운 글은 거의 없겠지만, 유시민 씨의 글쓰기는 여느 칼럼니스트들의 경우와 달리 중립성의 허울로 자신의 당파성을 가리는 일이 없다. 그가 딴지일보 총수 김어준 씨의 "우리는 대단히 편파적이다. 그러나 편파적이 되는 과정은 대단히 공정하다"라는 말을 매우 긍정적인 맥락에서 인용했을 때, 그것은 자신의 글쓰기를 변호하는 것이기도 했다. 유시민 씨의 최근 저서 《노무현은 왜 조선일보와 싸우는가》 역시 편파적이되 공정하다. 이번 12월 대통령 선거를 민주당 노무현 후보와 조선일보 사이의 대결로 설정하면서 머뭇거림 없이 노무현 씨 편에 서 있다는 점에서 이 책은 편파적이지만, 그 편파적 결론에 다다르게 되는 과정을 공변되게 기술하고 있다는 점에서 이 책은 공정하다. 독자들은 저자의 안내에 따라 1991년 이후 조선일보와 노무현 씨 사이의 갈등을 좇으며 이 싸움의 의미를 탐색할 수 있다. 유시민 씨는 노무현 씨가 로맨티시스트라기보다는 배짱 좋은 리얼리스트라고 말한다. 정치인으로서 조선일보와의 싸움이 내포한 위험을 잘 알면서도, 이 싸움을 피하지 않음으로써 자신을 개혁 세력의 정치적 중심으로 만들고 올해 대선의 정치적 성격을 뚜렷하게 부각시켰기 때문이다. 저자에 따르면 올해 대선은 조선일보가 이끄는 특권동맹의 앙

시앵레짐(구체제)이 해체되느냐 여부가 걸린 대결이고, 합리적 개혁 세력으로 이뤄진 대한민국 신주류新主流의 전면적인 등장 여부를 결정하는 싸움이다. 2002.9.29.日

　이때의 아버지는 이 책의 편파적인 결론에 동의하셨을 것이다. 그러나 참여정부 5년을 보내는 동안 노무현과 유시민에 대한 아버지의 평가는 많이 달라졌다.

외국어

가스통 바슐라르가 타계했다. 1962.10.20.土

아버지는 아마 김현으로부터 바슐라르를 배우기 시작했을
것이다. 그러나 산문작가로서, 아버지가 바슐라르에게 받은 영
향은 거의 없는 듯하다. 바슐라르가 시처럼 산문을 썼다면, 아
버지는 산문답게 산문을 썼다. 아버지가 동시대 소설가들과 달
랐던 점 하나는, 일본어 말고도 외국어를 잘했다는 것이다. 대
학에서 국문학을 전공했으면서도, 아버지는 불어와 영어로 글
을 쓸 줄 알았고, 사전만 곁에 있다면 라틴어도 대강 읽을 수 있

었다. 아버지는 이 모든 것을 독학으로 이뤘다.

어려서 나는 모든 아버지들이 외국어를 다 잘하는 것으로 생각했던 적이 있었다. 그리고 나도 크면 아버지처럼 외국어를 잘하게 되리라는 것을 의심하지 않았다. 중3 겨울방학 때《정통 종합영어》를 종이가 너덜너덜해지도록 읽고 불어를 기웃거리게 된 것은 순전히 아버지 영향이었다. 대학에 다닐 때 라틴어 강의를 들을 기회가 있었는데 그 기회를 흘려버린 것이 지금도 아쉽다.

사랑의 찬가

에디트 피아프가 타계했다. 1963.10.11.金

내가 태어난 해에 그녀가 죽었다. 생전의 아버지가 가장 애창했던 노래가 〈사랑의 찬가〉였다. 아버지가 가사를 외고 있던 샹송 대여섯 개 가운데 하나였을 것이다. 만년에 파리에 다녀오신 뒤 아버지는 이렇게 말했다. "페르라셰즈 묘지엘 가봤더니, 이브 몽탕은 시몬 시뇨레와 함께 있더군. 에디트 피아프는 멀리 떨어져 가족들과 함께 있고." 그게 자연스러운 일일 것이다. 몽파르나스 묘지에 시몬 드 보부아르와 사르트르가 나란히 묻혀 있듯. 나도 페르라셰즈 묘지엘 가보긴 했으나, 그 세 연예인의 묘는 찾지 않았다. 나는 또 다른 연예인의 묘에, 짐 모리슨의 묘에 장미 두 송이를 놓았다. 공산주의 지도자들의 묘역에 '코뮌 전사의 벽Le Mur des Federes'이 있는 게 인상적이었다. 그것은 '역사적' 담이었다. 파리코뮌 때 노동자들이 그곳에서 집단으로 처형됐다.

〈사랑의 찬가〉를 별 뜻 없이 따라 부르다가 언젠가 그 가사를 음미해보았다. '당신이 원한다면 기꺼이 머리도 금발로 물들이고, 조국과 친구도 버리겠다'라니……. 그녀(화자든 에디트 피아프든)의 사랑엔 장렬한 사랑이란 말이 어울리겠다. 색깔로 친다면 진한 자주색 혹은 진보랏빛 사랑이었을 것이다.

관념적 언어

김대중의 예측이 맞아떨어졌다. 국회는 해산되고 서울 곳곳에 군인들

 1972.10.17.火

이 사건은 아버지의 소설이 점점 더 관념적이고 우의적이 된 계기로 작용했을 것이다. 아버지는 권력을 두려워했다. 고문실을 두려워했다. 하기야 고문실을 두려워하지 않는 사람이 얼마나 되랴. 그러나 아버지는 또 권력에 무릎 꿇는 것을 치욕으로 여겼다. '권력에 무릎 꿇는다'는 것은 꼭 고문에 굴복한다는 뜻이 아니었다. 아버지는 '문인간첩단 사건' 때 수사기관에서 어떻게 당했는지를 평생 얘기하지 않았다. 혹시 어머니한테는 얘길 하셨을지 모르나, 나와 선 앞에선 입을 다무셨다.

아버지에게 권력은 역사 교사의 모습으로, 민청원民靑員의 모습으로 처음 나타났다. 아버지는 자신의 생각을 얘기했다는 이유로 학교 동무들 앞에서 자아비판을 했던 기억을 평생 지니고 사셨다. 아버지의 일기에는 그 자아비판 얘기가 서너 차례 나온다. 권력은 무섭지만, 그 무서운 권력에 굴복하는 것도 치욕스럽다. 그래서 나온 타협안이 아버지 소설의 관념적 언어들이었을 것이다.

레몽 아롱

레몽 아롱이 타계했다. 1983.10.18.火

아버지는 프랑스인을 막연하게 꺼려 하셨지만, 그쪽 명사名士들의 죽음엔 관심을 두셨던 것 같다. 혹시 아버지는 프랑스만이 아니라 프랑스인에게도 호감을 가졌던 것 아닐까? 프랑스인을 싫어하는 체함으로써, 프랑스인 콤플렉스를 덮으려 한 것 아닐까? 모르겠다. 언젠가 아버지가 하셨던 말이 기억난다. "네 또래 젊은이들은 마르크스를 흠모할지도 모르지만, 아롱이야말로 통찰력 있는 지식인이었지. 마르크스처럼 관심의 영역이 넓진 못했지만." 아버지의 서가엔 아롱의 책이 세 권 꽂혀 있었다. 《지식인들의 아편》,《민주주의와 전체주의》 그리고《회고록》이었다. 그 책들엔 아버지의 손때가 잔뜩 묻어 있었다. 아버지는 꽤 바지런한 독서가였다. 그러나 당신 자신이 소설가였으면서도, 아버지는 동료 작가들의 소설보다는 에세이나 시를 더 즐겨 읽으셨다. 뒤에 알게 된 일이지만, 아버지는 내가 띄엄띄엄 발표한 문학평론들을 하나도 빼놓지 않고 읽으셨다. 그랬으면서도 내게는 그 글들에 대해 아무 말도 하지 않았다.

집 전화기를 바꿨다. 전화를 받을 때마다, 또 걸 때마다 지지직 소리가 나, 혹시 누군가 전화를 도청하는 것이 아닐까 하는 막연한 불안을 느끼곤 했다. 그런 생각이 들 때면 '흐, 나처럼 별 볼 일 없는 사람의 전화를 왜, 누가 도청을 하겠어, 착각은.'이라는 혼잣말로 넘어가곤 했다. 전화국에 애프터서비스 신청을 해서 기사를 불렀다. 기사가 하는 말이 "전화기가 낡아서 그래요. 전화기를 바꿔야 합니다." 처음에는 이 말을 듣고 이 사람들이 또 자기네 상품을 선전하는 건가라는 생각도 들었지만, "이 전화기 쓰신 지 얼마나 되셨어요?"라는 질문을 받고는 아, 벌써 10여 년이 되었다는 걸 깨달았다. "제가 가진 단말기에 연결하면 이렇게 음이 깨끗하잖아요"라면서 기사는 수화기를 내밀었다. 소리가 또렷했다. 조금은 반신반의하면서 전화기를 새로 하나 샀다. 음질이 과연 깨끗해졌다. 뭐든지 오래 쓰면 낡게 된다는 생각을 자주 잊는다.

신화

신화는 신들의 이야기다. 고등 종교가 묘사하는 신의 이야기도 넓은 의미의 신화이기는 하지만, 신화에 등장하는 신들은 대체로 인격화한 신이다. 그 신들은 사람과 똑같이 사랑하고 질투하고 기뻐하고 슬퍼하고 소망하고 좌절한다. 그들은 때로 인간 못지않게 비윤리적이다. 그리스 신화에서 최고의 신 제우스가 보여주는, 끝 모르는 바람기와 편협함을 생각해보라. 그들이 사람보다 나은 점은 대단히 힘이 세고 어지간해서는 죽지 않는다는 것뿐이다. 신화는 인간 상상력의 총화다. 그것은 한편으로 문자가 발명되기 전의 역사이기도 하다. 태고의 현실이 이야기의 옷을 입은 것이 신화다. 신화는 원시 문화의 본질적 요소 가운데 하나다. 신화는 옛 사람들의 믿음을 표현하고 강화하고 체계화했다. 신화는 실질적 규범을 제시하며 도덕을 수호하고 관철시켰다. 그러나 신화가 과거완료형의 이야기만은 아니다. 그것은 현재에도 영향을 끼치는, 과거의 현실에 대한 이야기다. 그것은 미래를 지닌 과거다. 신화는 지금도 많은 문학작품들의 자양분이 되고 있고, 우리들의 무의식을 지배하고 있다. 놀라운 것은 세계 여러 곳의 신화들이 그 쇄말적인 다양성에도 불구하고 큰 틀에서 커다란 유사성을 보이고 있다는 점이다. 대항해 시대 이후 아메리카와 아시아의 토착 신화를 접하게 된 유럽의 식민주의자들은 이 낯선 땅의 신화들이 자신들의 신화와 너무나 닮았다는 걸 알고 놀라지 않을 수 없었다. 전혀 다른 문화권의 신화들에서 나타나는 이 유사성을 설명하는 방식은 크게 두 가지다. 첫째는, 예컨대 인도 같은 소수의 신화 창조 지역에서 신화가 만들어진 뒤 초기 시대의 문화접촉을 통해서 그것이 전 세계로 확산되었다고 가정하는 '확산론'이다. 둘째는 신화의 핵심적 요소들은 인간의 보편적 정신을 반영하므로 서로 닮을 수밖에 없다고 주장하는 '심리학주의'다. 미국인 신화학자 비얼레인의 《세계의 유사 신화》는 서로 다른 문화권의 신화들이 얼마나 닮았는지를 살필 수 있는 입문서다. 저자는 창조 신화, 홍수 신화, 영웅 신화, 사랑 이야기, 저승으로의 여행, 종말론 등 신화를 여러 유형으로 분류한 뒤, 각 유형에 속하는 세계 여러 곳의 신화들을 병렬해 소개함으로써 독자들로 하여금 그 유사성을 실감하게 한다. 책의 뒷부분에선 이런 비슷한 신화들을 어떻게 해석할 것인가에 대한 여러 이론들이 소개되고 있지만, 이 책을 읽는 가장 큰 재미는 그 신화들을 구체적으로 보여주는 제2부에 있다. 이 책은 육대주의 신화들을 골고루 맛볼 수 있게 해주는 신화의 모듬회라고 할 만하다. 그 모듬회는 신화라고 하면 단군 신화 말고는 그리스, 로마 신화나 북유럽 신화만을 떠올리는 우리 독자들의 편식증을 치유해줄 법하다. 1989.10.26.木

10월 26일에 안중근도 박정희도 아닌 신화 얘기라니. 아버지도 참……

통일

독일이 통일됐다. 독일민주공화국의 여러 주들이 독일연방공화국에 가입하는 형식으로. 이로써, 코리아는 지구상 유일한 분단국이 되었다. 국제정치 지형에서 독특한 지위를 차지하고 있는 중국과 대만을 빼놓으면 말이다. 1990.10.3.水

이때 아버지 연세가 56세. 아버지는 통일을 기대했을까? 할머니, 곧 아버지의 어머니는 모르겠으되, 고모, 곧 아버지의 누이는 살아 계시기 쉬울 시절이었다. 그러나 아버지는 '이산가족 상봉'에 적극적이 아니었다. 한 번도 적십자사나 정부에 상봉 신청을 해본 적이 없다. 어떻게 보면 아버지는 당신 누이와의 만남을 두려워했을지도 모른다. 그이가 겪었을지도 모를 삶의 신산함을 확인하고 싶지 않았을지도 모른다. 고모의 남편, 곧 아버지의 매형은 북에서 토지개혁이 시작되고 얼마 후 남으로 내려왔다. 그리곤 돈 많은 집 처자와 재혼해 평생을 넉넉하게 살았다. 아버지가 젊은 시절 한때 그 매형 집에서 산 적이 있다고 들었다. 그러나 나는 그 고모부를 한 번도 본 적이 없다. 아버지도 그 고모부에 대해서 선과 나에게 얘기한 적이 없다. 아버지는 결혼한 뒤에 그 집과의 인연을 끊었다. 어머니한테서 들은 얘기다.

노래들

노래는 시의 처음이자 끝이다. 과거의 시가 광대나 음유시인의 노래였다면, 시 독자가 거의 사라질 미래의 시 역시 노래 가사에 그 생명을 의탁할 것이다. 스페인 현대시의 좌장이라고 할 만한 페데리코 가르시아 로르카의 가장 중요한 시집 가운데 하나가 《노래들》(1927)이라는 표제를 취한 것은 그래서 그럴듯하다. 시를 고향 안달루시아의 전통민요 리듬에 담아내며 '안달루시아의 나이팅게일'로 불렸던 가르시아 로르카는 스페인 내전이 터진 직후인 1936년 8월 19일 그라나다 근처에서 파시스트 반란군에게 살해됐다. 서른여덟 살 때였다. 그로부터 한 세대가 지난 73년 9월 13일, 칠레의 산티아고에서도 한 시인이 파시스트 반란군에게 살해됐다. 시인이기에 앞서 가수였고 문화운동가이기도 했던 그의 이름은 빅토르 하라다. 하라는 자신이 지지하던 아옌데의 인민연합 정부가 미국 중앙정보국CIA의 사주를 받은 칠레 군부의 반란으로 무너지게 되자, 그에 항의하다가 체포돼 살해됐다.

하라도 그때 서른여덟 살이었다. 하라의 노래들은 1960, 70년대 라틴아메리카를 풍미하던 노래 운동의 한 정점에 있다. 그 노래 운동은 흔히 누에바 칸시온(새로운 노래) 운동이라고 불린다. 하라의 목소리를 통해 크게 퍼진 〈벤세레모스(우리는 이길 것이다)〉 같은 노래는 우리 노래 운동권에도 알려져 있다. 〈님을 위한 행진곡〉에서 〈그날이 오면〉에 이르는 80년대 민중가요들은 60, 70년대 라틴아메리카의 '새로운 노래들'과 많이 닮았다. 한국의 민중가요든 라틴아메리카의 '새로운 노래'든 이 노래들이 희원하고 있는 것은 압제로부터의 해방, 사랑과 우애, 평화롭고 평등한 세상 같은 것이다. 그 노래를 만들고 부른 사람들은 노래로 세상을 바꿀 수 있다고 믿었던 사람들이다. 노래평론가 배윤경 씨가 최근에 낸 《노동하는 기타, 천 일의 노래》라는 책에서 빅토르 하라와 새 노래 운동을 소개하고 있다. 표제의 '천 일'이란 1970년 9월부터 1973년 9월까지 아옌데의 인민연합 정부가 존속했던 3년간을 뜻한다. 선거를 통해 수립된 세계 최초의 마르크스주의 정권이었던 아옌데 정부는 하라의 입을 통해 불려진 노래들의 보금자리였다. 책 뒤에는 하라의 중요한 노래 가사들을 스페인어-한국어 대역으로 실었고, 짧은 노래 스무 곡을 담은 시디CD도 덧붙였다. 제5부에서 하라를 칠레의 시인 파블로 네루다, 한국 시인 김남주, 가수 안치환과 병렬시키고 있는 것은 자연스러우면서도 인상적이다. 하라가 노래로써 꿈꾸었던 사회에 동의하지 않는 사람들이 세상에는 더 많을 것이다. 그러나 하라의 노래들은 한 이상주의자의 순정함으로, 서정적이고 한스러운 감미로움으로 빛난다. 2000.10.12.木

이럴 때 아버지는 표준적 좌파다. 독고준이 누구인가를 알기 위해선, 그가 쓴 글을 다 읽어봐야 한다. 소설의 저자로서만이 아니라 일기의 집필자로서도 그는 독고준이 아니라 독고준들이다. 그 수많은 독고준들을 일관하는 원칙은 약자를 향한 연민이다.

옥중서한

《서준식 옥중서한 1971~1988》을 읽었다. 나는 지난 한 달간 이 책을 머리맡에 두고 잠자리에서 조금씩 읽었다. 한 달간 책을 곁에 두고도 완독하지 못한 것은 다소 괴상한 독서 방법 때문이었다. 나는 이 책을 일반 단행본을 대하듯 읽지 않고, 사전이나 성경을 대하듯 읽었다. 사전이나 성경을 대하듯 읽었다는 것은 아무 데나 펼쳐서 마음의 줄이 울리면 정색을 하고 읽어 나가다가, 좀 지루한 듯싶은 대목을 만나면 이내 다른 곳을 찾아 읽어 나갔다는 뜻이다. 아마 그 부피에 질려서 그랬을 것이다. 아닌 게 아니라 800쪽이 넘는 부피로 보나 자그마한 활자로 보나 이 책은 사전이나 성경을 닮기도 했다. 이런 방식으로 책을 읽다 보니 어떤 대목은 몇 차례 반복해서 읽게 되기도 했지만, 많은 부분을 놓치게 되었다. 이런 성글고 게으른 독서는, '피로 쓴 편지'라는 상투적 비유가 그 고전적 실實을 얻었다 할 이 서한집에 대한 결례일 수도 있다. 그러나 나는 엉겁결에 실천하게 된 이 '이단적' 독서법이 《서준식 옥중서한》을 올바르게 읽는 법일지도 모른다는 생각을 최근 하게 되었다. 이 책은 서둘러 한 번 읽고 치워둘 책이 아니라, 늘 곁에 두고 조금씩 곱씹어보아야 할 책이다. 독자들이 이 책에서 향유하는 것은 어떤 지식이나 정보가 아니라, 인간의 위엄을 세우기 위해 끝없이 긴장하고 있는 어떤 정신과의 교감이기 때문이다. 그렇게 조금씩 곱씹다 보면 언젠가는 완독에 이를 터이다. 《서준식 옥중서한》은 육체적·정신적 한계 상황 속에서 곧추세워진 어떤 자존의 기록이다. 인간의 위엄을 향한 저자의 갈망은 서신 검열 때문에 어쩔 수 없이 무디어졌을 언어의 감각을 순간순간 뚫고 나와 독자의 마음을 그윽한 긴장으로 채운다. 재일동포 2세인 서준식 씨는 1971년 '유학생 간첩'으로 몰려 7년형을 선고 받았고, 형기를 마친 뒤에도 '사람의 생각은 누구도 규제할 수 없다'는 신념에 따라 전향서를 쓰기를 거부한 탓에 다시

10년의 보안감호 처분을 받았다. 《서준식 옥중서한》은 그 17년의 감옥 생활 동안 저자가 가족과 친척들에게 쓴 편지 모음이다. 서준식 씨는 1984년 2월 17일 누이동생 영실에게 보낸 편지의 한 대목에서 "'좋은 책'이란 한 마디로 (내 생각으로는) 착하고 아름답게 살고 싶다는 간절한 소망을 담은 책이다. 그런 '좋은 책'을 수많은 나쁜 책들의 홍수 속에서 족집게 장님같이 집어내는 비결은 무엇일까? 그것은 '온몸으로' 착하고 인간답게 살고 싶다는 소망을 불태우며 '좋은 책'과의 '공감대'를 자신의 내부에서 키우는 일일 수밖에 없다"고 쓰고 있다. 내 생각으로는 《서준식 옥중서한》이 바로 그런 '좋은 책'이다. 2002.10.1.火

서준식 씨가 공산주의자였는지 아닌지는 아무도 모른다. 아마 그 자신도 몰랐을지 모른다. 아버지는 어떤 의미에서도 공산주의자가 아니었지만, 박해 받는 공산주의자에겐 연대의 손길을 보냈다.

지식인

사르트르는 지식인을 "자신의 지적 영역에서 쌓은 명성을 '남용'하여

기성체제를 비판하는 사람"이라고 정의했다. 이 정의에서 '남용'이라는 말은 긍정적 뜻빛깔을 지닌다. 사르트르에 따르면 바로 이 '남용'이야말로 지식인의 본질적 부분이고, 어떤 체제, 어떤 시대에도 지식인이 처할 수밖에 없는 불편함을 설명해주는 개념이다. 한 저명한 원자물리학자가 있다. 그가 자신의 연구실 안에 갇혀 복잡한 방정식을 풀고 있는 한, 그는 과학자일 뿐 지식인은 아니다. 그러나 이 물리학자가 자신의 방정식이나 실험 결과가 사용되는 방식에 대해서 문제를 제기할 때, 예컨대 그가 핵무기의 개발이나 사용을 비판할 때, 그는 한 사람의 지식인이 된다. 그는 어떤 정치적 판단을 천명하기 위해서 자신의 명성을 '남용'했기 때문이다. 미국의 언어학자 노엄 촘스키가 현대의 대표적 지식인으로 꼽히는 것도, 그가 언어학 영역에서 쌓은 명성을 '남용'해 끊임없이 기존 체제를 비판하고 있기 때문일 것이다. 시인이나 작가가 지식인 사회의 중심에 있던 시절이 있었다. 소설가 에밀 졸라는 자신의 문학적 명성을 '남용'해 프랑스군 장교 드레퓌스 대위에게 씌워진 '독일군의 간첩'이라는 누명을 벗겨냈고, 파블로 네루다도 시인으로서의 명성을 '남용'해 자신의 반파시즘 입장을 조국 칠레와 세계에 천명했다. 한국에도 작가가 으레 지식인이던 시절이 있었다. 70년대의 자유실천문인협의회(자실)와 80년대 이후의 민족문학작가회의(작가회의)는 그 시대의 가장 뛰어난 문학적 재능들을 아우르면서 민주화 운동의 전위에 있었다. 〈오적〉의 김지하나 〈농무〉의 신경림에서 〈지울 수 없는 노래〉의 김정환이나 〈새들도 세상을 뜨는구나〉의 황지우에 이르기까지 자실이나 작가회의와 얽힌 이름들은 그 시대의 가장 뛰어난 문학만이 아니라 그 시대의 가장 헌걸찬 지식인상像을 대표했다. 정치가 독점했던 사회 권력이 87년 6월항쟁 이후 거대 자본이나 언론에 분배되는 것에 맞추어 그런 지식인-작가는 점차 사라져가고 있는 것 같다. 그것은 현우림 씨가 '부드러운 파시즘'이라고 부르는 새 얼굴의 기성 체제에 작가들이 더 쉽게, 더 깊이 포섭되고 있다는 뜻이기도 하다. 지역 문제나 수구 언론 문제 같은, 우리 사회의 핵심적 의제들에 대해 작가들이 드러내는 무관심은 놀라울 정도다. 적어도 언론 문제는 우리 사회에서 문학적 담론으로서는 금기의 영역에 있다. 작가회의도 예외는 아니니, 수구 언론에 대한 이 '진보적' 문인단체의 너그러움은 "존재하는 것이 가장 아름답다"는 보수주의의 표상이라고 할 만하다. 사회의 변화에 따라 작가의 존재 방식이 달라지는 것은 자연스러운 일인지도 모른다. 그러나 금기의 벽 안에 갇힌 문학이란 얼마나 왜소한 것일까? 2002.10.13.日

아버지는 평생 작가회의 회원이 아니었다. 작가회의 측의 집요한 가입 권유에도 불구하고. 아버지는 혼자서 사유하고 혼자

서 행동했다. 아버지의 그 독립성은 시몬 베유의 말을 연상시킨
다: 자신과 홀로 마주 서 있는 정신 속에서만 사상은 형성된다.
집단은 결코 생각하지 못한다.

홈페이지

더러 문인들의 홈페이지를 찾는다. 어떤 문인의 근황이 궁금해질 때
다. 작가의 내면에서 가장 생기 있는 부분은 작품에서 드러날 터이
므로 작품을 읽는 것이 작가를 아는 첩경이겠지만, 독자들은 작가의 주
변이 궁금해질 때도 있다. 물론 작가들은 약아서 홈페이지에서도 자
신의 사적 영역을 잘 드러내지 않는다. 그러나 홈페이지는 본질적으로
장터처럼 열린 공간이어서 주인과 손님들 사이의 소통이 끊임없이 이
뤄지게 마련이고, 그래서 그곳을 흘끗 들여다보면 작가의 근황이나 사
적 동선을 조금은 짐작하게 된다. 소설가 이제하李祭夏 씨의 홈페이지
http://www.zeha.pe.kr에서 눈에 띄는 점은 거기 화랑이 있다는 것이다.
진열된 그림들은 이제하 씨 자신의 작품이다. 이제하 씨는 흔히 '환
상적 리얼리즘'이라 지칭되는 작품 세계를 구축해온 소설가로 잘 알려
져 있지만, 고등학교 때부터 시로 이름을 널리 알린 시인이기도 하고,

여러 차례 개인전을 연 화가이기도 하다. 게다가 그는 근년에 자신이 직접 만든 노래로 콘서트를 연 적도 있다. 홈페이지의 화랑에 진열된 작품들은 자화상에서 말馬 그림들에 이르기까지 이제하 씨의 회화 세계를 잘 보여주는 것들이다. 작가게시판 안의 소묘/회화방에서도 그의 그림을 볼 수 있고, 연재소설 《낙뢰落雷》에도 그의 삽화가 붙어 있다. 말하자면 이제하 씨의 홈페이지에서는 글과 그림이 서로 삼투하며 행복하게 공존한다. 오늘날 문학과 미술을 겸하는 예술가는 드물다. 문단과 화단 사이의 교류도 뜸하다. 그러나 예술사는 문단과 화단이 한 몸이었던 시절들을 기록하고 있다. 19세기 중엽 영국의 라파엘 전파前派나 20세기 초 이탈리아 미래주의 그리고 다다이즘이나 초현실주의가 그렇다. 문인화의 전통 안에서는 동양에서도 문인이 더러 화가를 겸했다. 시인묵객이라는 말은 그래서 생겨났을 것이다. 그러니까 이제하 씨의 존재는 그 자체로 고전적이다. 시인의 홈페이지에서 훔쳐 본 〈뽕짝〉이라는 좀 슬픈 시. "'모래와 모래 사이'를/ '모래와 모래 사이에 바다가 있다'라고 하면/ 어떻겠느냐고// '장미와 장미 사이엔 가시가 있다'를/ '장미와 장미 사이엔 길이 있다'라고 고치면/ 책이 더 팔리지 않겠느냐고// 오늘도 뽕짝이 운다. 돈 보내라/ 죽은 별에서는/ 공갈치지 말라// 내 가야 할 곳은/ 은자隱者의 뒤안길// 그 바다 끝에/ 갈앉는/ 침묵// 이별의// 부산 정거장, 목포의//

눈물." 2002.10.22.火

　　이제하 선생은 아버지보다 두 살 아래신데, 아버지 곁에 있던 많지 않은 문인 친구들 가운데 한 분이었다.

　　숯을 씻어서 말렸다. 공기청정기 역할을 하는 숯을 관리하는 법은 깨끗이 씻어 말리는 것이다. 그러면 다시 사용할 수 있다. 생각보다 먼지가 많이 묻어 있었다. 습기가 모자라는 날 몇 시간씩 떠들고 나면 목이 칼칼해진다. 가습기를 씻어내면서, 멋진 형태로 구부려진 통이 수수한 구형球形이나 정육면체 통보다 청소하기 힘들다는 것을 새삼 깨닫게 되었다. 가습기를 살 땐 세련된 색과 모양을 보고 골랐었는데, 이제는 멋보다 실속을 찾아야 할까 보다.

암살

존 케네디가 텍사스주 댈러스에서 암살됐다. 1963.11.23.土

　이번에도 내가 태어난 해다. 케네디 살해를 꾀한 것이 누군지, 어느 집단인지는 아직도 밝혀지지 않았다. 그것은 기묘한 일이다. 우리는 오스트리아 황태자와 황태자비를 살해해 제1차 세계대전의 방아쇠를 당긴 청년들이 누구인지 안다. 그 정치적 배경까지도 안다. 우리는 또 에이브러햄 링컨을 누가, 왜 죽였는지도 안다. 그러나 존 케네디 살해를 누가 교사했고, 그 이유가 무엇인지는 모른다. 케네디가 죽어서 가장 큰 이득을 본 집단이 그 살해의 주체일 것이다. 중앙정보국CIA? 군부? 연방수사국FBI? 군수산업자본가? 그 진실을 알고 있는 사람들 가운데 최소한 몇은 아직 살아 있을 것이다. 케네디 암살은 그보다 스무 해 뒤 베니그노 아키노가 암살된 것과는 의미의 스케일이 다르다. 아버지 말씀대로, 미국인들은 무섭다.

샤를 드골

드골이 타계했다. 1970.11.10.火

드골을 독재자라고 할 수 있다면, 그는 아버지가 혐오하지 않은 유일한 독재자였을 것이다. 프랑스인들을 좋아하지 않았던 아버지에게 드골은 예외적 존재였다. 아버지는 물론 미테랑이 더 뛰어난 사람이라 평했지만, 인간적 매력으로는 드골이 앞서 보였나 보다. 아쉽게도 우리에겐 드골이 없었다. 진정 우익다운 우익 정치인이. 애국주의로 무장한 군인 출신의 지도자가. 이승만과 박정희의 양식良識이 드골의 10분의 1만 됐더라도, 대한민국의 역사는 지금보다 훨씬 자랑스러웠으리라. 그래도 아버지는 김일성 치하에 사느니 이승만, 박정희 치하에 사는 것을 다행스럽게 여겼을 것이다.

인터넷의 한 쇼핑몰에 회원 가입을 한 뒤 요즈음 유행하는 롱가디건을 하나 샀더니, 수시로 휴대폰 문자가 들어온다. 스타일리시한 아이템!! 업데이트 완료!! 고고씽!! 생각해보니 수시로라기보다는 월요일 오전과 휴일에 집중적으로 문자가 뜬다.

심심해서 인터넷 쇼핑몰들을 몇 군데 뒤져보니, 젊은 여자들이 입는 옷들의 경향을 대충 알 수 있을 것 같다. 비슷비슷해 보이는 옷들이 가게마다 약간씩 값 차이를 보이면서 소개되어 있는데, 마치 그 옷들을 입지 않으면 도태될 듯한 기세다. 유행하는 옷차림 대열에 꼭 끼어야 한다고 생각하는 강박은 우리나라 사람들이 최고인 것 같다. 아니, 일본 사람들이 더 그런가? 유학 시절에는 정말 옷차림에 신경을 안 쓰고 다녔다. 청바지에 티셔츠 아니면 남방, 그것으로 족했다.

옷장과 신발장을 살펴보니, 유행에 뒤진 옷, 안 입을 옷, 불필요한 셔츠들과 신발들, 잡동사니들이 실제로 입는 옷이나 신는 신발들의 몇 배만큼 쌓여 있다. 내 허영의 전시장이다.

미시마 유키오

미시마 유키오가 할복 자살했다. 일본인들은 이 행성에서 가장 신경질적인 민족이 아닐까. 1970.11.25.水

극단의 탐미주의는 파시즘과 통한다. 하라키리는 신경질의 소산이다. 그것은 커튼줄로 목을 맨다거나 수면제를 한 움큼 삼키는 것과는 다르다. 더 나아가, 욕조에 누워 칼로 손목을 긋는 것과도 다르다. 그것은 자신과 세계를 동시에 겨냥한 신경질이다. 그러나 그걸 두고 일본인들이 본디 신경질적이라고 말할 수 있을까? 이런 사람이 있고, 저런 사람이 있을 것이다. 유럽인들이나 미국인들에게 일본 애호자가 많듯, 그들 가운데 미시마 유키오 애호자도 많다. 그러나 그 애호는 동질화로 이어질 애호가 아니다. 구미인들은 일본인들을 구경하고 있는 것 같다. 우리 속의(아니 자연 속이라 해도 좋다) 원숭이를 관찰하듯. 오리엔탈리즘이라는 게 실제로 존재한다면, 그 가장 화사한 형태는 일본인들에 대한 구미인들의 시선일 것이다. 그걸 기뻐하는 일본인이나, 그걸 부러워하는 한국인이나…… 참.

어제 집행유예로 풀려났다. 어이가 없는 춘사椿事였다. 1974.11.1.金

　　문인간첩단 사건 얘기다. 박정희(의 중앙정보부)가 조작한 간첩 사건 가운에 가장 '어이가 없는' 것이 문인간첩단 사건일 것이다. 사건 자체가 조작이었지만, 아버지의 경우는 특히 그랬다. 아버지는 사건에 연루된 다른 문인들과도 그리 가까운 사이가 아니었으니 말이다. 《한양》지에 단편소설 한 번 쓴 것을 꼬투리 잡은 것인지도 모른다. 그러나 유신쿠데타 이전의 《한양》지가 보수적인 국내 문인들 또는 문인단체들과 교류가 깊었다는 걸 생각하면, 박 정권의 '문인간첩단 놀음'은 정녕 치졸한 짓이었다. 아버지가 박정희에게 실망한 것은 쿠데타 발발 세 해쯤 뒤였지만, 이 사건으로 아버지는 박정희를 사적으로도 미워하게 되었다. 그 사적인 미움은 개인의 행태를 통해서 역사를 주조한다. 이재오가 국가보안법, 반공법 위반 등으로 옥고를 치르지 않았다면, 박근혜와의 관계가 지금처럼 껄끄럽지는 않을 것이다. 이재오는 자신을 탄압한 군인정치인의 딸을 좋아하지 않는 것 같다. 아니, 좋아하려 해도, 모진 징역살이의 기억 때문에, 좋아할 수가 없을 것이다. 한나라당 내분의 본질은 그거다. 그리고 그 내분이 한국 민주주의를 위해서 좋은 것이라면, 거기에 최대로 공헌한 사람은 김영삼이다. 그는 삼당합당을 통해 극우정당에 온건한 보수주의자들, 자유주의자들을 끌어들임으로써, 한나라당(민자당이래도 좋고 신한국당이래도 좋다)과 박정희 사이를 꽤 벌려놓았으니까. 한나라당 대선 후보 경선에 즈음해 김영삼이 이명박을 거들었던 이유는 여러 가지겠지만, 그 하나는 박근혜가 박정희의 딸이라는 점일 것이다. 그는 정적의 딸이 국가원수가 되는 걸 용인할 수 없었던 것 같다.

아버지가 10개월간 옥살이를 하는 동안 어머니는 변함없이 학습지 배달을 하면서 분주히 사셨다. 내가 초등학교 5학년이고 선이가 3학년이었으니 철이라고 있었을 리가 없다. 거기에다 나는 정말 어머니 말대로 아버지가 어디 멀리 여행 갔다고 믿고 있었으니……. 다른 집 딸들은 5학년 나이면 궂은일을 많이 시키기도 했지만, 아들이 없는 우리 집에서 어머니는 나를 장남으로 대접해, 만화책이나 보면서 소일해도 별 잔소리를 하지 않으셨다. 선이는 어려서부터 어머니가 하는 일을 흉내도 내고 거들기를 좋아했는데 손이 야무지다는 소리를 많이 들었다.

민주주의

프랑코가 죽었다. 이제 스페인에도 민주주의가 오는 걸까? 1975.11.21.金

그랬다. 스페인 사람들은 사려 깊은 절차를 통해 민주주의를 되살려냈다. 우리에게도 1979년과 그 이듬해에 기회가 있었다. 그러나 한국 군부는 스페인 군부보다 더 탐욕스러웠고, 한국의 민간정치인들은 스페인의 민간정치인들보다 더 조급했다. 아버지는 열세 살, 열 살짜리 딸 둘을 앉혀놓고 스페인 얘기를 해주셨다. 그보다 두 해 전 아옌데가 죽었을 때 칠레 얘기를 해주셨듯. '스페인 내전'이란 말을 처음 들은 것도 그때다. '게르니카'나 '국제여단'이라는 말도 그렇다. 아버지는 아직 사리분별도 할 줄 모르는 딸들에게 왜 그런 얘기를 들려주신 걸까? 딸들이 정치적으로 조숙하길 바랐던 걸까? 그러나 아버지의 딸들은 그때도 그랬듯이 지금도 여전히 견결한 반공주의자다. 프랑코만큼은 아닐지라도.

크레바스

새러 맥도널드의 《크레바스The Crevasse》를 읽었다. 며칠 전 학이 건네고 간 책이다. 맥도널드에 따르면 인류의 역사는 크레바스를 피하기 위한 여정이었다. 쾌락을 탐하며 경계를 늦추다가 제도의 크레바스에 빠질 때, 하나의 문명이(또는 적어도 제국이) 허물어진다. 맥도널드는 로마제국과 몽골제국을 예로 들고 있으나, 그리 적절해 보이지는 않는다. 로마제국과 몽골제국은 그 성립, 번영, 쇠망의 형태가 다 다르다. 맥도널드는 이성理性의 이론가가 아니라 직관의 이론가다. 그녀는 자신의 직관으로 결론을 미리 내린 뒤, 그 결론에 다다르기 위해 위태로운 이론의 체조를 공연한다. 그러나 그녀의 문장은 아름답다. 그 문장에 취하다 보면, 그녀 말들이 죄다 옳은 것 같다. 1976.11.5.金

내가 보기에도 새러 맥도널드의 영어는 아름답다. 너무 아름답다. 그것이 그녀의 장점이기도 하고 단점이기도 하다.

수면양말을 집에서 신으니 참 포근하고 여러 가지로 도움이 된다. 실내에서 슬리퍼 신는 것을 좋아하지 않아 주로 맨발로 지내는 내게 조카애 가애가, 제 엄마 선이가 시켰는지도 모르지만, 수면양말을 사가지고 와 선물했다. 생각보다 고무줄이 조이지도 않고 갑갑하지도 않아 집 안에서 늘 착용하다 보니, 확실히 발 시리다는 불평이 줄었다. 문제는 양말 세탁인데, 조금만 더러워져도 세탁기로는 깨끗하게 빨아지지 않는다. 오래간만에 목욕탕에서 쪼그리고 앉아 양말을 주무르고 비비는 김에 손빨래할 옷들을 몇 가지 더 찾아 내왔다. 맨손으로 빨래를 하고 나면 기분이 상쾌해진다. 마지막 맑은 물에 헹구어서 빨래를 꽉 짜는 순간 뭔가를 끝냈다는 성취감을 손으로 느끼기 때문일 것이다.

예전에 읽은 소설 《목로주점》에는 공동 세탁장 장면이 나온다. 돈을 내고 들어가서 공동으로 빨래를 하는 세탁장의 습하고 더운 공기가 현실처럼 떠올라 내 몸을 데운다. 여주인공 제르베즈가 남편과 달아난 아델의 언니 비르지니와 세탁장에서 한판 붙어 머리채를 잡고 뒤엉켜 싸우는 장면이 내 머리 속에 강한 인상으로 남아 있다.

앙드레 말로

아버지는 개인주의자였다. 좌파 개인주의라는 말이 있다면 (이 말이 '좌파 신자유주의'라는 말보다 훨씬 덜 모순적이다), 아버지의 삶이 그것을 체현했다. 소년 시절의 아버지가 북한 체제에 두려움을 느낀 것도 아버지의 그 개인주의 탓일 것이다. 또 아버지가 드골 개인에게 호감을 지니셨음에도 드골주의를 못마땅하게 여긴 것 역시 그의 생래적 개인주의 때문이었을 것이다. 나와 선의 나이가 제법 됐는데도(나는 열네 살이었고 선은 열한 살이었다), 아옌데와 프랑코가 죽었을 때와 달리 아버지는 우리에게 '정치교육'을 하지 않았다. 그래서 아옌데나 프랑코 같은 이름들을 이미 들어보았던 딸들은, 한참 뒤에야 앙드레 말로라는 이름을 알게 되었다. 앙드레 말로를 읽게 된 것은 대학교에 들어가서다. 나는 그때 한 시절 말로라는 이름에 매료되었다. 《인간의 조건》과 《정복자》, 그리고 《희망》은 영어판으로 몇 번 되풀이해서 읽었다. 나는 이 소설들을 통해 중국과 스페인의 현대사에 대해 조금 더 알게 되었다. 아니, 좀 더 관심을 갖게 되었다고 말하는 게 옳겠다. 소설로 역사 공부를 할 수는 없는 노릇이니.

소설과 역사 이야기를 하다 보니 소설가 하성란 씨가 무슨 문학상을 받으며 밝힌 수상소감이 기억난다. 그녀는 "한때 표어를 짓는 일에 몰두한 적이 있었다. 세상의 모든 것을 열여섯 글자에 담아보려 애를 썼다. 그때 내 꿈은 '사람은 자연 보호 자연은 사람 보호'라는 표어처럼 단순명쾌한 표어를 짓는 거였다. 하지만 내가 전하고 싶은 말은 늘 열두 자이거나 열아홉 자였다"는 취지의 말을 했다. 앞뒤의 문맥을 기계적으로 따르면, 이 대목은 작가가 자신의 재능 없음을 서술하는 겸사謙辭로 읽힌다. 그러나 나는 이 수상소감을, 하성란 씨가 문학의 본질에 대해서, 그리고 자신과 문학 사이의 천생의 연緣에 대해서 넌지시 말하고 있는 걸로 읽었다.

유럽에서 역사와 문학은 본래 한 몸이었다. 예컨대 '역사(학)'를 의미하는 현대 프랑스어 '이스투아르histoire'나 현대 스페인어 '이스토리아historia'가 '이야기'라는 의미를 겸하고 있는 것은 그 말의 어원이 된 라틴어과 고대 그리스어 단어의 유산이다. 고대 그리스인들이 '역사'라고 불렀던 것은 반드시 과거의 사실에 대한 체계적 기술이 아니었다. 그것은 차라리 이야기에 가까웠다.

그 역사라는 이름의 이야기가 어느 순간 너무 커다랗고 성기다고 판단됐을 때, 거기서 문학이 분가해 나왔을 것이다. 역사의 그물코는 너무 성기다. 그것은 세상살이의 미세한 결들을 잡아내지 못한다. 또 그것은 흔히 힘센 자의 이야기, 이긴 자의 이야기다. 화사한 치장을 한 민중의 역사라고 하더라도 예외는 아니다. 집단과 추상 앞에서 개인과 구체는 늘 약한 자, 패배자이기 때문이다. 문학의 몫은 그 약한 자, 패배자의 구체적 현실을 그리는 것일 터이다. 물론 문학이라고 해서 현실을 그대로 재현할 수는 없다. 세계는 연속적이지만 언어는 불연속적이기 때문이다. 그러나 자신의 한계에 대한 자의식이 엷은 역사의 언어와는 달리, 문학의 언어는 늘 그 한계에 대한 자의식으로 충일하다. 그 자의식 또는 반성을 자양분으로 삼아 문학의 언어는 자신을 좀 더 촘촘하고 섬세하게 갱신해가며, 역사의 언어가 사상해버린 삶의 복잡성을 낚아 올린다. 그것은 앙상한 논리의 망이 남겨놓은 숱한 구멍들을 모든 각도의 시선에 실린 정서적 환기력으로 메운다. 문학이 낚아 올리는 그 복잡성은, 하성란 씨의 표현을 빌리면, 열여섯 자에 꼭 맞출 수 없는 나머지 세 자의 세계이거나 모자라는 네 자의 세계다. 그러니까 문학이 그리는 것은 삶과 세계의 잉여나 결핍이다. 반듯반듯하지 못한 것, 얄궂

한 것, 샐긋한 것, 삐죽 나와 있는 것을 역사는 벽장에 가두고 한 줄로 처리하지만, 문학은 팔을 활짝 벌려 그것들을 보듬는다.

만약에 삶이, 그리고 세계가 진선미를 온전히 구현하고 있는 유토피아에서라면, 문학이 더 이상 존속할 필요는 없을 것이다. 그러나 완전한 세상이란 사람의 머릿속에만 있을 터이므로, 문학이 사라지는 날은 오지 않을 것이다.

역사란 무엇인가

에드워드 카가 잠고했다. 1982.11.3.水

아버지 서가에는 카의 책들이 여러 권 꽂혀 있었다. 되풀이 읽어서 손때가 잔뜩 묻은 책들이. 《역사란 무엇인가》란 책은 내 대학 시절을 떠올리게 한다. 당시에 그 책은 학생들의 필독서였다. 독서서클 회원들에게는 말할 것도 없고. 그때 열심히 주워섬기던 말들……. 무슨 뜻인지 알고나 떠들었는지, 지금 생각하면 얼굴이 확 붉어진다.

엄격한 글쓰기

로자 암스테르담의 《부르주아지 약사略史 A Brief History of Bourgeoisie》를
읽었다. 번역이 거칠 뿐만 아니라 오류가 많았다. 예컨대 '삼부회'라
옮겨야 할 것을 '일반국가들'이라 옮겼다든가. 역자는 '일반국가들'이 무
엇을 가리킨다고 생각했을까? 게다가 프랑스와 신성로마제국의 군주
나 제후 이름을 다 영어식으로 표기했다. 1984.11.7.水

아버지는 자신의 글에 엄격했다. 그리고 그 엄격한 기준을
다른 이들의 글에도 들이댔다.

빌 클린턴

빌 클린턴이 미국의 제42대 대통령으로 뽑혔다. 남의 나라 일이지만,
가슴이 설렌다. 1992.11.5.木

아버지는 일관된 민주당 지지자이셨다. 선거권도 없는 지구
반대편 사람의 민주당 사랑이라니…… 것, 참. 그러나 내가 이

런 말을 할 자격이 있는지는 모르겠다. 아버지만큼은 아닐지라도, 나 역시 어섯눈 뜬 이래 줄곧 민주당 지지자였으니. 나는 특히 클린턴에 열광했고, 지금도 그를 좋아한다. 미국 대통령이라는 직책 때문에 그도 제국주의자의 혐의를 벗을 수 없었지만, 그는 적어도 내게는 가장 덜 나쁜 미국 대통령이었다.

나는 그가 대통령으로 당선된 해에 브라운에서 박사학위를 받았고, 서울로 돌아왔다. 이듬해 초 한국 텔레비전에서도 생중계로 보여주었던 그의 취임식 장면이 생각난다. 불편한 마음을 감추지 못하고 굳어 있던 바바라 부시의 표정이란……. 그러나 그녀는 8년 뒤, 다시 백악관을 제집처럼 드나들 수 있게 되었다. 이번엔 대통령의 아내로서가 아니라 대통령의 어머니 자격으로.

연희

순임과 원, 연희, 선과 함께 오랜만에 외식을 했다. 이태원의 일식집 '도쿄'에서였다. 순임은 여전히 연희에게 곁을 주지 않는다. 그래서 자리가 아주 편치는 않았다. 딱한 사람이다, 아내는. 자기 자신이나 내가 아니라, 연희가 원과 가장 가까운 사람이라는 걸 왜 인정하지 않을까. 연희에겐 스토리텔러의 자질이 넘친다. 김수현 이후 최고의 극작가가 될지도 모르겠다. 1995.11.7.火

연희에 대한 아버지의 호감은 어디서 나왔을까? 나에 대한 사랑에서? 그녀의 겸손함과 총명함에서? 아무튼 아버지는 연희를 좋아하셨다. 그리고 친밀감을 느끼셨다. 연희를 처음 소개한 날, 우리(연희와 나) 앞에서 당신의 첫 성性판타지를 얘기해주셨을 정도니.

시심詩心

자신의 첫 시집보다는 둘째 시집이, 둘째 시집보다는 셋째 시집이 덜 나간다는 얘기를 시인들에게서 흔히 듣는다. 시가 독자들을 점점 잃고 있다는 뜻이겠다. 시인들이 긴장을 잃어버리고, 그래서 그들의 마음을 담은 시들의 예술적 밀도가 꼭 예전만 못해서 그런 것은 아닐 것이다. 아무래도 그것은 시 말고도 사람의 마음을 빼앗을 수 있는 감각적 '문화상품들'이 크게 늘어난 문학 외적 정황과 더 관련이 있는 듯하다. 팔리는 시집이 없는 것은 아니다. 예컨대 류시화나 이정하 같은 이름이 표지에 박힌 시집은 늘 베스트셀러 목록의 맨 앞자리에 있다. 그러나 그 시들은 우리가 전통적으로 시라고 생각하는 것에서는 약간 비켜나 있다. 그 시들 역시 독자들의 누선涙腺을 건드리고 더러는 삶의 숨겨진 의미를 드러내기도 하지만, 그 시들을 읽기 위해 어떤 훈련이 필요한 것은 아니다. 적어도 독서와 사색이라는 훈련을 요구하는 시들은 이제 점점 덜 읽히고 있는 것 같다. 그러다 보면, 궁극적으로는 시의 독자들이 시인들로 한정될지도 모른다. 시 전문 계간지 《시평詩評》의 창간호를 대하는 마음은 그래서 반가움과 쓸쓸함으로 혼란스럽다. '거미가 짓는 집'이라는 부제를 곁들여 2000년 가을호로 창간된 이 계간지는, 그 표제에 '시인들이 함께 만드는 계간 시평'이라는 말이 붙어 있듯, 오로지 시인들만을 등장시킨다. '거미가 짓는 집'은 시와 시평으로 이뤄져 있는데, 시만이 아니라 시평의 필자들도 다 시인들이다. 다룰 시와 시집을 고르는 선정자들도 모두 시인이다. 창간호의 몸집을 이루는 것은 고형렬·이면우·정희성·홍일선 등의 시들과 여기에 대한 이진명·유용주·배창환·김해자 등의 시평들이다. 거기에 고은·김명리·박용하·조용미·안도현 등의 시집에 대한 고재종·이재무·함성호·박형준·강형철 등의 평이 이어진다. '숨어 있는 시'라는 코너에 이용악이 북한에서 발표했다는 〈어선 민청호〉(1955)를 싣고 있는 것이 이채롭다. 이 아름다운 풍경화 속에는 바다와 노동과 사랑이 버무려져 있다. 시가 시들어가고 있는 시대에 우선 편집부터가 깔끔하고 세련된 시 계간지가 나온 것만 해도 기쁜 일이다. 그것보다 더 기쁜 것은 이 계간지에 실린 시들과 시평들의 상당수가 읽을 만하다는 것이다. 특히 몇몇 시평들은 시인들은 산문을 잘 못 쓴다는 편견을 깨뜨린다. 시를 가장 잘 읽을 수 있는 사람들은 아무래도 시인들일 것이고, 여기에 실린 산문들이 시를 대상으로 하고 있는 만큼 시인들의 감수성이 한껏 발휘돼 그런지도 모른다. 이런 시 계간지의 수요에는 한계가 있을 터이므로, 《시평》 역시 앞으로 얼마나 오래 나올지는 알 수 없다. 그러나 이 늦가을에 시심詩心에 젖어보고 싶은 내게, 이 잡지는 오붓한 선물이었다. 2000.11.10.金

'늦가을의 시심'이라. 드물게 보는 아버지의 센티멘털리즘……

기억의 계단

김인환의 평론집 《기억의 계단》을 읽었다. 김환태 평론문학상 수상작이다. 상이라는 것이 흔히 그렇듯, 문학상도 늘 엄격한 공정성을 바탕으로 운영되는 것은 아니다. 시세時勢나 문단의 알음알음이 알게 모르게 작용해 분수에 넘치는 상복을 누리는 문인이 있는가 하면, 운이 닿지 않아 자신의 업적에 상응하는 평가를 받지 못하는 문인도 있다. 내가 보기에 김인환 씨는 뒤쪽에 속하는 문인이다. 상이라는 문학제도에 개재되는 이런저런 불합리한 관행들을 고려하더라도, 우리 문단이 이 뛰어난 평론가에게 건네온 눈길은 너무 인색해 보인다. 내가 김인환 씨를 처음 접한 것은 그의 저서를 통해서가 아니라 역서를 통해서였다. 1980년대 초엔가 홍성사의 '홍성 신서' 가운데 하나로 나온 《언어학의 이해》의 역자가 김인환 씨였다. 캐틀이라는 미국인이 쓴 이 책은 변형생성문법 입문서다. 김인환 씨가 《문학사상》에 쓴 문학적 자서전을 보니, 그가 대학원에서 처음 전공한 것은 국문학이 아니라 국어학이다. 외국의 언어학 책을 번역한 것은 그 시기의 관심과 관련이 있는 듯하다. 나는 그 뒤로 듬성듬성 김인환 씨의 글을 따라 읽어왔다. 그의 글에서 놀라운 것은 관심의 폭이다. 언어학이나 역사학에 대한 관심이야 그의 동료 문학평론가들도 드물지 않게 공유하고 있겠지만, 김인환 씨처럼 정신분석학과 정치경제학까지를 문학적 글쓰기에 수용하고 있는 평론가를 우리 문단에서 찾기는 힘들다. 문학평론가 성민엽 씨는 김인환 씨가 고 김현을 두고 발설한 '맥락의 독서'라는 말을 받아 김인환 씨의 글쓰기를 '맥락의 글쓰기'라고 평가한 적이 있는데, 나도 그 평가에 동의한다. 김인환 씨가 맥락의 글쓰기를 실천하고 있다는 것은 텍스트를 시간적·공간적 원근법 속에 적절히 배치할 수 있을 만큼 시야가 깊고 넓다는 뜻이겠다. 그에게는 또 그 비범한 눈길이 간취해낸 텍스트의 좌표들을 단정하고 섬세한 문장으로 재구성할 수 있는 솜씨까지 있다. 《기억의 계단》에서도 그의 맥락읽기는 품이 크고 정교하다. 그 기록도 섬세하다. 최인훈을 시발점으로 이청준·최창학·조세희·김원우·이인성·최수철 같은 작가들을 계열화하고 있는 '최인훈 소설의 계보'나, 시조와의 거리를 척도로 한국 현대시의 형식을 규정하고 김소월과 이상을 시 형식의 두 극단에 배치한 뒤 현대시들의 좌표를 작성하는 '이상 시의 계보' 같은 글들이 그 예다. 김인환 씨의 눈과 손이 부럽다. 2002.11.15.金

나도 김인환 선생의 눈과 손이 부럽다. 아버지 일기의 이 대목은 일종의 겸사였을지 모르겠으나, 나는 진심으로 김인환 선생의 눈과 손이 부럽다.

대통령으로 뽑힌 빌 클린턴을 처음 보았을 때 참 젊은 대통령이라고 생각했었는데, 지난해 8월 북한을 방문한 그의 모습을 보니 백발이 무성한 할아버지다. 세월의 무서움을 실감했다. 그런데 요즘 여기저기서 플래시를 받는 힐러리 클린턴의 모습을 보면 그녀가 나이 먹었다는 생각이 들지 않는다. 머리 빛깔 때문일까. 아니면 중요한 직책을 맡고 있는 이들은 노화가 더딘 걸까.

체육관 선거

통일주체국민회의가 장충체육관에서 박정희를 제8대 대통령으로 뽑
았다. 득표율 100퍼센트. 1972.12.23.土

이젠 누구나 알고 있듯, 이해에 남북공동성명이 발표된 건
우연이 아니다. 박정희와 김일성에겐 서로가 필요했다. 이로써
박정희는, 김일성과 마찬가지로, 제 나라 인민의 보편의지를 대
표하는 유일한 인물이 되었다. 게다가 이 대표직은 종신직이었
다. 그 전해 선거에서, 김대중은 박정희가 총통제를 획책하고 있
다고 주장한 바 있다. 김대중이 말한 '총통'은 '종신 독재자'라는

뜻이었으리라. 대만의 장蔣씨 부자 같은. 그의 예측은 들어맞았다. 박정희는 분명히 독재자였고, 그는 죽기 전까지 그 자리에서 물러날 생각이 없었을 것이므로. 총통이란 말엔 그런 부정적 뉘앙스가 입혀져 있었다. 좀 더 자라서, 나는 중국인들이 한국이나 미국의 '대통령'을 '총통'이라 번역한다는 사실을 알고 실망했다. 총통이라는 말이 품은 카리스마가 사라져버린 것 같았다. 아무리 민주적인 대통령이라 해도, 중국인들에겐 그저 총통인 것이다.

박정희 '총통'과 김일성 '주석主席(꽤 민주주의적인 용어다)' 사이의 거래는 더러운 것이었다. 이 거래를 통해 그들 모두가 장개석 같은 총통이 되었으니 말이다. 만주군관학교와 일본 육사를 나와 만주군으로 복무한 박정희는 만주 벌판을 누비며 항일 투쟁을 했다는 김일성과 배짱이 맞았다. 박정희 집권 시절, 한국의 군부대 건물마다 "무찌르자 공산당! 때려잡자 김일성!"이라는 구호가 쓰여져 있던 것이 기억난다. 뭐, 내가 여군으로 복무했던 것은 아니고, 아는 남자들을 면회할 때마다 본 것이다. 아무튼 김일성은 '때려잡아야' 할 대상이었다. 생포해서는 안 되고, 총으로 쏴 죽여도 안 되고, 칼로 찔러 죽여도 안 되는 대상. 시골 마을 잔칫상에 오를 돼지처럼 반드시 '때려잡아야 할' 대상이 김일성이었다.

그런데 박정희는 이 구호에 동의했을까? 그랬을 것 같진 않다. 김일성은 박정희의 존재 근거였다. 박정희가 김일성의 존재 근거였듯. 만약 생전에 그 둘이 만났다면, 기름진 안주에 맛난 술을 함께 마시며 우정을 나눴을 것 같다. 수청 들 여자들을 옆에 앉혀놓고.

내 이런 의견에 아버지가 동의하셨을까? 그랬을 것 같다. 박정희만이 아니라 김일성도 아버지 눈에는 천한(그리고 욕심 많고 힘이 센) 인간으로 보였을 것 같다. 물론 아버지가 이들에게 큰 박해를 받은 것은 아니다. 박해라고 해봐야 중학교에 막 들어가서 강요받은 '자아비판'이나 마흔 살 때 연루된 '문인간첩단 사건' 정도다. 그러나 투사가 못 됐던 아버지에게, 마음이 여렸던 아버지에게, 그 사건들은 깊은 상처를 남겼으리라.

박정희는 김일성이 되고 싶었다. 그래서 그 욕망을 두 번째 쿠데타로 실현했다. 부끄러움의 부재는 정치인의 자질 가운데 하나라고 하지만, 득표율 100퍼센트라니. 그 시절의 권력이 아이들에게 유행시킨 동요가 생각난다: "일하시는 대통령, 이 나라의 지도자, 삼일=— 정신 받들어, 사랑하는 겨레에, 오일륙 일으키니, 육대주에 빛나고, 칠십 년대 번영은, 팔도강산 뻗었다,

구국영단 내리시니, 시월유신이로다."

구국의 영단! 박정희는 제 나라를 구하고 싶어 했다. 제 소유물로 만들고 싶어 했다.

전두환

밤새 시내에서 총격전이 벌어진 모양이다. 전두환이 정승화를 제압한 듯. 이렇게 되면 민주주의는 물 건너가는 것 아닌가? 하필 이런 시기에 대통령이 최규하라니. 1979.12.13. 木

그러나 최규하보다 강건한 사람이 대통령이었다 하더라도, 전두환을 꺾기는 어려웠을 것이다. 전두환에게는 야심만이 아니라 잔인함이 있었으니까. 정승화는 순진한 사람이었다. 장도영이 그랬듯. 물론 전두환에게도 순진함이 있기는 했다. 대통령 자리에서 물러나서도, 죽을 때까지 권력을 놓지 않을 작정이었으니. 전두환의 장점 하나는 얼굴이 코믹하게 생겼다는 점이다. 그러나 그 코믹함의 껍질을 벗겨내면, 짐승의 잔인함이, 포식자의 굶주림이 똬리를 틀고 있다. 그는 에일리언이면서 프레더터다.

자기 앞의 생

로맹 가리가 자살했다. 나는 《자기 앞의 생》에서 그를 처음 만났다. 《자기 앞의 생》은 《새들은 페루에 가서 죽는다》에 묶인 단편들만큼이나 경쾌하다. 슬픈 경쾌함. 프랑스에서는 그를 대단치 않은 작가로 여긴다지만, 내겐 그가 소설계의 에밀 시오랑처럼 느껴진다. 기질이 비슷하다는 뜻이 아니라, 당대인들에게 충분히 평가받지 못했다는 점이 닮았다는 뜻이다. 어쩌면 기질도 닮았을지 모른다. 시오랑이 소설을 썼다면 로맹 가리처럼 썼을 것 같고, 로맹 가리가 에세이를 썼다면 시오랑처럼 썼을 것도 같다. 그들의 글은 그들의 삶처럼 황량하다. 아, 그러나 시오랑에게는 로맹 가리의 유머 감각이 없다. 로맹 가리에게 시오랑의 시금털털한 염세주의가 없었듯. 로맹 가리에게 염세주의가 아예 없었던 것은 아니다. 그러나 그 염세주의는 시오랑의 것과 달리 달콤하다. 시오랑이 고종명한 데 비해 로맹 가리가 자살했다는 점이 얄궂다. 로맹 가리의 에피소드들이 세상에 알려준 것: 어떤 수험생은 시험관試驗官보다 뛰어나다. 그런데 시험관보다 뛰어난 수험생은 불행해지기 마련이다. 1980.12.2.火

내가 지금까지도 가끔 되풀이해서 읽곤 하는 소설들이 몇 있

"

는데 그중 하나가 《자기 앞의 생》이다. 모모가 늙은 로자를 위해서 해주었던 마지막 행동—비밀의 장소로 그녀를 옮겨주는 것—은 그 책을 읽던 내게 왠지 규율의 위반을 엿보는 듯한 불안감과 쾌감을 주었다. 그 후 다시 읽을 때마다 그 대목은 내게 또 다른 슬픔을, 불안을, 상쾌함을 맛보게 한다. 그런데, 아버지는 자신을 '시험관보다 뛰어난 수험생'이라고 생각했을까?

'순수'라는 괴물

학에게서 빌린 올리버 맥나라마의 《'순수'라는 괴물A Monster named Purity》을 읽었다. 앵글로-색슨계 저자들의 책을 읽는 게 편안한 건, 그들이 대체로 치우침을 경계하기 때문이다. 그들에겐, 프랑스계 작가들이 흔히 내보이는 과장과 현학이 별로 없다. 이 책에서 맥나라마는 자신을 '회의적 박애주의자'라 부르며, 공동체의 통합을 위해선 국민경제에 대한 국가의 개입이 필요하다고 역설하고 있다. 국민국가 이후의 전망을 내놓지 않은 게 좀 허전하긴 하지만, 이 책은 이데올로기들과 인간의 욕망이 얽혀드는 과정을 분석하며, '새로운 민주주의'를 모색하고 있다. 맥나라마의 이념적 출발이 자유지상주의에 가까웠다는 점을 회상하면, 그는 이 책에서 일종의 전향, 일종의 '궤도수정'을 하고 있는 셈이다. 청년 맥나라마의 책들에서 내가 느꼈던 거부감이 이 책에 이르러 거의 말끔히 씻겼다. 1985.12.14.土

아직도 《'순수'라는 괴물》은 한국어로 번역되지 않았다. 하기야 맥나라마의 초기 저작들도 번역이 안 됐으니…….

한국의 출판업자나 독자들은 '스타'를 좋아한다. 그리고 맥나라마는 영어권에서는 물론이고, 일본이나 한국에서도 (아직?) 스타가 아니다.

괴물 정권

바그다드에서 서울로 오던 대한항공 858편 보잉 707기가 미얀마 근해에서 공중폭파됐다. 만일 이것이 안기부의 조작이 아니라면, 북쪽 정권에 우리가 더 바랄 것은 없다. 이 정권은 역사가 일찍이 겪어보지 못한 괴물 정권이다. 젊은이들 사이엔 아직도 북을 '민주기지'로 보는 친구들도 있는 모양이다. 그 철없음이라니……. 1987.12.2.水

이 상황은 지금도 변하지 않았다. 북한 정권은 괴물이다. 그 핵심 권력자들의 머리통을 열어보고 싶다. 그들의 테러에는 계산이 없다. 아니, 계산이 너무 깊다. 그 여객기에 타고 있던 한국인들 대부분은 중동에서 귀국하던 해외 근로자들이었다. 그것은 이 테러가 아웅산 사건과 근본적으로 다르다는 뜻이다. 하치야 마유미(가 아니라면 김현희)는 지금 어디서 어떻게 살고 있을까?

독재자

차우세스쿠가 거리의 민중들에게 살해됐다. 그는, 김일성이 그랬듯, 권력을 지성으로 변화시킨 피에로였다. 1989.12.25.月

스탈린도 어느 정도는 그랬다. 정치학이나 경제학 쪽에서만은 아니었다. 그는 〈마르크스주의와 언어학의 문제들〉이라는 '논문'으로 소련 언어학계의 분열을 치유하기까지 했다.

김일성의 글을 읽는 것은 지루하다. 그의 글(대부분 연설문이지만)은, 너무나 당연해서 굳이 입 밖에 낼 필요도 없는 쓰레기들과, 너무나 엉뚱해서 입 밖에 내서는 안 될 쓰레기들로 채워져 있다. 예컨대 "사회의 혁명화, 로동계급화를 실현하는 데서 중요하게 나서는 문제는 모든 분야에서 낡은 사회의 생활양식을 철저히 없애고 새로운 사회주의적 생활양식을 전면적으로 확립하는 것입니다"(《김일성 저작 선집》 5권, 제2판 460~470쪽) 따위. 게다가 한 말 또 하고 다시 또 하고 거듭 또 하고 되풀이 또 하는 그 껌질김이란……

앞에서 한 말이긴 하나, 제가 다스리는 나라를 김일성만큼 '통합'한 권력자가 역사에 또 있었을까? 없었을 것 같다. 어버이 수령을 섬기는 인민들은 모두 한 가족이었다. 그 가족 구성원들의 서열이 너무 엄했다는 사실은 김일성이 정통 공산주의자가 아니었다는 것을 뜻한다. 그를 민족주의자라 불러줄 수는 있겠다. 그러나 그는 공산주의에서 그랬듯 민족주의에서도 호찌민에 한참 미치지 못했다. '쿨'하지도 않고 세련되지도 않은 독재자가 김일성이었다. 차우셰스쿠가 그랬듯.

결혼식

선이의 결혼식은, 신랑이 재혼이란 것을 고려해서 친지들을 다 부르지 않고 양가의 가까운 친인척 몇 분만 모신 조촐한 모임이었다. 선이가 좀 서운해 하지 않을까 걱정이 되었는데, 다행히도 이 아이의 모습은 정말 밝았다. '나보다 더 행복한 사람 있으면 나와봐!' 하는 듯한 표정. 아버지는 내 때도 그랬듯이 자식의 상대에 대한 아쉬움을 조금도 드러내지 않고 그저 덤덤하게 딸의 선택을 축복해주셨다. 내 기억이 옳다면, 그날은 날씨가 좀 푹해지면서 겨울비가 내렸다. 비가 뿌옇게 대지를 감싸 안는 듯했다. 크리스마스가 며칠 남지 않아서, 거리는 여기저기 들뜬 분위기였다.

내 가족

선이네가 결혼 1주년을 맞았다. 세밑이라 외식하기가 어수선할 거라
면서 선은 제 아파트에 가족을 초대했다. 내 가족이 모였다. 아내, 딸
둘, 사위 하나, 손녀 둘, 막 태어난 손자 하나. 가애와 평애는 그 나이
때의 원과 선 못지않게 사랑스럽다. 2000.12.22.金

가애와 평애를 그리 예뻐하셨던 걸 보면, 아버지는 '핏줄'이
라는 걸 대단찮게 생각하셨던 것 같다. '핏줄'이 가족을 만들어
내는 게 아니라 신뢰와 유대가 가족을 만들어내는 거라 생각하
셨던 것 같다.

눈물은 푸르다

최종천 씨의 시집 《눈물은 푸르다》를 읽었다. 최종천 씨는 노동자 시인
이다. 그러나 《눈물은 푸르다》는 예컨대 박노해나 백무산 같은 이름
을 통해 1980년대와 90년대 초 시 독자들이 익숙해져 있던 노동시들과
는 다르다. 이 시집의 몇몇 아름다운 시들은 전통적인 노동시 독자들이

'소시민적'이라고 백안시할 정서로 출렁인다. 예컨대 "노을/ 번지는/ 물감"이 있는 아틀리에의 "한 그릇의 고요"가 "밀도 높은/ 공기를 퉁기는/ 퉁기는 기타"와 "애무를 받으며/ 신음하는/ 프리지어"에 의해 "엎질러지"는 순간을 사진 찍듯 그린 〈아틀리에〉나, 돌이 있는 시내 풍경을 "돌 사이를 물이 돌돌돌/ 물 사이를 돌이 돌돌돌/ 서로를 벗기며 핥는 소리/ 돌은 콘돔을 끼고 있다"고 극히 감각적으로 형상화는 〈돌·5〉 같은 작품들이 그렇다. "눈물은 푸른 색을 띠고 있다/ 멍을 우러낸 것이기 때문이다"로 시작하는 표제시 〈눈물은 푸르다〉도 열린 눈의 막막함이나 약속의 허망함 같은 것을 다소 수동적으로 수납하고 있다는 점에서 크게 보면 이 부류의 시에 속한다.

변혁의 전망이 흐릿한 시대의 노동자가 쓰는 시에서 목소리의 새됨이 사라지는 것은 당연한 일인지도 모른다. 그러나 최종천 씨의 좀 더 산문적인 시들은 당파적으로 단호하다. 그것은 우리가 흔히 문화나 문명이라고 부르는 것의 폭력성과 헛됨을 겨눈다. 시인이 보기에 "자연에서 한 마리의 사자가 한 마리의 노루를 사냥하면/ 그것은 자연 전체에 도움이 되는 것이다, 그러나/ 인간이 다른 인간을 착취하면/ 그렇게 집중된 부는 결국 문화의 형태로 돼버린다/ 문화의 양이 그만큼 늘어나는 것 그뿐이다/ 인간은 질을 통하여 소생할지라도/ 양을 통하여는 사멸에 이를"(〈잔업 시간〉) 것이고, "부富의 내용은 문명이나 예술/

예술이 만들어내는 상품이나 문화 따위가 아니다/ 富는 손상되지 않은 자연과/ 소외되지 않은 노동이다"(《富란 무엇인가?》). 그러나 현실은 "교회나 성당 불당에 나가/ 십자가 앞에서 석가 앞에서/ 아들딸들의 합격과 출세 성공을 기도하"는 아버지와 어머니들로 그득하다. 그래서 예수는 쉬지 못한다. "너무나 많은 사람들이 교회에 나와/ 자기에게 주문서를 놓고 가"기 때문에 "그 많은 것들을 해주기 위해/ 일요일에도 일해야 하"(《사랑이여》)는 것이다. 가난과 고독이 축복이 되는 시대를 그리워한다는 점에서 이 노동자 시인은 근본적 생태주의자다. 잠언적 울림을 주는 그의 한 시구처럼 "그의 몸은 그의 전집全集이다"(《집》). 2001.12.14.金

아버지는 역사에 깊은 관심을 지녔지만 역사소설을 쓰지 않으셨고, 노동자의 삶에 관심은 있었지만 노동소설을 쓰지 않으셨다. 그 대신에 아버지는 서사시나 노동시를 읽으셨다.

은밀한 생

파스칼 키냐르의 《은밀한 생》을 불어로 읽었다. 2002.12.19.木

아버지는 그 얼마 전 이 책의 한국어 번역본을 읽으며, 바로 '이것이 재능'이라고 말씀하셨다. 그리고 불어로 꼭 한 번 읽어 보겠다는 의향도 비치셨다.

악惡

Natio comoeda est. Minima de malis?* 예상대로 이명박이 당선했다. 압도적 표 차이로. 이 땅의 자유주의자들에게, 혹은 진보주의자들에게 희망이 있을까? 2007.12.19.水

유베날리스가 희극적인 나라라고 지칭한 것은 고대 그리스다. 물론 아버지는 이 말로써 한국을 가리켰을 테지. '악의 최소한'이란 이명박을 가리키는 것일 테고. 물음표로 끝나는 아버지의 저 문장은 희망이 없으리라는 관측이다. 적어도 단기적으로는. 나도 비관적이다.

이것이 아버지 일기의 맨 끝머리다.

* 그 나라는 희극적이다. 악惡의 최소한일까? —편집자

알베르 카뮈

알베르 카뮈가 작고했다. 4293.1.5.火

아버지는 사르트르보다 카뮈를 훨씬 더 좋아하셨다. 아니, 사르트르를 싫어하는 것만큼이나 카뮈를 좋아하셨다. 아버지가 사르트르를 싫어했다는 것은 사르트르의 모든 것을 싫어했다는 뜻은 아니다. 아버지는 사르트르의 문학작품을 좋아하셨다. 그러나 철학자로서의 사르트르는 아버지에게 맞지 않았나 보다. 《존재와 무》나 《변증법적 이성비판》 같은 책을 아버지는 그저 '말놀이'라 치부했다. '사유의 체조' '지적 사기' 같은 말로도 폄훼했다.

반면에 카뮈는 소설이 됐든 희곡이 됐든 에세이가 됐든 다 좋아하셨다. 특히 희곡 〈정의로운 사람들〉은 선과 나에게도 읽히셨다. 그리고 스테판이 옳으냐 아니면 칼리야예프가 옳으냐고 우리들의 의견을 물으셨다. 이들은 둘 다 혁명 전야 러시아의 테러리스트들이다. 말을 바꾸면 자유의 투사들이다. 칼리야예프에겐, 혁명이 곧 시詩다. 스테판에겐, 오직 폭탄만이 혁명이다. 칼리야예프는 "내가 확신할 수도 없는 먼 미래 세상을 위해 지금 내 형제들에게 달려들어 얼굴을 후려치지는 않겠다"고 말하는 사람이고, 스테판은 "땅 위의 단 한 사람이라도 감옥에 있는 한, 자유는 내게 또 다른 감옥일 뿐"이라고 말하는 사람이다.

차르의 숙부로서 인간도살자라고 불리는 세르게이 대공을 살해할 임무가 칼리야예프에게 주어진다. 마차에 탄 대공을 향해 폭탄을 던지려던 칼리야예프는 대공 옆에 그의 어린 조카 둘이 앉아 있는 것을 보고 머뭇거리다 기회를 놓친다. 이 일을 놓고 테러리스트들 사이에 격렬한 논쟁이 벌어진다. 스테판이 말한다. "야네크(칼리야예프)가 그 두 아이를 죽이지 않은 탓에 수천의 러시아 아이들이 앞으로 몇 년 동안 굶주려 죽을 텐데. 어린애들이 굶어 죽는 모습을 자네들 본 적 있어? 나는 봤어.

그런 죽음에 비하면, 폭탄에 맞아 죽는 것은 차라리 감사할 일이지. 더구나 야네크가 본 것은 그런 아이들이 아니야. 그저 대공의 재롱둥이 강아지 새끼 두 마리일 뿐이지. 그러고도 자네들이 과연 인간인가? 그저 그 순간만 살아가면 된다는 생각인가? 그러면 차라리 자선사업이나 하고 그날그날의 고통을 덜어주는 일이나 하는 게 나을 거야. 혁명은 아예 그만두란 말이야." 스테판 생각으로는, 명예란 화려한 마차를 소유한 족속들만 누릴 수 있는 사치다. 칼리야예프 생각으로는, 명예는 가난한 사람들에게 남은 마지막 재산이다.

선은 칼리야예프가 옳다고 대답했고, 나는 둘 다 옳다고 대답했다. 두 사람 가운데 누가 옳다고 생각하시냐고 우리가 물었을 때, 아버지는 둘 다 그르다고 했다. 그것은 결과적으로 내 손을 들어주는 것이었다. "둘 다 그르다면 누가 옳죠?"라고 선이 물었다. 아버지는 그 둘을 화해시키려는 도라라고 대답했다. 도라는 자신들이 던진 폭탄에 어린애들이 죽는 순간 조직은 권위도 영향력도 완전히 잃을 것이라고 말한다. 아버지의 말씀은, 그러니, 결과적으로 선의 손을 들어주는 것이었다.

김순임 씨에게서 축전이 왔다. 《동아일보》에 난 기사와 〈길 잃은 세대〉를 읽은 모양이다. 머리가 혼란스럽다. 그녀는 내게 뭘까? 전도사? 수호천사? 그저 아는 여자? 아니면 애인? 그녀와의 관계가 깊어질까 봐 나는 부러 그녀를 피해왔다. 그녀는 그야말로, 말 그대로 '착한 여자'다. 내가 그녀의 그 '착함'을 감당할 수 없을 것 같다는 생각이 나를 비겁하게 만들었다.

학이 술 한잔 사라고 해서 오랜만에 명동으로 나갔다. 김정도, 김명식, 김명호 등 '닫힌 세대' 동인들 몇도 술자리에 끼었다. 온통 김씨 투성이였다. 그들은 농으로 나를 '작가 선생'이라고 불렀다. 내가 소설가가 되긴 된 것인가? 현호성도 인사치레로 등단을 축하해주었다. 그러나 그는 나를 딱하게 여기는 것이 분명하다. 소설을 써서 먹고산다는 것은 이 땅에서 거의 불가능하니까. 사실 이 땅만의 일은 아닐 것이다. 세상 어디에서고, 글을 쓰는 것만으로 넉넉한 삶을 영위하는 것은 극소수의 작가들에게나 가능하다. 나도 그쯤은 알고 있다. 소설을 계속 쓰더라도 직장은 있어야 한다. 그러나 국문과 출신이 버젓한 직장을 갖기는 쉽지 않을 것이다. 내 신춘문예 당선을 정말 기뻐해준 것은 이유정이었다. 그녀가 내일 저녁밥과 술을 사겠다고 해서, 그러시라고 했다. 김순임과 이유정은 너무 판이하다. 김순임이 착하다면, 이유정은 악하다, 까지는 아니더라도 덜 착하다. 김순임은 만사에 진지한데, 이유정은 만사에 냉소적이다. 나는 이유정과 있을 때가 편하다. 그녀는 내게 뭘까? 4294.1.4.水

아버지는 그즈음 현호성이라는 고향 선배(아버지의 일기를 읽다가 어머니께 확인한 바로는 아버지의 옛 매부) 집에서 기식하고 있었다. 이유정 선생은 현호성의 처제였다. 아버지보다 나이가 서넛 위? 아버지가 이유정에게 연정을 품었는지는 모르겠다. 그러나 적어도 호감을 지녔던 것은 분명하다. 아버지의 일기에는 이유정이라는 이름이 열 번 가까이 등장하는데, 죄다 긍정적 맥락에서였다.

화가 이유정 선생의 사진을 볼 때마다 나는 어떤 강렬함을 느꼈다. 그녀는 어머니와는 아주 다른 현대 여성의 이미지를 지녔다. 치렁치렁한 파마머리부터 담배를 든 긴 손가락, 마스카라를 진하게 올린 눈매가 아니더라도 아주 자유스러워 보이는 스냅 때문이었다. 그녀의 그림은 문외한인 내가 보기에도 매우 인상적인 색채와 형태를 구사하고 있었다. 파랑, 노랑, 빨강 세 원색만으로 그분의 그림은 현대성에 도달했다. 반면에 어머니는 하얀 피부에 고운 이목구비를 지니셨지만, 머리를 헐렁하게 묶은데다가 유행과는 동떨어진 옷차림 때문인지, 몇 살 더 위인 그 화가보다 나이가 더 들어 보였다.

어머니가 옷차림에 가장 신경을 쓰시는 것은 봉사활동을 하러 나가실 때다. 남의 집을 방문할 때는 되도록 깔끔하게 입어야 한다시며 아끼던 양산까지 꺼내 들고 가신다. 요 몇 년간 무릎이 아파서 외부 봉사활동을 잘 못 하시던 어머니는 지난해 아버지가 돌아가신 후 반년 남짓 집에 칩거하다가 올해 들어 다시 나다니기 시작하셨다.

연인

이유정과 함께 북촌에서 저녁을 먹고 종로로 내려와 술을 마셨다. 저녁은 양념갈비였고, 술은 맥주와 위스키였다. 이유정이 내 진로를 묻기에, 학교나 출판사에 취직할 것이라고 대답해주었다. 통금 직전에야 집에 돌아왔다. 방에 들어가기 전 이유정은 내 이마와 볼에 입을 맞췄다. 나는 수동적으로 가만히 있었다. 그녀 몸 냄새에 취해 내 몸이 아득히 하늘로 날아가는 것 같았다. 아니, 그녀 몸 냄새에 취한 게 아버지와 이유정 선생이 얼마나 가까웠는지는 모르겠으나, 두 사람이 연인 비슷한 사이였다 해도 놀랄 것은 없다. 우리가 알다시피 이유정의 남자들을 헤아리는 덴 열 손가락이 부족하므로. 나는 지금 이유정의 몸가짐이 헤펐다고 비난하는 것이 아니다. 그냥 그 세대 여성치고 분방했다고 말하는 것일 따름이다. 어떤 사랑은 마디게 닳고 어떤 사랑은 헤프게 닳는다. 아무튼 모든 사랑은 궁극적으로 닳는다.

하지만 분명한 것은, 그녀처럼 화폭을 인생 삼아 인생을 화폭 삼아 마음 가는 대로 자신의 세계를 만들어가는 그 자유로운 삶을 나도 은근히 동경하고 있다는 사실이다. 아버지도 그런 구애받지 않는 자유를 한편으로는 그리워했을 것이다. 그 옛날에 위스키라니. 아버지가 돈을 벌 때가 아니었으니, 이유정이 계산을 했겠지. 그녀가 그때부터 그렇게 부자였을까. 하기는 집안이 부유하다고 했었지. 어머니랑 그 여자는 여러 가지 면에서 대조적이다.

미치광이들

북의 지도자라는 사람은 생각이라는 걸 안 하고 사는 모양이다. 도시 게릴라를 보내 박정희를 죽인다고? 그 자신이 직접 간여했든 그렇지 않든, 그것은 선전포고나 다름없는 짓인데. 1968.1.23.火

"박정희 목을 따러 왔다"는 말이 사실일까? 믿어지지 않는다. 한반도에서 또 한 번의 전쟁이 일어났다면, (북쪽 사람들을 포함해) 한국인들에겐 미래가 없었을 것이다. 휴전선 이북엔 미치광이들이 많은 모양이다. 김신조라는 이는 아직 살아 있나?

대중소설

애거사 크리스티가 작고했다. 1976.1.13.火

아버지는 소설을 썼지만, 남의 소설을 열심히 읽진 않았다. 크리스티의 작품들을 빼놓곤. 아버지는 작고하기 얼마 전까지도 크리스티 소설을 읽었다. 그즈음 아버지가 내게 한 말: "나이가 들어서 기억력이 나빠지는 것에도 좋은 점이 있단다. 이미 읽은 책을 다시 읽어도 새 책을 처음 읽는 것 같거든. 영화도 그렇지만, 책이 특히 더 그래."

애거사 크리스티의 소설을 내가 빠뜨리지 않고 거의 다 읽은 것은 순전히 아버지 덕분이다. 선이도 마찬가지였을 게다. 세대차이 없이 가장 널리 읽히는 책들 가운데서도 크리스티의 작품들이 윗자리라는 것을 나는 학생들을 가르치면서 알게 되었다. 가끔 나와 비슷한 취향을 가진 아이들을 만나면 반갑고, 또 무슨 책들을 읽나 궁금해진다.

휴일에 길을 나서면 배낭 차림의 등산객들을 많이 만난다. 아버지도 가끔 친구 분들을 따라 산에 가곤 하셨다.

요즈음에는 사람들이 휴일을 보내는 방법이 몇 가지로 나뉘는 것 같다. 못다 한 일들을 하면서 집에서 휴식을 취하거나, 도심에서 쇼핑을 즐기거나, 등산을 하거나. 가까운 공원이나 하천에 가볍게 나들이하는 사람도 있고, 아이들 교육을 핑계로 미술관이나 박물관을 찾는 젊은 부모도 있다. 또 변두리로 나가서 나물이나 채소를 가꾸는 이들도 있고, 특정한 맛집을 찾아 멀리 원정 가는 가족도 있고, 집에서 열심히 텔레비전을 보는 사람도 있다.

　나는 어떤 부류일까? 아무 부류에도 속하지 않는다. 가끔 연희와 데이트를 나가는 것 말고는 집에 처박혀 미국 대중소설을 읽는 것이 다인 듯하다. 자발적인 아웃사이더?

민주정의당

어제 소위 민주정의당이 창당됐다. 한국어를 위협하는 것은, 한글학회 사람들의 생각과 달리, 외래어가 아니다. 이름과 실체가 일치하지 않을 때, 그 이름은, 곧 언어는 타락한다. 1981.1.16.金

　맞다. 무고한 민간인 수백 명의 시신 위에 세워진 정당이 민주와 정의를 참칭하다니. 전두환이 권력을 움켜쥔 것은 그런 뻔뻔함 덕분이기도 했을 것이다. 늙은 독재자가 제 부하에게 총 맞아 죽더니, 더 포악한 자가 어디서 나타나 독재자 노릇을 하게 됐다. 여우를 피하려다 호랑이를 만난 셈이다. 누가 여우고 누가 호랑이인지에 대해선 견해들이 다를 수 있겠지만.

이 달이 벌써 반이 지났는데도 달력이 지난달 그대로다. 집 안에 걸린 달력들을 새로 넘기고 나니 비로소 날짜가 지난 느낌이다. 지금은 거의 구경하기도 힘들지만 한 장씩 찢어 넘기는 옛날 달력('일력'이라고도 불렀던)은 사람들에게 날짜 감각을 훨씬 짙게 새겼을 것 같다.

커밍아웃

어제 아내와 심하게 다퉜다. 우리가 별난 원앙 부부였던 적은 없지만, 다툰 적도 거의 없었다. 내가 아내의 종교를 인정했고 아내가 내 무신앙無信仰을 인정했기 때문이다. 아니, 우리가 거의 다투지 않았던 것은, 아내의 넓은 도량 때문이기도 했다. 아내는 나나 아이들 하는 짓이 마땅치 않더라도, 몇 차례 지청구를 하다가 결국 따라주기 일쑤였다. 어제는 달랐다. 자신은 동성애자이고 그러므로 결혼은 안 할 것이라고 원이 선언했기 때문이다. 출국을 앞두고 원은 그 문제를 확실히 해두고 싶었다고 한다. 원의 선언에 나도 조금 놀랐지만, 아내는 원이 사탄의 꾐에 빠졌다고 울고불고 야단이었다. 나는 선선히 큰딸의 성적 취향을 인정했다. 1988.1.17.日

나는 동성애자다. 남자에게도 매력을 느끼고 남자와도 섹스를 하는 양성애자가 아니라, 빚어놓은 조각상처럼 잘생긴 남자에게도 아무런 성적 욕구가 일지 않는 '순도 높은' 동성애자다.

내가 그것을 깨달은 것은 고등학교 때 연희를 만난 뒤로다. 우리는 학교에서도 단짝이었지만 학교 바깥에서도 단짝이었다. 여고 3학년 때는 광화문통의 분식집 '선다래'에 거의 격일로 들러 비빔냉면과 맛탕으로 배를 채웠다. 우리는 같은 학교, 같은 과로 진학했고, 대학에서도 둘이서만 어울릴 때가 많았다. 그러면서 연희에 대한 내 감정이 그저 친구로서의 우정만은 아니라는 사실을 나는 깨달았다. 연희 쪽에서도 그랬다.

내가 대학원에 다니고 연희가 아르바이트로 '크라운 베이커리' 홍보실에서 일하던 어느 날, 그러니까 1986년 어느 날, 우리는 약속했다. 평생 결혼은 하지 말기로. 그리고 형편이 되면 같이 살기로.

내가 브라운대학에서 입학허가서를 받고 출국 준비로 바빴을 때, 연희는 안절부절못했다. 나 역시 최소한 서너 해는 연희와 떨어져 살 수밖에 없다는 사실이 슬펐다. 슬프다기보다 두려웠다.

내가 미국에 있는 동안, 프로비던스와 서울 간에는 한 달이

멀다 하고 편지가 오갔다. 편지로 양이 안 찰 때는 전화질로 그 것을 보충했다. 내가 브라운에서 학위를 받고 돌아와 얼마간 시 간강사 노릇을 하다가 대학에 취직을 했을 때, 연희는 자신이 바라던 드라마 작가가 돼 있었다. 우리는 살림을 합치기로 했 다. 이번에도 어머니는 울고불고 야단이었지만, 아버지와 선의 헌신적 지원으로 연희와 나는 함께 살게 되었다.

동성애자는 헤프다는 속설이 있지만, 연희와 나는 그렇지 않 았다. 이것은 과장이나 망상이 아니라 사실이다. 연희 말고 다 른 여자에게 끌리는 일이 전혀 없지는 않았으나(아마 연희 쪽에서 도 그랬을 것이다), 우리는 종신 파트너에 가깝다. 설령 지난 세월 동안 우리들의 사랑이 닳았다 하더라도, 그것은 아주 마디게 닳았다. 사실은 닳았는지 그렇지 않은지도 모르겠다.

돌이켜보면 내가 미국에서 어떻게 네 해 넘게 버텼는지 신기 하다. 가족들 생각도 더러 나긴 했지만, 내게 지독한 외로움을 안긴 것은 연희와 떨어져 있다는 사실이었다.

같이 살고 있는 지금, 우리는 행복하다. 나는 지금 연희와 내 가 '낭만적 사랑'을 하고 있다고 자랑하는 것이 아니다. 우리의 사랑도 언젠가 식을 수 있겠고, 그래서 우리가 헤어질 수도 있 겠지. 아무튼 지금 생각으론, 내가 연희와 헤어질 것 같진 않다.

연희는 나보다 수입이 훨씬 많다. 〈새콤달콤 내 인생〉〈어머니의 화장대〉〈오금동 샬랄라〉 같은 인기 텔레비전 드라마를 쓴 사람이 연희다. 이 방송극들의 작가는 차현미라고? 연희가 바로 차현미다. 차현미의 본명이 정연희인 것이다.

천황의 죽음

히로히토가 사망했다. 미시마 유키오가 사쿠라 같았다면, 히로히토는 갈대 같았다. 생각하는 갈대? 맞다. 그 생각이 꼭 좋은 생각은 아니었지만. 그는 태평양전쟁의 실제 지휘자였으면서도, 아무런 책임도 지지 않았다. 정의라는 것이 살아 있었다면, 그는 전범으로 기소돼야 했을 것이다. 그리고 분단과 내전은 한반도가 아니라 일본열도가 감당해야 했을 것이다. 물론 국제정치에 정의라는 건 없다. 아니, 힘이 정의다. 미국은 그 힘을 가장 효율적으로 사용했다. 미국은 일본이 국체를 보존케 함으로써, 동아시아에서 가장 미더운 파트너를 얻게 되었다.

1989.1.7.土

천황의 예견된 죽음을 앞두고 일본 언론들이 부린 그 히스테리란, 참. 그로부터 5년 뒤 김일성이 죽었을 때, 일본 언론은 '북조선' 사람들의 히스테리를 조롱했다. 5년 전의 제 나라 분위기를 까맣게 잊어버리고. 망각은 축복이다. 자주, 비윤리적인 축복.

답장

내 사랑스럽고 자랑스러운 딸에게.

전화로 목소리 들은 지도 꽤 됐구나. 공부엔 진척이 있니? 문득, 셰익스피어가 내 연적戀敵 같은 생각이 들 때가 있어. 정연희라는 친구 하나도 방어하기 힘든데, 또 셰익스피어라니. 우스갯소리네. 미국 언론도 보도를 했는지 모르겠지만, 한국에선 어제 '3당합당'이라는 정치적 사건이 있었다. 네가 그 소식을 들었든 안 들었든, 오늘 그런 정치 얘기 하기 싫구나. 그저 네가 무진장 그리워서 몇 자 적는다. 우리 첫째가 비워놓은 공간이 이리도 넓구나. 어젠 브리태니커 백과사전에서 '프로비던스'라는 도시를 찾아봤단다. 로드아일랜드주州의 주도州都라는 것, 뉴잉글랜드에선 보스턴 다음가는 큰 도시라는 것, 농업도시('농업도시'라는 게 가능한가?)이면서 공업도시라는 것 정도를 알아냈지. 죽기 전에 너랑 그 도시엘 한 번 가보고 싶구나. 그러나 아비는 결국 미국 땅을 밟아보지 못할 것 같다. 혹시 한국이 미국과 비자면제협정이라도 맺는다면 모르겠지만.

집안 식구들은 다 안녕하다. 네 어머니는 여전히 전도傳道의 여왕(비아냥거리는 게 절대 아니다!)이시고, 선이도 대학원 잘 다닌다. 선은 너와 달리 공부를 직업으로 삼지는 않을 듯해. 석사과정만 마치고 취직할 생각이란다. 점점 늙어가면서 외로움이 많아진다. 네 어머니는 이 아비보다 왕국회관에 더 정을 붙이고 있고, 선이도 얼굴 보기가 힘들다. 같은 집에 사는 식구들하고도 데면데면해지는 느낌이야. 너도 서울로 돌아와선 마찬가지일지 모르지만. 최근에 길거리에서 고양이 두 마리를 데려다 함께 살고 있단다. 네 어머니가 질겁하며 반대했는데, 읍소와 협박을 섞어서 마음을 돌리게 만들었어. 선이 도움도 있었고. 아무튼 아이들 변 치우는 거나 목욕시키는 거나 다 이 아비가 하기로 했어. 둘 다 우연히 암놈인데 너희들 이름을 따 애들 이름을 '원희', '선희'라고 붙였다. 네 어머니는 그것도 싫은지, 이놈들 부를 땐 그저 "얘야!" "얘야!" 하고 말아. 난 사실 정연희라는 친구가 더 걸리던데. 연희, 원희, 선희 하면 자매 같잖아. 아비는 공부 열심히 하는 딸내미도 좋지만, 건강한 딸내미가 훨씬 더 좋단다. 몸 해칠 정도로 공부하지는 말아. 어차피 평생 해야 할 공부라면 더욱 그렇지. 전화

프로비던스에 살던 시절, 나는 늘 조국의 누군가가 내게 편지라도 보내줬으면 했다. 사실 어머니, 선, 연희와는 편지를 자주 주고받았고, 아버지께도 몇 차례 편지를 썼다. 그러나 아버지는 한 번도 답장을 안 하셨다. 아버지가 내게 쓴 편지는 이런 식으로 일기장 안에 갇혀 있었다. 보내지도 않을 편지는 왜 쓰셨는지, 내가 받아보지 못할 편지에 '전화 가끔 달라'는 말은 왜 하셨는지 모르겠다. 일기장을 통틀어 아버지가 내게 보낸 편지는 스무 통이 넘었다.

동네 빵집 '꿈마을'에는 별난 이름의 빵들이 많다. '날아라 손오공'이나 '요술지팡이', '내 친구 곰돌이' 따위. 나는 외국 초콜릿이나 빵을 동물 모양이나 사람 형태로 만들어놓는 것을 좋아하지 않는다. 우스운 상상이지만 사람이 근본적으로 육식 동물이란 것을 연상시키기 때문이다. 채식을 할 때만이라도, 인간이 잔인한 잡식동물이라는 걸 잊고 싶다. 내가 생각하는 맛난 빵 이름들은 이렇다. 눈보라, 초록성, 장독대, 톡톡……. 내가 빵집 아니 카페를 운영한다면 차들에게도 이름을 붙여줄 거다.

눈물, 여름 바다, 꿈, 봄비, 가을 설악, 하얀 밤, 유리성, 빗물, 풀 내음, 비온 후, 하늘, 마그리트의 성城, 달리의 입술…….

브라운대학 시절 학교 근처 카페에서 친구들과 수다를 떨던 중 동양의 차에 관한 이야기가 나왔다. 인삼차의 효능에 대해서 막연하지만 내가 알고 있는 것들을 주워섬겨 늘어놓았는데, 모두들 호기심을 보이면서 경청을 했다. 천식에 좋다는 소문을 듣고 어렵사리 구해 마셔봤다는 친구도 있었고. 이야기 끝에 누군가 내게 무슨 차를 가장 즐겨 마시냐고 물어보았다. 내가 "커피"라고 대답하자 모두들 웃음보를 터뜨렸다. 하긴 커피는 커피고 차는 차다. 그 뒤로 차 마실 일이 있으면 친구들은 다들 당연하다는 듯 내게 "커피?"라고 물었다.

태정태세문단세

미테랑이 작고했다. 1996.1.9.火

히로히토가 '사망'했다고 썼던 아버지가 미테랑이 '작고'했다고 쓴 것은 미테랑에 대한 예의라기보다 히로히토에 대한 반감에서 말미암은 것인지도 모른다. 아니면 우연히 그렇게 쓴 것일 수도 있고. 아무튼 민족주의를 해롭게 여겼던 아버지도 일본과 한국의 '과거사'에서 완전히 해방될 수는 없었을 것이다.

미테랑과 김대중 사이엔 뭔가 닮은 점이 있다. 그들의 대의와 그 대의를 실천하는 방식은 더러 매력적이었지만, 그 매력 속에는 먼지들이 너무 많았다. 일종의 정략 말이다. 하기야, 정략에 능하다는 것은 정치인의 장점이지 약점이 아니다. 서생의 문제의식과 상인의 현실감각! 이것은 김대중이 바람직한 정치인의 자질로 거론한 것이다. 김대중 자신이 그것을 체현한 이였을 것이다. 그리고 아마 미테랑도.

미셸 로카르는 상인의 현실감각이 부족했다. 그래서 그는 자신이 미워하고 자신을 미워하는 미테랑의 꼭두각시 노릇으로 정치인생을 마감해야 했다. 마치 김종필처럼. 로카르와 김종필이라는 이름을 이렇게 나란히 놓으면 누가 더 화를 낼까?

어려서 '태정태세문단세'를 외웠던 기억이 난다, '태정태세문단세/ 예성연중인명선/ 광인효현숙경영/ 정순헌철고순종…….' 나는 영문학을 전공했으면서도, 영국이나 미국의 국가원수 이름을 똑부러지게 외지 못한다. 미국의 경우 거꾸로 짚어보자면

버락 오바마, 조지 W. 부시, 빌 클린턴, 조지 H. 부시, 로널드 레이건, 지미 카터, 제럴드 포드, 리처드 닉슨, 린든 존슨, 존 케네디, 드와이트 아이젠하워, 해리 트루먼, 프랭클린 루스벨트, 허버트 후버에서 끝난다. 앞에서부터 짚어나가도 조지 워싱턴, 존 애덤스, 토머스 제퍼슨, 제임스 매디슨, 제임스 먼로, 존 퀸시 애덤스, 앤드루 잭슨에서 끝난다. 영국은 더 그렇다. 거꾸로 짚어나가면 엘리자베스 2세, 조지 6세, 에드워드 8세(그 유명한 윈저 공 말이다!), 조지 5세에서 끝나고, 엘리자베스 1세부터 아래로 짚어나가도 제임스 1세, 찰스 1세, 찰스 2세(이 두 왕 사이의 공화정 지도자 올리버 크롬웰과 리처드 크롬웰), 제임스 2세에서 끝난다. 그 사이는, 말하자면 내 머릿속에서 일종의 '대공위시대大空位時代'다. 신성로마제국의 '대공위시대'가 아닌, 잉글랜드의 대공위시대. 내 무딘 두뇌가 시간의 원근법을 엉망으로 만들어서 생긴 대공위시대. 물론 사이사이 국가원수들의 이름엔 익숙해져 있지만, 그 순서를 정확히 알고 있지 못하다. 특히 셰익스피어 전공자로서 엘리자베스 1세를 앞뒤로 한 군주들의 순서를 외지 못하고 있는 건 창피한 일이다. 그 창피함을 조금 눅여준 것이 불문학 공부를 석사까지 한 선의 무덤이다. 내가 그녀에게 프랑스 국가원수들의 순서를 얼마나 외고 있느냐 물어보니, 사정이

나와 똑같았다. 지금의 니콜라 사르코지에서 자크 시라크, 프랑수아 미테랑, 발레리 지스카르 데스탱, 조르주 퐁피두, 샤를 드골까지 5공화국 국가원수들은 순서가 또렷하다. 그러나 순서를 알고 있는 (군주든 대통령이든 총리든) 다른 국가원수들은 보나파르트라는 성姓을 지닌 숙질叔姪 황제 앞뒤의 몇 사람뿐이었다.

파스칼 키냐르

프랑스인 소설가 파스칼 키냐르는 영화로 더 잘 알려진 《세상의 모든 아침》의 작가다. 그가 98년에 출간한 장편소설 《은밀한 생》이 최근 우리말로 번역돼 나왔다. 나는 이 책을 읽으며 내내 황홀했다. 《은밀한 생》을 딱히 소설이라고 말하기는 어렵다. 그것은 소설의 옷을 얇게 걸친 에세이에 가깝다. 작품의 후반부 제32장의 전문全文은 이 책의 성격을 요약한다. "나는, 내가 읽으면서 몽상할 수 있는 그런 책을 쓰려고 한다. 나는 몽테뉴, 루소, 바타유가 시도했던 것에 완전히 감탄했다. 그들은 사유, 삶, 허구, 지식을, 마치 그것들이 하나의 몸인 듯 뒤섞었다. 한 손의 다섯 손가락들이 무엇인가를 붙잡고 있었다." 사유와 삶과 허구와 지식을 하나의 몸 안에 뒤섞은 것, 그것이 《은밀한 생》

이다. 이 소설의 중요한 등장인물은 화자와 M, 그리고 네미 샤틀레 셋이다. M은 화자의 지금 애인인 듯하고, 네미 샤틀레는 화자가 과거에 사랑했던 여성이다. 화자에게 음악을 가르쳐준 네미는 이 세상에 없다. 네미 샤틀레라는 이름도 가짜라고 화자는 말한다. 소설의 현실적 공간은 90년대의 이탈리아와 중국, 프랑스와 튀니지, 벨기에 등이다. 그러나 화자의 기억과 몽상 속에서 소설의 공간은 역사와 신화와 일상을 넘나들며 동서고금의 구석구석으로 더 확대된다. 화자가 이 작품에서 수행하는 명상은 사랑에 대한 것이다. 더 정확히 말하면 사랑의 말들에 대한 것이다. '음경'과 '성교'에서 '욕망'과 '갈망'을 거쳐 '노출'과 '도취'에 이르기까지 사랑과 관련된 수많은 말들이 화자의 명상 속에서 언어학적으로, 심리학적으로, 철학적으로 분석되며 새로운 의미를 얻는다. 그 명상 속에서 사랑은 죽음과 생식에 이어져 있다. 작품 속에서 설명되는, 빼어난 미녀와 동침을 한 뒤 사라져 버리는 누카르의 신화는 사랑이 죽음이나 생식과 관계 맺는 방식을 상징한다. 그린란드에서 전해 내려오는 이 신화에서 누카르는 인간이기도하고 연어이기도 하다. 미녀는 어머니이자 모천이다. 이 작품에서 가장 눈부신 것은 스토리도 아니고 저자의 박식도 아니다. 독자들의 넋을 빼앗는 것은 말과의 사랑이다. 실상 이 책 전체가 말과의 정사情事라고 할 만하다. 번역본으로 읽어도 이리 맛이 있다면, 그 원본이 담고 있는 언어의 에로티시즘은 얼마나 자극적일까? 원서를 구해 읽어봐야겠다. 이 책은 서둘러 한 번 읽고 말 책이 아니다. 두고두고 조금씩 씹으며 읽어야 할 책이다. 2001.1.2.火

아버지는 파스칼 키냐르라는 이름에 완전히 반해버렸다. 그 뒤에 한국어로 출간된 《로마의 테라스》와 《떠도는 그림자들》, 《혀끝에서 맴도는 이름》과 《섹스와 공포》 같은 책들을 아버지는 챙겨서 읽으셨다. 그리고 이 책들의 프랑스어판을 구해 다시 읽기도 하셨다. 아버지가 그즈음 하신 말씀이 생각난다. "내가 프랑스에서 태어났다면 키냐르 같은 소설을 썼을지도 모르겠어. 그러나 나는 한국인이니……."

복거일

복거일 씨의 시집 《나이 들어가는 아내를 위한 자장가》에는 〈풍수風水〉라는 시가 실려 있다. "누구에게나 고생 끝에/ 낙이 오는 것은 아니다.// 고생이 그저/ 고생으로 끝날 때// 힘든 체험이 체험으로/ 답답히 끝날 때// 산세가 뻗지 못한 가슴/ 바람이 일고// 컴컴한 내장엔/ 물이 고인다.”

　풍수라는 말의 본적은 동진東晉 사람 곽박郭璞이 쓴 ‘장경葬經’이라고 한다. 풍수는 장풍득수藏風得水(바람을 가두고 물을 얻는다)의 준말이다. ‘장경’은 글자 그대로 장사지내는 법에 관한 책이니, 풍수의 출발점은 음택풍수陰宅風水 곧 묘지 풍수였다. 음택풍수의 밑받침은 조상의 묘를 잘 써야 자손들이 잘된다는 믿음이다. 그러나 풍수는 이내 살아 있는 사람이 거주하는 집, 마을, 성곽 따위의 형국을 중시하는 양택풍수陽宅風水를 포괄하게 되었다. 풍수는 삼국시대에 한반도에 수입된 이래 한국인의 생활양식과 세계관에 큰 영향을 끼쳤다. ‘공자는 괴력난신怪力亂神을 이야기하지 않았다’는 《논어》의 구절을 입에 달고 살던 조선조의 유자儒者들조차 막상 자기 조상의 묘를 쓰거나 살 집을 고를 때는 풍수에 기대는 경우가 많았다.

　복거일 씨의 시에서 풍수의 형국은 사람의 몸 바깥에 있지 않고 그 안에 있다. 그리고 그것은 삶의 부침을 결정하는 원인이라기보다 잘 풀리지 않은 삶의 한 증상이나 결과일 뿐이다. 거기에는 운명의 타개와 조정이라는 풍수의 적극적 측면이 거세돼 있다. 형세가 몸 안에 있다면, 그리고 그것이 하나의 증상일 뿐이라면 이장移葬도 염승厭勝(지세의 부족한 점을 보충하거나 변경하는 것)도 불가능하기 때문이다. 화자는 달관의 자세로 우주의 한 원리인 우연을 받아들인다. 그 우연 때문에 고진

감래苦盡甘來는 더러 거짓이 된다. 그러나 새나가는 바람과 고인 물은 이 구겨진 삶의 앞에 있지 않고 뒤에 있다. 결국 〈풍수〉는 반反풍수의 시다. 풍수든 반풍수든, 그 마지막 두 행은 사무치게 슬프고 아름답다. "산세가 뻗지 못한 가슴/ 바람이 일고// 컴컴한 내장엔/ 물이 고인다." 2002.1.28.月

아버지의 일반 독자들이 이해할 수 없는 이유로, 사실은 나도 잘 모르는 이유로, 아버지는 복거일 선생과 통교를 하셨다. 그것이 아버지 왼쪽의 적들에게는 아버지를 할퀼 핑곗거리가 되었다.

벼랑에서 살다

조은 씨는 시집 《사랑의 위력으로》와 《무덤을 맴도는 이유》를 낸 시인이자, 장편 동화 《햇볕 따뜻한 집》을 낸 동화작가다. 널리 알려진 이름은 아니지만, 조은 씨는 한국 현대시의 두 흐름 곧 김기림·김수영·오규원으로 이어지는 주지주의와 김소월·김영랑·박재삼을 거쳐나가는 서정주의의 융합을 꾀하며 짙고 단단한 시를 써왔다. 그가 최근

《벼랑에서 살다》라는 아름다운 산문집을 냈다. 표제의 '벼랑'은 직설이기도 하고 은유이기도 하다. 조은 씨는 서울 사직동 언덕배기에 있는 대지 13.75평짜리 집에 산다. 가파른 비탈이 그의 물리적 거처인 것이다. 그 가파른 벼랑은 그가 사는 동네의 지형이면서, 그가 지난 40년간을 부유浮游한 일상의 지형이기도 하다.

조은 씨는 경북 안동에서 성장기를 보냈다. '양반들'이 득실거리는 그 지방의 번듯한 가문(그녀는 한양 조씨라고 한다)에서, 온갖 봉건적 에토스를 비웃는 이 비순응적인 여자아이를 어른들이 어떤 눈길로 보았을지는 짐작할 만하다. 조은 씨는 자라서도 직장 생활을 단속적斷續的으로 했을 뿐이어서 애옥살림에서 벗어나지 못했다. 집 안팎이 다 벼랑인 것이다. 하긴, 벼랑은 시가 죽어가는 시대에 시인에게 마련된 합당한 자리인지도 모른다. 이 문집에 묶인 글들은 그런 벼랑의 삶을 거푸집으로 삼고 있다.

그러나 《벼랑에서 살다》에서 어떤 궁색窮色이 읽히지는 않는다. 시인은 자신의 가난을, 독신을, 세상과의 불화를 얘기하면서 조금도 움츠러들지 않는다. 그는 매달 300만 원씩의 금리金利 수입을 올리면서도 노후가 무서워 늘 절약만 하는 독신 친구를 비웃고, 독신을 고집하다 뒤늦게 결혼한 친구들을 유형별로 나누어 비웃고, 세상살이의 안온과 평화를 자신의 인격과 교환하는 이웃들을 비웃는다. 지배적 성으로서의 남성에 대한 근원적 불신을 숨기지 않는 이 페미니스트는 그러니까 성을 불문하고 인간이 지닌 악덕을 차갑게 응시하는 페시미스트이기도 하다.

그러나 시인이 이런 외양의 염세나 혐인嫌人을 통해 역설적으로 추구하는 것은 귀족적 선善이다. 거기서 그의 혐인은 보편적 인간을 신뢰하는 사랑의 위력으로 전환한다. 마흔이 넘은 이 처자處子는 자신이 혐오하는 핏줄 속의 양반 문화에서 순금 부분을 간직하고 있는 것이다. 그러니 그를 몽테뉴나 라로슈푸코를 잇는 모랄리스트라고도 할 수 있겠다. 모랄리스트의 특징 가운데 하나는 시는 못 써도 산문은 잘 쓴다는 것이다. 그런데 시를 잘 쓰는 조은 씨는 산문도 잘 쓴다. 2002.1.30.水

이 글은, 다른 독서일기들도 그렇지만, 누가 보아도 발표(공개)를 염두에 두고 쓴 글이다. 그런데 아버지는 이런 종류의 글도 일기장 안에 가두어두셨다. 이런 대목을 보면, 아버지 일기의 출간을 긍정적으로 검토해봐야겠다는 생각이 다시 든다.

전철에서 눈을 감고 있었는데 누군가 내 손을 툭 친다. 깜짝 놀라 눈을 뜨니 중년 남자 걸인이 손바닥을 쫙 펴서 내 눈앞에 내밀고 있다. 이 사람은 마주친 적이 여러 번 있는데, 그때마다 늘 여성 승객들의 손을 건드리면서 승객들이 소스라쳐 지갑을 열게 하는 수법을 쓰고 있다. 온몸이 술에 절어 있는 듯 냄새도 고약하다. 더구나 여성을 약자로 여겨 괴롭히려는 심보가 빤히 들여다보여서 더더욱 지갑을 열기 싫다. 물론 지하철에서 늘상 보는 걸인들에게 적선하는 것을 그냥 종교단체에 헌금하는 것과 마찬가지라고 생각할 수도 있겠지만, 불쾌함을 느끼면서까지 선을 베풀고 싶지는 않다. 나는 신자도 아니고 박애주의자도 아니다.

신혼여행

신부는 눈부시게 아름다웠다. 나는 드디어 가족을 일궜다. 그 가족이 내게 짐이 될지 버팀목이 될지는 모르겠다. 제주에 와 있다. 1962.2.3.土

요즘 젊은이들이야 신혼여행을 나라 밖으로 가는 일도 흔치만, 1960년대 초엔 제주에 가는 것만도 호사였다고 한다.

어머니가 아버지에게 베푼 수많은 은혜 가운데 하나는 아버지로 하여금 남쪽에 가족을 일구게 한 것이었다. 아버지도 뒤에 그런 말을 하고 있다. 아버지는 남쪽에서 혈혈단신이었다. 특히 대학 2학년 때 할아버지가 돌아가신 뒤, 아버지에게는 아무도 없었다. 반면에 어머니는 대가족의 일원이었다. 7남매의 막내였다. 어머니 고향은 충북 괴산이다. 전쟁이 끝나고 가족들 일부가 서울로, 부산으로 이주했다.

아버지에게는 가족이 필요했다. 아버지 눈에 어머니는 '가족적인 여자'로 보였는지 모른다. 그러나 아버지는 어머니의 또 다른 가족, 곧 신앙공동체의 일원이 되지는 않았다. 어머니는 아버지를 깊이 사랑했고, 아버지 또한 어머니를 깊이 사랑했다. 그것은 연심戀心이라기보다 가족애 비슷한 것이었다. 아니, 가족애였다. 두 분이 처음 만났을 때부터. 아버지는 일기의 다른 한 대목에서 그 점을 털어놓으셨다. 아무튼 어머니가 종교 바깥으로 나오거나 아버지가 종교 안으로 들어갔다면, 두 분의 사랑은 더욱더 깊어졌을 것이다.

외가의 분위기와 우리 집의 분위기는 참 많이 달랐다. 지금은 여기저기 흩어져 살고 있지만 어렸을 때 괴산엘 가면 대가족이 함께 일하러 밭에 나가거나, 같이 식사를 하고 성경책을 읽는 분위기였다. 왠지 그 단체생활에서 벗어나면 안 될 것 같은 무언의 압력 같은 것이 있었다. 하지만 가족 구성원들의 성격은 하나같이 밝고 쾌활했다. 반면 우리 집은 아버지의 독서와 집필 활동을 중심으로 한 조용조용한 분위기였다. 그래도 그 속에는 자율성이나 활기라 할 만한 것이 있었고, 어머니는 마치 축처럼, 신앙생활과 집안의 중심 역할을 하느라 분주히 움직이고 있었다.

독고선

둘째 아이가 오늘 세상 밖으로 나왔다. 선嬋이라는 이름을 지어주었다. 1966.2.15.火

아버지는 한국인의 성명이 세 음절이어야 한다는 편견을 지니신 모양이다. 성이 두 음절이니 이름은 한 음절이어야 한다는 편견.

어느 해인가 선이의 생일을 지나칠 뻔했다. 오후 늦게야 깨닫고 시내에서 집으로 오는 길에 쇼핑몰에 들러 여기저기 기웃거려 봤지만 마땅히 눈에 띄는 게 없었다. 차라리 돈으로 주는 게 더 낫지 않나 생각하던 찰나, 화장품 가게의 로고가 눈에 들어왔다. 그곳에서 내가 고른 것은 달리의 이름을 붙인 향수다. 선

322

이 생일을 잊은 채 넘어갔다면, 한 달 정도는 들볶였을 것이다.

내가 지금까지 선이에게 받았던 선물들은 아주 유용하거나 기발한 상품들 혹은 선이가 직접 만든 특이한 것들이었다. 반면에 나는 만년필이나 스타킹처럼 성의 없는 선물들을 주곤 했다.

선이의 생일은 우리 집에서 잊어버려서는 안 되는 중요한 행사였다. 언젠가 이 아이 생일날, 어머니는 외갓집에 일이 생겨 시골에 가시고 아버지는 무슨 행사에 참석하느라 술자리에 밤 늦게까지 계시다 집에 오신 적이 있었다. 종일 아버지와 어머니를 기다리던 선이가 다음날부터 며칠간을 울고불고 하면서 얼마나 원통해 했는지 지금도 눈에 생생하다. 결국 식구들 외식과 아버지의 용돈으로 무마가 되기는 했지만.

지금도 그 성격은 여전하다. 동생의 신혼 초에 제부에게 큰 비밀이라도 알려주는 양 "재 생일을 그냥 넘기면 집안이 평안하지 못할 거예요"라고 했더니 그는 "아이쿠, 그걸 모르면 제가 살아남지 못하죠, 허허"라고 받았다.

얼마 전에 퀼트로 작은 지갑을 만들기 시작했는데, 생각보다 꽤 재미있다. 주변 사람들에게 선물다운 선물을 하나씩 해주어야겠다는 생각이 들어서 이것저것 궁리를 해봤었다. 모두들 내가 퀼트 하는 것을 보고는 생뚱맞다는 표정으로 어이없어 했다. 하지만 이왕 시작한 것, 몇 개라도 만들고 그만둘 참이다.

그 여자의 재봉틀

순임과 함께 종로 한일관에서 저녁을 먹었다. 우리 내외가 함께 외식을 한 것은 참 오랜만이었다. 저녁을 먹고는 명동으로 나가 맥주를 마셨다. 술은 주로 내가 마시고 아내는 날 보기만 했다. 그러나 얘기는 주로 아내가 하고, 나는 듣고만 있었다. 숨길 수 없는 행복의 표정으로. 아내는 주로 교회 얘기와 일 얘기를 했다. 나는 좀 겸연쩍었다. 내가 소설에 전념하겠다는 구실로 출판사를 그만둔 뒤, 생계의 상당 부분은 순임이 책임졌다. 우유 배달과 학습지 배달을 하면서 말이다. 나는 내가 좋아하는 일을 하며 살아왔고 앞으로도 그럴 것이다. 그러나 아내는 가족의 생계를 위해, 즐거움이 없는 일을 하고 있다. 순임! 내 남쪽살이가 고단할까 봐 당신의 하나님이 내게 당신을 주신 모양이오. 미안하고 고마워요. 1972.2.3.木

내가 어려서 일이긴 하나, 나는 그 시절 우유를 배달하는 어머니를 좀 창피해 했던 것 같다. 아무튼 아버지는 다소 무책임했다. 아무런 마련도 없이, 덜컥 회사를 그만두었으니 말이다.

집 형편이 나아지기 시작한 것은 아버지가 다섯 해 뒤에 상재한 장편《그 여자의 재봉틀》이 베스트셀러가 되면서부터였다. 아버지의 책들은 그 이후로도 많이 팔려나갔고 비로소 어머니는 일을 그만두시게 되었다. '나무'라는 작은 출판사에서 나온《그 여자의 재봉틀》은 소위 '문지 진영'에서나 '창비 진영'에서나 다 같이 상찬을 한 작품이다. 김수영의 시들이나 조세희의《난장이가 쏘아올린 작은 공》을 둘러싼 현상이 이 소설을 둘러싸고도 일어난 것이다. 문지 진영에서는《그 여자의 재봉틀》의 문체와 상상력을 상찬했다. 그리고 창비 진영에서는 이 소설이 노동계급과의 연대를 꾀하고 있다고 상찬했다. 문지 진영에서는《그 여자의 재봉틀》이 모더니즘의 전범이라고 말했고, 창비 진영에서는 그 문체나 수법과는 상관없이 이 작품이 마치코바 노동자들의 삶을 핍진하게 그렸다는 점에서 리얼리즘 소설이라고 주장했다.

내 생각에 이 작품은 전형적 모더니즘 소설도 아니고, 전형적 리얼리즘 소설은 더욱 아니다. 동시에 모더니즘 소설이기도 하고 리얼리즘 소설이기도 하다. 내 식으로 얘기한다면, '복면소설'쯤 되겠다. 권력의 박해를 피하기 위해, 권력이 이해할 수 없는 언어로 권력을 비판하는 소설. 그러면서 동시에 민중의 이기주의를 겨냥하기도 한 소설. 어찌 됐거나 《그 여자의 재봉틀》은 날개 돋친 듯 팔려나갔다. 그것은 소위 운동권의 필독서였다. 《그 여자의 재봉틀》은 리영희의 《전환시대의 논리》의 문학적 버전으로 이해되었다. 사실 두 책 사이에 닮은 점은 거의 없는데도.

젊은 학생들 사이에선 "그녀재 읽어봤니?"라는 말이 오갔다. '그녀재'는 《그 여자의 재봉틀》을 줄인 말이다.

처음에는 미처 생각을 못했었는데, 요즘 와서야 《그 여자의 재봉틀》에 나오는 주인공의 모델이 어머니 친구라는 사실을 깨닫게 되었다. 어머니처럼 우유 배달을 하시던 분이었는데, 나도 서너 번 뵌 적이 있다. 어머니는 옛날에 배달을 했던 경험이 있어서인지, 지금도 우유나 요구르트 배달하는 아주머니들을 보면 그냥 지나치지 못하고 일부러 몇 개씩 사들고 들어오신다.

지하철 6호선을 타면 외국인들의 모습이 자주 보인다. 이 노선에 이태원역이 있어서 그런지도 모른다. 오늘 6호선을 탈 일이 있었는데, 아랍계 부부(로 짐작되는 남녀) 옆에 앉게 되었다. 맞은편 창에 비친 부인의 얼굴이 무척 아름다웠다. 남편은 알 수 없는 이방 언어로 계속해서 말을 하고 있었고 아내는 듣고만 있었다. 그런데 갑자기 아내의 맑고 높은 소리가 한 마디 들렸다. 급하게 전철에서 내리는 부부. 아내의 구르는 목소리가 부부의 뒷모습을 도닥이며 따라 내렸다.

동과 서

키플링의 가장 잘 알려진 시구詩句는 "오, 동방은 동방이요 서방은 서방이니 결코 서로 만나지 못하리라Oh, East is East and West is West, and never the twain shall meet"일 것이다. 이것은 〈동과 서의 밸러드The Ballad of East and West〉의 첫째 행이다. 그러나 널리 알려진 말이라 해서 옳은 말일 수는 없다. 서방은 동방을 만나 동화시켰다. 세계적 규모에서도 그랬고 유럽 차원에서도 그랬다. 냉전 이전이든 냉전 중이든 냉전 이후든, 서유럽은 동유럽을 만나 동화시켰다. 서유럽보다 더 서쪽인 합중국은 서유럽을 만나 동화시켰다. 서쪽의 이미지는 몰락이 아니라 문명이었다. 동쪽의 이미지는 신흥新興이 아니라 야만이었다. 좀 불공 아버지는 '야만적 서양Barbarous West'이라는 말을 못 들어보신 게 확실하다. 고대 그리스나 로마인들에겐 이베리아 반도나 갈리아의 원주민만이 아니라, 그 지역을 점령한 게르만족이 야만인이었다. 게다가 아버지는 이 시의 셋째 넷째 행(But there is neither East nor West, Border, nor Breed, nor Birth,/ When two strong men stand face to face, though they come from the ends of the earth! 그러나 비록 지구 양쪽 끝에서 왔을지라도 강한 두 사람이 서로 마주 대면하고 섰을 때에는, 동도 서도 경계도 인종도 혈통도 존재하지 않는다)을 읽지 않은 것도 확실하다. 키플링 자신은 인종주의자였을지 몰라도, 이 시는 인종주의적이라 할 수 없다.

결혼 20주기

오늘이 결혼 20주기다. 깜박 잊고 있다가 원이가 알려줘서 부랴부랴 동네 꽃가게에서 장미 스무 송이를 샀다. 순임은 기쁘게 받았다. 돌이켜보면 내가 순임에게 준 것보다 순임이 내게 준 것이 훨씬 많다. 사실

내가 순임에게 준 것이 있기나 할까? 열흘 뒤면 원이가 졸업을 한다. 이 아이와 적십자병원에서 첫인사를 한 게 엊그제 같은데, 벌써 대학교에 들어갈 나이가 됐다. 그 사이 선이도 벌써 고등학생이 되었다. 순임이 내게 베푼 은혜 가운데 가장 큰 것은 이 아이들을 낳아 잘 길러주고 있다는 것이다. 어느덧 아내의 이마에도 주름이 졌다. 그런데 순임에 대한 내 사랑은, 그리고 나에 대한 순임의 사랑은 20년 전 그대로일까? 내 경우 똑같지는 않지만, 그리 많이 닮은 것 같진 않다. 그녀와 결혼할 무렵에도, 순임에 대한 내 감정은 가족에 대한 감정, 누이에 대한 감정 비슷한 것이었다. 순임이 들으면 섭섭해 하겠지만. 나에 대한 순임의 감정도 아마 그랬으리라. 1982.2.3.水

10대 후반 연희에 대한 내 감정은 어떤 것이었을까? 또 나에 대한 연희의 감정은? 짐작컨대, 아버지와 어머니가 상대방에게 느꼈던 감정보다 연희와 내가 서로에게 느꼈던 감정이 더 세찼던 것 같다. 나는 여고 시절에 이미 연희를 사랑했다. 그것을 깨달은 것은 성년이 되어서지만.

인간의 나약함

많은 사람들이 조지 오웰의 《1984》를 전체주의에 대한 비판으로 이해한다. 분명히 일리가 있는 이해지만, 나는 이 소설을 인간의 나약함을 적나라하게 지적한 작품으로 읽는다. 그 아무리 강한 자라도 자신이 극심한 신체적 위협에 노출돼 있을 때, 오직 그 수밖에 없다면, 자신이 가장 사랑하는 사람을 배신하게 마련이라는 이야기.

1984.2.6.月

인간의 나약함이 전체주의의 토양이라면, 아버지의 관점도 전통적 관점으로 수렴하는 게 아닐까.

자유주의자

어제 12대 총선이 치러졌다. 언론의 예상과 달리 신한민주당이 약진했다. 두 김 씨의 힘, 놀랍다. 이 동토에서 군인정치인들에게 겁을 주다니. 1985.2.13.水

한국의 유사파시즘 정권을 몰아낸 것은 좌파가 아니라 자유주의자들이었다. 이것은 우리가 흔히 잊어버리고 있는 진실이다. 자유주의자들이 좌파에 빚을 진 게 아니라, 좌파가 자유주의자들에게 빚을 졌다. 자유주의자들 덕분에 좌파는 표현의 자유를, 결사의 자유를, 요컨대 정치적 민주주의를 얻었다. 자신을 좌파로 여기는 자들은 이 관점에 동의하기 어렵겠지만 말이다.

그러나 한 번 곰곰 생각해보자. 김영삼이나 김대중의 권력의지가 아니었다면, 그들을 추종했던 사람들의 저항이 아니었다면, 군사정권이 무너지긴 어려웠을 것이다. 실상 좌파는 군사정권의 종식에 기여한 바가 거의 없었을 뿐만 아니라, 반독재 투쟁의 장애물이 되기 일쑤였다. 군사정권은 한줌의 좌파를 빌미로 자유주의 부르주아 정객들을 공산주의자로 몰았고, 그것은 자주 효험을 보았다. 물론 용공조작은 군사정권 책임이지 좌파운동가들의 책임이 아니다. 그러나 좌파운동가들의 허세가 군사정권에 도움을 준 것은 확실하다. 87년 6월항쟁으로 들어선 노태우 정부도 용공조작의 유혹을 이기지 못했다. 그래서 소위 공안정국이라는 것이 조성되기도 했다. 주사파 뒤에 사노맹이 있다는 어느 신부의 발언은 그의 무식을 드러냈지만, 적지 않은 사람들이 그 말을 믿었다. 소위 좌파 안의 이념투쟁을 자세히 알고 있는 시민은 많지 않았으므로.

그런데 주사파는, 전대협은 정말 좌파였을까? 그것은 평양정권이 과연 좌파인가라는 물음과 같다. 보편적으로 통용되는 단어 사용법에 따르면 평양정권을 좌파 정권이라 할 수는 없다. 평양정권의 강철 같은 민족주의는 극우파의 특징이지 좌파의 특징이 아니다. 또 그 체제의 부자父子 권력 세습은 왕정의 관습이지 공화정의 관습이 아니다. 전대협 소속 대학생들은 민족주의자들이었지 사회주의자들이 아니었다. 용공조작을 통한 공안정국 조성도 한심한 일이지만, 그 피해자가 된 전대협이나 사노맹도 마찬가지로 한심하다. 특히 사노맹의 자기도취란 참.

어머니가 이사를 결정하고 아버지 서재를 정리할 때, 거의 3분의 2 정도의 책이 우리 집으로 옮겨진 것 같다. 아버지 서재에는 남들이 생각하는 것만큼 책들이 많지는 않았다. 책을 읽어 치우자마자 다른 사람에게 건네는 게 아버지의 습관이었기 때문이다. 특히 소설책들은 읽지도 않은 채 남에게 주는 경우가 많았다. 서명이 있는 페이지만 잘라내고 말이다. 얼마 되지 않는 책들 대부분은 사회과학 책들이었다. 아버지의 손때 묻은 책들을 물려받는 것은 기쁜 일이다. 그러나 그 책들을 다 읽으려면 얼마마한 시간이 필요할까.

아버지의 편지봉투 칼이 몇 개 남아 있었다. 옛날에 내가 편지봉투를 부욱 찢는 것을 보고 연희가 질겁하던 것이 생각난다. 요즘은 이 낭만적인 칼의 필요성이 없어지거나 줄었다. 봉투 가장자리에 눌려 매겨진 선을 따라 가장자리를 잡아당기면 봉투가 쫘악 열려버리고 만다. 낭만은 실용에 떠밀려 사라졌다.

생각하는 나무들

작은애가 세상에 나온 지 꼭 20년이 되는 날이다. 낮에 식구들과 함께 프라자호텔 레스토랑에서 기분 좀 냈다. "이젠 저도 어른이니 제 일에 너무 간섭 마세요"라고 선이 아내와 나를 바라보며 말했다. 아내가 말했다. "여태까지도 너무 간섭을 안 했단다." 선은 말이 없었다. "나두 엄마 말에 한 표"라고 원이 제 엄마를 지원했다. 집에 돌아와선 원이 번역한 월터 매프 판版 《거인 죽이는 재크Jack the Giant Killer》를 읽었다. 이것은 원의 이름으로 나온 첫 번째 책이다. 원서와 대조는 안 해보았으나, 원의 한국어가 깔끔해 만족스러웠다. 이 아이는 설령 학자가 못 되더라도 글쟁이로 살아갈 수 있겠다. 스물대여섯 해쯤 전 내가 처음 상재한 책도 번역서였다. 윌버 윌리엄스의 소설 《생각하는 나무들Thinking Trees》. 내 이름이 아니라 어느 대학교수 이름이 그 책의 역자로 표지에 박혔다. 이 역자 선생은 '역자 후기'에서 내 이름을 한 차례도 거론하지 않았다. 나는 박한 번역료를 챙겼을 뿐이다. 내가 단행본 텍스트를 번역한 것은 그때가 유일했다. 출판계와 학계의 더러운 꼴을 본 뒤론 외국어 책을 한국어로 번역할 기분이 나지 않았다. 아무튼 원은 나보다 출발이 좋다. 1986.2.15.土

사실 어머니와 아버지는 선과 나에게 거의 간섭을 안 하셨다. 우리들이 어려서부터 말이다. 딱 한 번씩, 선의 결혼과 내 동거를 두고 어머니는 결기 있게 간섭하셨지만, 결국은 자신의 의사를 접으셨다. 참, 나는 《생각하는 나무들》을 읽으면서도, 그 책의 역자가 아버지인 줄 전혀 몰랐다.

표현의 자유

어제 루시디가 처형선고를 받았다. 호메이니는 자신이 이슬람의 정의 아버지는 루시디의 소설을 좋아하지 않았다. 그러나 루시디에 대한 처형선고 소식을 듣곤, 미국의 내게 친히 전화를 걸어 호메이니를 미친 늙은이라고 욕했다. 처형선고 이후 나도 《악마의 시》를 읽어보았다. 그러나 거기서 이슬람에 대한 모독을 또렷이 읽어낼 수는 없었다. 설령 이슬람 모독으로 가득 찬 책이 나왔다 해도 호메이니의 처신은 문젯거리를 낳는다. 표현의 자유의 한계라는 문제, 곧 표현의 자유와 타인에 대한 배려의 조화라는 문제 말이다.

로베르 포리송은 자기가 옳다고 믿는 바를 말했다. 그러나 그것은 유대인에 대한 예의를 지키지 않은 행동이었다. 그 결례 때문에 포리송은 유대인과 그 동조자들의 테러에 노출되었다. 그 자신 유대인이었던 촘스키는 포리송을 옹호했지만, 이것은 참으로 민감한 문제다. 내가 유대인이었다면 포리송의 주장에 어떻게 반응했을까? 잘 모르겠다. 그러나 이 문제와는 별도로, 지금 유대인들은 반-유대주의라는 곡물이 솟아날 대지를 열심히 경작하고 있다. 이스라엘의 유대인이든 미국의 유대인이든 마찬가지다. 그들이 팔레스타인에 나라를 세운 것은, 한국인이

만주 땅에 나라를 세우는 것과 마찬가지다. '여기는 2000년 전에 우리 땅이었어'라는 주장 하나로 그들은 팔레스타인을 점령했고 팔레스타인 사람들을 박해하고 있다. 게다가 또 그 홀로코스트 인더스트리라니……. 자신들의, 또는 동족의 불행을 팔아 돈을 챙기는 무리들…….

어제가 어머니 생신이었다. 선이가 예약해놓은 한정식 집에 모였다. 식당은 실내장식을 고급스럽게 꾸미려고 애쓴 흔적이 여기저기 배어 있다.

"이 집 주인이 유럽에 가서 직접 인테리어 소품들을 구해온 거래."

선이의 귀띔이 아니라도, 주인의 안목을 보여주는, 이런 음식점에 두기에는 지나치게 화려해 보이는 장식품들을 유리 진열장 안에 쭈욱 벌여놓았다.

"엄마, 여기 괜찮지? 음식이 아주 깔끔해."

"응, 좋아 보이는구나. 애들도 왔으면 좋았을 텐데."

"아이, 요새 애들 바쁘잖아요."

초등학생이라고는 하지만, 애들도 바쁜 생활을 하고 있다. 학교가 파하고 집에 오자마자 학원들을 가느라 분주하다.

음식점의 각 방들마다 내부 벽지와 장식이 다르다는 말에 벽지를 훑어보게 되었다. 좁은 공간에 지나치게 커다란 꽃무늬가 있어서 좀 답답한 느낌을 주기는 한다. 색도 탁한 편이어서 분위기가 좀 무거운 것 같기도 하다. 아무려면 어떠랴. 음식만 맛있으면 되지……. 서빙하는 여성의 긴 치마 옆자락이 허벅지 위까지 갈라져 있다. 아오자이 같기도 하고. 여기는 정말 퓨전 중의 퓨전식당이네…….

식사를 마치고 선이네로 가서 케이크를 잘랐다. 아버지의 빈자리가 허전했다.

신념

만델라가 석방됐다. 1990.2.4.日

국제 언론은 그의 오랜 옥살이에 호들갑을 떨었지만, 한국엔 그보다 더 오래 옥살이를 하고 있는 장기수들이 수두룩했다. 그러나 그것이 만델라를 깎아내릴 이유는 되지 못한다.

만델라의 삶은 신념의 삶이었다. 그 신념이 위대한 만큼 만

델라도 위대했다. 20세기 대명천지에 소위 아파르트헤이트라
니……. 그리고 20세기 대명천지에 거의 종신 징역살이를 하
는 이념범理念犯들이라니. 전향을 거부하고 수십 년씩 옥살이를
한 그들의 마음속엔 뭐가 들어 있었을까? 더구나 그들은 무신
론자들이어서 내세를 믿지도 않았을 것이다. 보상받을 길 없는,
끝이 안 보이는 그 징역살이……. 나는 그분들의 신념에 동의하
지 않는다. 그러나 그들이 신념을 지키고 있었다는 사실 앞에
선 옷깃을 여밀 수밖에 없다.

　뒷베란다 안쪽으로 들어갔다가 유리창 한구석에 거미줄이
짜여 있는 걸 발견했다. 조금만 청소를 소홀히 하면 어느새 그
걸 알고 집을 만드는 거미들. 손으로 만지기가 싫어서 고무장갑
을 끼고 휴지로 닦은 다음, 다시 물걸레로 여러 차례 닦아냈다.
대충이지만 뒷베란다 청소를 한 셈이다. 작은 거미는 아마도 압
사한 것 같다. 아침부터 살생을 했군.

결혼 30주기. 큰애가 미국에서 전화를 했다. 아이들을 생각하면, 정말 결혼 잘했다는 생각이 든다. 어떤 여자도 이 아이들만큼 사랑스러운 자식을 내게 주지 못했을 것이다. 아내의 하나님이 축복을 내리셨는지도 모르지. 그러나 아내에 대한 내 감정은 예전만 못한 게 확실하다. 한 이불 덮고 자는 게 가끔 지겹다. 목소리 듣는 것도 때로는 싫다. 나는 이 정도밖에 안 되는 인간이었다. 내가 우울증을 앓고 있는 걸까? 그녀의 어리석은 신심信心에 내가 지친 걸까? 내가 이혼을 하자고 하면, 아내는 그걸 순순히 받아들일 것이다. 아내는 착한 여자니까. 그러나 나는 도저히 그런 말을 입 밖에 낼 수 없다. 내가 청해서 이뤄진 결혼이고, 아내는 가족을 위해 뭐든지 다 해왔으니까. 왕국회관을 빼놓으면, 아내에겐 가족이 세상의 전부였으니까. 무엇보다도 아내에겐 이제 경제적 능력이 없으니까. 아내에게 필요한 것은 위자료가 아니라 가족 간의 유대와 사랑이니까. 선은 민가협에서 내는 잡지 《인권》의 기자가 됐다. 1992.2.3.月

이 대목을 읽고 어머니가 얼마나 모멸감을 느끼셨을까? 자신의 마음이라 해서 제 뜻대로 되는 게 아니고, 또 비록 남들이

보지 않을 (거라고 아버지가 생각했던) 일기장에 쓴 글이긴 하지만, 아버지가 자기 감정을 꼭 기록해야 했을까? 잠시, 아버지가 실망스러웠다.

《인권》지에 한 해쯤 다니던 선은 한겨레신문사로 자리를 옮겼다. 사회부, 문화부를 거쳐서 《한겨레21》로 옮겼다가 얼마 뒤 《씨네21》로 옮겨 지금은 편집장 노릇을 하고 있다. 20세기가 저물어가던 1999년 12월 《세계일보》 기자와 결혼해 사내자식을 하나 두고 있다. 남편이 데리고 온 딸 둘을 포함하면, 선은 2녀 1남을 둔 셈이다.

번역의 정치학

반년간半年刊 문화 저널 《흔적》이 창간됐다. 《흔적》은 여러 언어권의 편집자들이 함께 편집해 비슷한 시기에 출간하는 다언어多言語 잡지다. 일본어판은 《토레이시즈》라는 제호로 지난해 10월 이와나미 출판사에서 창간호가 나왔고, 영어판은 《Traces》라는 제호로 미국 코넬 대학 출판부에서 곧 나올 예정이다. 중국어판과 독일어판도 준비되고 있다 한다. 《흔적》의 편집에는 동인 48명과 고문 25명이 간여하고 있다. 중국의 왕샤오밍王曉明, 이탈리아의 안토니오 네그리, 영국의 피터 오스본, 미국의 디페쉬 차크라바르티, 한국의 강내희 같은 이들이 편집 동인들이고, 프랑스의 철학자 자크 데리다, 일본의 문화이론가 가라타니 고진 같은 이들이 편집 고문으로 이름을 올렸다.

편집 동인의 한 사람인 미국 코넬대학 교수 나오키 사카이가 쓴 창간호 서문은 《흔적》의 향후 작업을 '비교론적 문화 이론'으로 요약하고 있다. 그런데 비교에 선행하고 비교를 가능하게 하는 것은 번역이다. 그래서 《흔적》의 기획은 불가피하게 번역을 중심에 둘 것이라고 서문은 말한다. 창간호의 주제가 '서구의 유령들과 번역의 정치'가 된 것은 그래서 자연스럽다. 그러나 제2호와 제3호의 주제가 각각 '인종 공포와 이주의 기억' '근대성의 충격'으로 잡혀 있는 것을 보면, 《흔적》이 탐색할 '번역'은 좁은 의미의 번역이라기보다는 문화권들 사이의 만남과 교배라는 넓은 의미를 지닌 듯하다.

창간호에 실린 왕샤오밍의 〈번역의 정치학—1980년대 중국 대륙의 번역운동〉은 그 글이 보고하는 그 시기의 중국 상황이 같은 시기 한국에서의 번역 열풍과 비교되어 흥미롭다. 1978년에서 1987년까지 중국에서는 기존의 '번역계'에 속하지 않은 젊은 아마추어 번역가들이 속도 제일주의로 5,000종 이상의 인문사회과학 서적을 번역·출간했는데, 그 대부분이 미국과 서유럽에서 나온 책들이었고 그 가운데서도 마르크스주의 저작은 매우 드물었다. 졸속 번역과 집단 번역을 당연시하던 그 시기의 중국 풍경은 거기 견줄 만한 조급함으로 마르크스-레닌주의 서적을 번역해대던 80년대 한국의 풍경과 겹친다.

'프롤레타리아 독재에 대하여'라는 제목으로 가라타니 고진이 기고한 글은 세 페이지가 채 못 되는 짧은 글이지만, 기발한 착상을 담고 있다. 그는 프롤레타리아 독재가 관료 지배로 변질된 경과를 짧게 서술한 뒤에, 관료제의 권력 집중을 막기 위한 방책으로 추첨제를 제안한다. 구체적으로, 무기명 투표로 뽑은 복수 후보자 가운데 추첨으로 대표자를 뽑는 방식이다. 그러면 마지막 단계가 우연성에 의거하기 때문에 파벌적 대립이나 후계자 투쟁은 의미가 없어진다는 것이다. 의회 민주주의가 부르주아 독재라면 추첨제야말로 프롤레타리아 독재라고 가라타니는 단언한다. 권력의 폐해는 권력이 집중하는 자리에 우연성(추첨제)을 도입함으로써 막을 수 있다는 그의 발상에는 그저 웃어넘기기 어려운 지혜가 담긴 듯도 하다. 나는 결코 동의할 수 없지만.

2001.2.5.月

그 시절 한국(만이 아니라 구미歐美)을 휩쓸던 가라타니 바람에 아버지는 휩쓸리지 않으셨다. 연세 탓인지도 모른다. 가라타니에 대한 구미의 열광에는 일종의 오리엔탈리즘이 배어 있었다고 아버지는 일기 뒷부분에 적었다.

언어

언어는 사람을 다른 동물과 구별 짓는 중요한 특질 중 하나다. 호모사피엔스는 다른 무엇보다도 언어를 사용하는 호모로쿠엔스다. 그러나 말하는 동물로서의 사람이 누구나 언어에 '대해서' 잘 알고 있는 것은 아니다. 사람이면 누구나 적어도 하나의 모국어가 있다. 그래서 그는 적어도 하나의 자연언어를 잘 안다. 하지만 전문적인 언어학자를 제외하면 그 자연언어에 '대해서' 잘 아는 사람은 드물다. 우리가 어떤 자연언어(들)에 '대해서' 잘 알고 있다고 생각할 때도, 그 지식은 편견에 기초한 오해이기 십상이다.

뉴질랜드 빅토리아대 언어학과 교수 로리 바우어와 스위스 로잔대 영어과 교수 피터 트러길이 함께 편집한 《영어에 관한 21가지 오해》는 언어(들)에 대한 그런 편견이나 오해를 교정하고자 하는 언어학자 스물한 사람의 글 모음이다. 한국어판 제목에 '영어'라는 말이 들어 있듯이 영어의 예가 많이 거론되기는 하지만, 원저의 제목이 그냥 '언어 신화'인 데서도 알 수 있듯 이 책은 자연언어 일반을 둘러싼 신화를 벗겨내려고 한다. 자연언어를 둘러싼 신화들은 아주 많다. 예컨대 프랑스어는 세상에서 가장 논리적인 언어다, 여자는 남자보다 더 말이 많다, 이탈리아어는 아름답고 독일어는 투박하다, 영어는 일본어보다 배우기 어렵다, 매스미디어나 미국인이 영어를 망치고 있다, 사투리 영어를 사용하는 사람은 무식하다, 흑인 어린이는 영어를 못 한다, 영어는 문명어이고 마오리어는 원시어다, 프랑스어나 이탈리아어 사용자는 영어 사용자보다 말을 빨리 한다 같은 것들이 그 신화의 목록에 포함돼 있다. 이 책의 저자들은 언어(들)를 둘러싼 이런 담론들이 민족주의나 계급적·인종적 편견 또는 그 밖의 여러 주관적 경험에 기초해 있는 신화일 뿐, 과학적으로 정당하지 않다는 것을 설득력 있게 설명한다.

독자가 이 책을 읽고 깨닫는 것은 자연언어 사이에는, 그리고 자연언어 내부에는 사람들이 무심코 가정하는 어떤 위계나 본질적인 차이가 없다는 것이다. 예컨대 프랑스어는 그 자체로 논리적인 언어가 아니라 사용하는 사람에 따라서 그 언어를 논리적으로 또는 비논리적으로 사용할 수 있을 뿐이라는 것, 우리가 표준어라고 부르는 것은 그 사회의 힘센 사람들이 사용하는 방언일 뿐이라는 것, 마오리어에도 영어만큼 표현의 가능성이 있다는 것, 바른 언어 사용법에 대한 판관判官은 문법학자들이 아니라 그 언어를 사용하는 언중言衆이라는 것을 저자들은 보여준다. 그것은 언어 순수주의자나 언어 제국주의자에게는 못마땅한 결론이지만 이 책을 읽은 독자라면 외면할 수 없는 사실이다.

2001.2.28.水

아버지는 동년배 문인들 가운데선 드물게 언어에 민감했다. 한국어에 대한 에세이 《국어의 변두리에서》와 《한국어의 탄생》을 내신 것도 그 민감함 때문이었으리라.

다작

한국어가 문자 언어로 정착한 이래 최다작 문필가는 국문학자 김윤식 씨일 것이다. 아마 그 자신도 다 꼽지 못할 그의 저서는 100권을 훨씬 넘겼다. 그러나 김윤식 씨의 다작 기록이 오래갈 것 같지는 않다. 언론학자 현우림 씨가 그의 뒤를 잰걸음으로 쫓아오고 있기 때문이다. 현우림 씨의 저서는 아직 그 분량이 김윤식 씨의 저서에 크게 못 미치지만, 20년의 나이 차가 있는 만큼 머지않아 다작 순위가 뒤바뀔 가능성이 크다. 현우림 씨의 기다란 저서 목록에 책 세 권이 추가됐다. 각국의 언론 상황과 언론매체를 소개한 《세계의 대중매체》가 그것이다. 제1권이 미국 편이고, 제2권은 아시아·중동·중남미·아프리카 편이며, 제3권이 유럽·북미·호주 편이다. 흥미로운 것은 제1권이 '현우림 지음'으로 돼 있는데 반해, 나머지 두 권은 '현우림 편저'로 돼 있다는 점이다. 저자는 머리말에서 그 이유를 각 권의 서로 다른 '가공도' 때문이라고 밝혔다. 《세계의 대중매체》는 현우림 씨가 전북대학교에서 10여 년 동안 강의해온 '국제커뮤니케이션' 과목의 강의 노트 가운데 일부를 정리한 것이다. 그런데 세계 각국의 자료를 가공하는 과정에서 제1권 미국 편은 '저서'라고 할 수 있을 만큼 푹 익힌 반면, 나머지 두 책은 그러지 못해 '편저'라고 표기했다는 것이다. 저자는 이 책 전체를 지속적으로 다듬어가겠다고 다짐하고 있다.

현우림 씨 저서들의 많은 부분은 지식인 비판이나 문화 이론에 쏠려 있어 좁은 의미의 언론학 교과서라고 할 만한 저작은 많지 않다. 한국 근현대 언론사를 기술한 《권력 변환》, 그리고 언론법과 언론윤리를 다룬 《대중매체 법과 윤리》에 이어, 《세계의 대중매체》는 저자가 신문방송학을 가르치는 교사로서의 책임감을 투영한 책이라고 할 수 있다. 현우림 씨는 미국에서 공부하던 시절 한때 미국방송사를 집중적으로 파고들었다고 한다. 제1권의 반 이상을 차지하는 '미국방송사'는 그때 관심의 연장인 듯하다. 《세계의 대중매체》는 세계 여러 나라의 신문, 방송 그리고 부분적으로 영화의 입문서이자 백과사전인 셈인데, 우리가 잘 알고 있다고 생각하면서도 실상 그 속내를 잘 모르는 것이 현대의 이런 대중매체다. 현우림 씨의 저서들이 흔히 그렇듯, 《세계의 대중매체》도 구김살 없고 속도감 있는 문체로 쓰여져 저자의 '대중화 전략'을 드러낸다. 2002.2.2.土

아버지는 20~30년 후배의 글이나 책도 마음이 동하면 읽는 '겸손한 독자'였다.

로맨티시스트

한경미 씨의 근간 시집 《쉬잇, 나의 세컨드는》을 읽다가 〈나의 서역〉이라는 시를 만났다. '비망록'이라는 부제가 붙은 이 시의 첫 연은 이렇다. "서로 편지나 보내자 삶이여/ 실물은 전부 헛된 것/ 만나지 않는 동안만 우리는 비단감촉처럼 사랑한다 사랑한다 죽도록/ 만날수록 동백꽃처럼 쉽게 져버리는 길들/ 실물은 없다 아무 곳에도/ 가끔 편지나 보내어라."

동아시아 사람들의 불교적 상상력 속에서 서쪽은 지금 이곳의 더러운 땅 곧 예토穢土와 구별되는 먼 곳의 깨끗한 땅으로 자리잡고 있다.

그 청정한 땅은 부처의 거처다. 이 시 제목의 서역도 중국 서쪽의 구체적 땅을 의미하기보다는 흔히 극락이라고 표현되는, 손에 잡히지 않는 서방정토에 더 가까울 것이다. 시의 화자는 실물은 전부 헛된 것이라며 만나지 않는 동안만 우리는 사랑한다고 말한다. 그것은 사랑이라는 것이 결핍의 형태에서 가장 찬란하다는 것을 뜻한다. 그 결핍으로서의 사랑은 그리움이라는 이름을 지니고 있다. 결핍이 채워졌을 때 열정은 배부름 속에서 시든다. 화자의 말을 빌리면, 만날수록 길은 동백꽃처럼 쉽게 져버린다. 문학사 속의 많은 연인들은 사랑을 달구기 위해서 정인情人과의 격리를 원했다. 그 격리가 생산하는 그리움의 편지들은 스탕달이 연애심리의 고갱이로 파악한 이른바 '결정작용'이 가장 효율적으로 이뤄지는 공간이다. 그리움은 부재하는 사랑이지만, 동시에 가장 뜨거운 사랑이다. 이 부재하는 사랑, 그리움으로서의 사랑은 병든 낭만주의를 끌고 가는 견인차다. 먼 곳에 대한 그리움, 또는 떠나온 고향에 대한 그리움이 병든 낭만주의자의 마음이다. 그 먼 곳이나 떠나온 고향을 서역이라는 말로 바꿀 수도 있을 것이다.

시 〈나의 서역〉은 그러나 이런 병적 낭만주의에서는 약간 비껴 있다. 거기에는 낭만을 충전하는 젊음의 힘이 없기 때문이다. 인용된 연의 첫 행 "서로 편지나 보내자 삶이여"와 마지막 행 "가끔 편지나 보내어라"는 삶의 쓴맛 단맛을 다 본 중년의 심드렁한 말투다. 그러나

이 가장된 무심無心의 괄호 안에서 그리움은 화덕처럼 달궈져 있다.

2002.2.14.木

이럴 때 아버지는 영락없는 로맨티시스트다.

신문기자

신문이나 잡지에 실린 기사가 질긴 생명력을 갖기는 어렵다. 기사라는 장르는 그날그날의 사건들, 정황들과 너무 깊이 밀착해 있기 때문이다. 그러나 기사에 투영된 순간순간의 사건과 정황은 시간의 물결에 실려 역사의 질료를 이룬다. 그래서 반듯하게 쓰여진 기사는 귀중한 사료의 역할을 한다. 지지난해에 작고한 중국사학자 민두기 교수가 엮은 《신언준 현대 중국 관계 논설선》이라는 책을 최근에 읽었다. 민 교수의 유작이 돼버린 이 책은 일제시대에 기자로 활동한 신언준申彦俊·1904~1938이 중국에 관해 쓴 기사들을 추려 편집한 것이다. 신언준은 1920년대 말부터 1930년대 초까지 동아일보의 중국 주재 기자로 일하며 동아일보와 몇몇 잡지에 방대한 양의 중국 관련 기사를 기고했다. 요즘 한국에서 세게 이는 중국 붐과 상관없이, 나는 이 책을 매우 흥미롭게 읽었다. 이 책이 보여주는 신언준의 직업적 열정이 특히 인상적이었다. 신언준이 만일 자기 시대의 평균적 기자라면, 그 시대의 기자는 요즘의 기자보다 훨씬 더 열정적이고 진지했음에 틀림없다. 아니, 그 시대의 신문이나 잡지 자체가 요즘보다 더 진지했던 것 같다. 하기야 고등교육 기관이 드물었던 그 시대에는 가장 뛰어난 지식인들이 언론사 주위에 몰려 있었을 터이므로, 그것이 자연스러운 일이었을 법도 하다. '기자 신언준'의 관심은 중국의 정치 정세에서부터 그 나라의 지식인들의 판도를 거쳐 재중在中 한국 교포들의 삶에 이르기까지 널따란 스펙트럼을 지니고 있었다. 정세분석 기사들이 그의 정치적 감수성을 보여준다면, 코민테른의 주중국駐中國 지도자 뉴란牛蘭·Noulens 부부의 재판 방청기나 중국의 문호 루쉰魯迅과의 비밀 인터뷰 기사는 기자로서의 현장 지향성을 보여준다. 이 책은 혁명과 반동이 교차하던 '제국주의 국가들의 공동 식민지' 중국의 한 시대에 망원경과 현미경을 동시에 들이대며 한국인의 눈으로 한 시대를 해석한다. 원로 언론인 리영희 씨 이전에도 우리에게 뛰어난 중국 전문 기자가 있었음을 알겠다. 2002.2.18.月

때로, 아버지가 기자였으면 어떨까 싶은 생각이 든다. 큰 이름을 얻진 못했을지 모르지만, 지금보다는 활기 있는 삶을 사시지 않았을까?

　동료 교수 두 사람과 소공동의 한 이태리 레스토랑에서 저녁 식사를 했다. 입구 쪽 창가에 자리 잡은 어느 가족(으로 보였다)이 눈에 들어왔다. 고등학교를 막 졸업한 듯한 아들을 중심으로 부부가 앉아서 조용히 식사를 하고 있었다. 아들의 대학 입시 합격을 축하하는 자리인 듯 보였는데, 너무나 조용히, 우아하게 식사를 했다. 오로지 합격의 기쁨에 취한 듯이 보이는 가족을 보니, 내가 아이를 낳았다면 저 애만 한 나이가 됐겠구나 하는 생각이 스쳤다.

셰익스피어

큰아이 대학 입학식에 아내와 함께 다녀왔다. 서강대 캠퍼스 안으로 들어가 본 것은 오늘이 처음이다. 캠퍼스가 넓지는 않았으나, 그 조촐함이 문득 아름다웠다. 저녁은 작은아이도 합류해 미려도 美麗島에서 먹었다. 나는 배갈을 두 도꾸리 마셨고, 아이들은 맥주 한 병을 나눠 마셨다. 아내는 입에 술을 대지 않았다. 큰아이는 중학교 때부터 대학에서 영문학을 공부하겠다고 되뇌어왔다. 이유를 물으면 셰익스피어를 원어로 읽고 싶어서 그런다고 대답했다. 이 아이가 전공을 고르며 뒷날 취직할 때의 유불리를 따지지 않은 게 기특했다. 1982.3.5.金

사실 그랬다. 어려서 셰익스피어 축약판을 한국어로 읽은 뒤, 나는 뒷날 꼭 이 작품들을 영어로 읽어봐야겠다고 생각했다. 꼭 영문과에 진학해야만 셰익스피어를 원어로 읽을 수 있는 것은 아니겠지만, 나는 이 위대한 시인이자 극작가를 좀 깊이 공부하고 싶었다. 결국 나는 그 목표를 이뤘다. 브라운에서 셰익스피어로 학위를 했으니까. 게다가 그것은 내 취직에도 도움이 되었다. 이화여대에서 셰익스피어를 강의하시던 김선숙 선생님이 내가 귀국한 지 한 해 뒤 정년을 맞으셨고, 내가 그 빈자리를 차지하게 됐으니.

사실 셰익스피어와 나 사이에는 한 번의 위기가 있었다. 이대 대학원 첫 학기 때 김동석의 〈시극詩劇과 산문—셰익스피어의 산문〉이라는 논문을 읽고 나서였다. 내가 그 글을 읽은 것은 《예술과 생활》과 《뿌르조아의 인간상》 두 책을 합본해놓은 《김동석 평론집》에서였다. 월북 뒤의 행적을 알 수 없어 한국문단에선 그저 '해방기 평론가'로만 기억되는 이 비평가의 넓은 관심과 명석함에 나는 깊은 인상을 받았다.

〈시극과 산문〉은 1948년에 발표됐다. 일제시기와 해방기 한국 영문학의 수준을 하찮게 보던 내게 이 논문은 그야말로 신천지였다. 내가 셰익스피어를 계속 공부해도 이 정도 논문을 쓸 수 있을까 싶었다. 뒤에 셰익스피어를 더 공부하면서 김동석의 논문이 순전히 독창적은 아니었음을 알게 되긴 했으나, 그 논문을 쓸 때 아마 20대였을 김동석에 대한 질투는 내 마음 한 구석에 10여 년 이상 똬리를 틀고 있었다. 김동석의 논문은 셰익스피어의 극에서 산문이 사용되는 정황과 산문을 사용하는 인물들의 캐릭터를 분석한 것이었다. 폴스타프와 리어왕과 이아고의 산문을 집중적으로 분석한 이 논문을 읽고선 셰익스피어를, 더 나아가 영문학을 포기할까 하는 생각까지 잠깐 했다. 셰익스피어의 작품들만 읽었을 뿐 셰익스피어 작품에 대한 글들을 거의 읽어보지 못했으니 기가 죽지 않을 수 없었다. 그러나 나는 마음을 돌렸다. 유종호 선생님의 격려도 힘이 되었다. 나는 결국 김동석의 길을 따라갔다. 브라운대학에 제출한 내 학위논문은 폴스타프의 산문에 관한 것이었다. 어찌나 되풀이해서 읽었는지, 폴스타프의 대사는 지금도 거의 다 외고 있다.

프라이드치킨

부산의 미국문화원에 불을 지른 사건이 일어났다. 사람 하나가 죽었

내가 대학에 진학한 직후 일이었다. 매스컴은 전쟁이라도 난 듯 호들갑을 떨었지만, 사실 이 사건은 한국인들의 온순함을 드러냈다. 서남아시아나 북아프리카에서라면 자살폭탄 테러가 난무했을 것이다. 80년 5월 이후 한국인들의 반미주의가 요란스럽게 보도되긴 했지만, 그것은 극히 일부 대학생들에게 국한되었다. 한국은 반미주의가 대중화하기 어려운 나라다. 미제국주의를 비난하는 사람들도 속으로는 이 나라를 동경할 것이다. 그들 가운데 일부는 자식들이라도 미국에서 살게 하고 싶어 할 것이다.

한국은 이를테면 미국의 속국이다. 그러나 미국은 이 속국을 그리 중요시하지 않는다. 미국을 제외하고 전 세계 나라들에 등급을 매긴다면, 그 최상위에 오를 나라들은 영국, 이스라엘, 일본 따위일 게다. 죄다 미국이 후원하는 나라들이다. 이 나라들에 위험이 닥친다면, 미국은 제 일처럼 즉시 나서서 도울 게다. 거기에 한국이 끼일 자리는 없다. 생각해보면 소위 가쓰라-태프트 밀약이라는 걸로 한국을 일본에 넘긴 나라가 미국이다. 영국, 이스라엘, 일본은 국가 카스트의 브라만이다. 미국은? 미국은 등급이 없다. 이 나라는 카스트의 설계자이자 창조주다.

연희가 새 연속극으로 너무 바빠, 당분간 내가 집안 살림을 온전히 맡기로 했다. 청소기 돌리는 것도 그렇게 만만한 일은 아니다. 저녁 반찬을 할 자신이 없어서 차라리 반찬을 사올까 고민하다가 저녁 메뉴로는 치명적인, 켄터키 프라이드치킨을 시켰다. 막상 시키고 보니 너무 심했다 싶어, 냉장고에서 야채랑 남은 반찬들을 주섬주섬 끄집어냈다. 양념치킨은 치킨집마다 맛 차이가 너무 많이 나는 것 같다. 저녁에 다이어트로 고구마 한두 개 정도를 먹고 운동을 하는 사람이 꽤 많다는 말을 연희 에게서 듣고는 깜짝 놀랐다. 그러나 어차피 내가 먹는 양은 몇 쪽밖에 되지 않는데다, 먹고 나서 산책을 나갈 텐데 뭘.

악의 제국

레이건이 소련을 '악의 제국'이라 부른 모양이다. 맞는 얘기다. 소련이 라고 해서 미국과 다를 게 뭔가. 1983.3.9.水

늘 진지하게만 보였던 아버지의 드문 재치!

요즈음 너무나 쫓기는 삶을 살고 있는 것 같다. 청탁 원고들과 제법 빡빡한 강의들, 학과장으로서 처리해야 할 잔일들, 언제 마무리될지 알 수 없는 셰익스피어 전집 번역……. 일 하나를 해치우고 나면 어느새 다른 일이 코앞에 닥쳐 있다. 무엇 때문에 이렇게 급하게 살아야 한담.

아버지도 이렇게 사셨을까? 아버지는 왜 스스로 목숨을 끊으셨을까? 삶의 목표를 다 이루어서? 삶의 목표를 잃어버려서? 목표를 이루기엔 너무 쇠약해진 자신에게 실망해서? 어찌 되었건 나는 아버지의 방식을 택하지는 않을 것이다. 앞으로 내가 감당해야 할 일들이 견디기 힘들 정도로 나를 짓누르더라도 나는 그 짐들을 내려놓지 않을 셈이다. 그게 내 삶의 방식이니까. 또 나를 조금이라도 사랑하는 사람들에 대한 예의이니까.

짝꿍

원과 연희가 살림을 합쳤다. 나와 같은 동棟이다. 연희는 나를 아버님이라고 부르고 순임을 어머님이라고 부른다. 하긴 그게 가장 합당한 호칭이긴 하다. 순임은 아직도 연희에게 마음을 완전히 열어놓지 않은 상태다. 순임을 탓할 수만은 없다. 그녀의 종교적 그리고 세대적 환경이 동성애에 대한 적대감으로 그녀를 이끈 것은 자연스럽다. 순임은 어린 시절의, 그리고 젊은 시절의 종교적 열정을 지금도 잃지 않았다. '순임! 아이들과 내가 당신의 종교를 존중하듯, 당신도 아이들이 사는 방식을 존중해줘요. 우리는 그저 딸 하나를 새로 얻은 거요. 총명하고 착한 딸내미를. 존중이 어렵다면 우선 이해라도.' 1994.3.8.火

그래도 어머니는 꺾이지 않으셨다. 내가 처음 어머니에게 연희를 소개할 때 그랬듯, 20여 년이 지난 오늘날까지도 연희를 대하는 태도가 조금은 데면데면하다. 한 10년쯤 전 연희와 내가 부모님을 모시고 유럽 여행을 한 뒤로는 좀 나아졌지만. 아마 돌아가실 때까지 어머니는 연희를 완전히 받아들일 수 없을 것이다. 그래도 내 씩씩한 연희는 이 나이 들어서까지 어머니에게 재롱을 떤다. 내 짝꿍의 말과 행동은 그래서 이따금 어머니에게서도 웃음을 끌어낸다.

말놀이

원의 아파트에 들렀다가 그 아이와 나눈 말놀이: "One is the queen of daughters." "June is the king of fathers." "Gold is the king of metals." "The human is the king of the Blue Marble." "The chestnut tree is the king of the forest." "The cherry blossom is the queen of flowers." "The herring is the king of the sea." "The salmon is the king of fish." "Chess is the king of games." "The eagle is the king of birds." "The tiger is the king of the jungle." "Jupiter is the king of gods." "Death is the king of terror."*

죽음이 가장 큰 두려움이라고 원이 말했을 때, 우리 부녀 간의 말놀이는 끝났다.

"벌써 죽음 같은 걸 생각하니?"

"제 죽음만이 아니라 모든 사람의 죽음이요. 아니, 사람만이 아니라 모든 숨탄것들의 죽음이요."

* 원은 딸들 가운데 여왕, 준은 아버지들 가운데 왕, 황금은 금속의 왕, 인간은 푸른 구슬[지구]의 왕, 밤나무는 숲의 왕, 벚꽃은 꽃들의 여왕, 청어는 바다의 왕, 연어는 물고기의 왕, 체스는 게임의 왕, 독수리는 새들의 왕, 호랑이는 밀림의 왕, 주피터는 신들의 왕, 죽음은 공포의 왕. —편집자

“누구에게나, 아니 생명을 지닌 모든 것들에게 가장 무서운 게 죽음일까?”

“모든 생물체가 그렇달 순 없지만, 대개 그렇지 않을까요?”

“그래, 우리 딸내미 말이 옳아. 그런데 죽지 못할 사정이 있어서 수치스럽게 살아야 한다면, 그게 더 무서운 거 아닐까?”

“그럴 수도 있겠죠? 그런데 아빠가 상상하는 그런 예가 있어요?”

“너무 많지. 가족들이 너무 슬퍼할까 봐, 또는 가족들이 굶어 죽을까 봐 치욕스런 삶을 살 수도 있고, 어떤 약속을 지키기 위해 수모 속에서 구차하게 삶을 이어나갈 수도 있고, 죽는 것이 사는 것보다 더 불명예스러워서 죽지 못하는 사람도 있고.”

“구체적인 예 말이에요.”

“글쎄, 정순왕후定順王后도 그러지 않았을까? 나폴레옹 보나파르트도 그랬을 수 있고. 그 사람들에게 어쩌면 삶이 죽음보다 더 힘들었을지도 모르잖아. 게다가 본디 삶에는 기쁨보다 슬픔이 많잖니?”

“전 그렇지 않아요. 살아 있다는 것이 얼마나 좋은지 모르겠어요. 이 손으로 다른 사람의 손을 어루만질 수 있다는 것, 살갗과 살갗을 서로 부빌 수 있다는 것, 이런 게 다 행복해요. 무엇보다도 가족이 있다는 게 행복하고, 제가 우리 가족을 사랑하고 있다는 게 행복해요.”

“그래, 나도 네가 내 딸인 게 행복하다. 녹차 한 잔만 타주겠니?”

외출했던 연희가 그때 들어왔다. 나는 연희를 힘껏 안아주었다. 그리고 이 아이의 귀에 대고 속삭였다.

"네가 내 딸인 게 행복해."

연희도 내 귀에 대고 화답했다.

"저도 아버님이 제 아버님인 게 행복해요."

왠지 연기를 하는 기분이기는 했다. 그러나 셋이 함께 녹차를 마실 때, 나는 행복했다. 원의 말이 옳을지 모른다. 살아 있어서, 사랑하는 사람의 몸에 내 몸을 부빌 수 있다는 것, 함께 이야기를 나눌 수 있다는 것, 그것이 주는 행복은 분명히 있다. 1994.3.20.日

그날 내가 아버지에게 작은 행복을 일깨워드린 게 기쁘다. 잠깐 동안이라도. 그러나 아버지가 느끼는 삶의 슬픔은 근원적이었다. 가족들과의 사랑도 그것을 치유할 수는 없었다. 아버지는 너무 일찍 세상에 나오셨거나 너무 늦게 나오셨다.

국가보안법

대한민국을 이끄는 이념은 자유민주주의다. 자유민주주의를 떠받치는 가장 근본적인 가치는 자유이고, 그 자유의 핵심 가운데 하나는 양심의 자유 곧 사상의 자유다. 헌법 제19조는 "모든 국민은 양심의 자유를 가진다"고 선언하고 있다. 사상과 양심의 자유는 누구나 누려야 할 기본적 인권이지만, 특히 그 자유의 온전함에 마음을 써야 할 사람들은 문필가들이다. 사상과 양심의 외부적 표현 곧 양심 실현이 그들의 직업이기 때문이다. 사상과 양심의 자유를 얻기 위한 싸움의 역사는 문필가들이 겪은 박해의 역사이기도 하다. 에라스무스와 브루노에서 스피노자와 볼테르와 페인을 거쳐 김지하와 김남주에 이르기까지, 그 박해와 투쟁의 역사에 기록된 문인들의 리스트는 기다랗다.

자신이 살았던 극단의 시대에 누구보다도 용감하고 지혜롭게 사상의 자유를 옹호했던 볼테르는 "나는 당신의 견해에 동의하지 않는다. 그러나 만일 당신이 당신의 견해 때문에 박해를 받는다면, 나는 당신 편에 서서 싸우겠다"는 말로 그 자유의 일반성을 요약했다. 그러니까 사상의 자유는 민주주의의 중요한 심리적 터전이라고 할 관용(톨레랑스)과 깊은 관련을 맺고 있다. 미국의 대법원 판사 올리버 웬델 홈스가 유창하게 지적했듯, "사상의 자유를 보장한다는 것은 우리가 동의하는 사상의 자유를 보장하는 것이 아니라, 우리가 증오하는 사상의 자유를 보장하는 것이다."

지금, 가장 넓은 폭으로 한국인 대부분의 사상의 자유를 속박하고 있는 차꼬는 국가보안법이다. 예컨대 불고지죄를 규정하고 있는 이 법 제10조는 명백한 위헌이다. 양심 및 사상의 자유는 어떤 경우에도 제한할 수 없는 절대적 자유로서의 침묵의 자유를 당연히 포함하기 때문이다. 더 나아가 양심 및 사상의 자유가 실효적이기 위해서는 그 자유가 한 개인이 양심상의 결정을 외부에 표현할 수 있는 자유까지를 포함해야 하므로, 제7조의 찬양·고무죄도 위헌의 소지가 크다. 우리가 개인의 양심의 자유를 제한할 수 있는 경우는 그 양심의 표현이 자유민주적 기본질서를 해치는 구체적 행위로 이어졌을 때뿐이다.

정부에서 국가보안법의 개정을 추진하고 있지만, 일부 보수 여론의 반발로 행보가 갈지자걸음이다. 정부가 법을 개정하려는 것은, 북한이 반국가단체라는 전제 아래 이 법이 규정하고 있는 잠입·탈출죄(제6조)나 회합·통신죄(제8조)가 점차 확대되고 있는 남북 간의 인적 왕래와 양립할 수 없다는 현실 인식에 일차적 이유가 있을 것이다. 그러나 국가보안법이 지닌 악법성의 핵심은 사상의 자유의 포괄적 제한에 있다. 이 법의 개폐 운동에 나서는 것은 양식 있는 시민 모두의 의무이겠지만, 그것은 특히 문인들의 의무이고, 그 가운데서도 진보적 작가들의 모임인 민족문학작가회의의 의무다. 2000.3.5.日

앞에서도 얘기했듯, 지금은 한국작가회의라 이름이 바뀐 민족문학작가회의에 아버지는 한 번도 발을 들여놓지 않으셨다. 그것은 자신을 '진보적'이라고 생각하지 않는 아버지의 자의식 탓이었을 것이고, 더 나아가서는 모든 '강령'을 의심했던 아버지의 회의주의 탓이었을 것이다. 그래도 이 글은 무책임하고 무의미하다. 글을 쓴 이 자신이 옳다고 여기는 대의大義의 실천에 스스로 발을 들여놓지 않았다는 점에서 무책임하고, 글쓴이의 일기장에 갇혀 있는 탓에 아무런 선전효과도 기대할 수 없다는 점에서 무의미하다.

노동자문학

박영근 씨가 계간 《내일을 여는 작가》 봄호에 아홉 편의 시를 발표했다. 박노해 씨나 백무산 씨에 견주면 덜 알려진 이름이지만, 박영근 씨는 80년대 이래 〈취업 공고판 앞에서〉 〈대열〉 〈김미순전傳〉 등의 시집을 통해 노동자 계급의 희망과 좌절을 단단한 언어로 형상화해온 '노동자 시인'이다. 《내일을 여는 작가》의 '이 계절의 시인' 난에 실린 아홉 편의 시들에도 노동자의 목소리가 실려 있다.

시적 화자들은 노동자이거나 노동자였거나 그 비슷한 사회경제적

처지에 놓인 이들로 짐작된다. 이 노동자들의 목소리는 그리 우렁차지 않다. 임박한 혁명을 노래하던 80년대 노동시들의 그 비장하면서도 낙관적인 낭만주의가 이 시들에는 없다. 세속의 싸움에서 밀려난 개인들의 우울한 서정이 감돌 뿐이다. 그것은 박영근 씨 개인의 마음결이기도 하고, 그가 자신에게 투입한 이 시대 노동자 계급의 마음결이기도 할 것이다.

서정시는 근본적으로 시인 자신의 노래다. 거기서는 시인과 시적 화자가 온전히 겹치거나, 그렇지 않더라도 긴밀히 연결돼 있다. 소설가는 자기와 무관하거나 자기에게 적대적인 인물들을 창조해, 그들이 놀 자리만 마련해주고 자기는 거기서 빠져나올 수 있다. 그러나 서정시인은 그럴 수 없다. 남성 시인이 여성을 시적 화자로 삼을 때도, 노년의 시인이 어린이를 시적 화자로 삼을 때도, 시인과 시적 화자는 좀처럼 분리되지 않는다. 그것이 서정시가 수필과 공유하고 있는 운명이다. 서정시는 운문으로 쓴 수필이고, 수필은 산문으로 쓴 서정시다.

정신 병동과 단칸방에서의 어떤 순간들을 고통스럽게 되돌아보는 "마흔을 넘긴 여자"(《겨울비》)든, "지나간 밤 여인숙 방에서 치던/ 낯선 여자와의 그 서툴던 화투판을 생각"(이 구절은 언뜻 초기 신경림을 연상시킨다)하는 떠돌이(《강화에 와서》)든, "온통 쇼핑몰이 되어 흘러가는 길/ 인파와 소란 속/ 무스탕을 걸치고 웃고 있는 네거리 현대 백화점/ 마네킹 앞에서" 고개를 숙이는 무직자(《고개를 숙인다》)든, 이 화자들의 목소리는 결국 시인의 목소리일 것이다. 그리고 그 목소리들이 잦아들어 있는 것은, 사라져버린 변혁의 전망과 더 고달파진 노동자들의 삶에 시인이 자신을 투사하고 있기 때문일 것이다.

그러나 시인은 바로 그 잦아든 목소리로 일정한 문학적 성취를 이룬다. 박 씨의 시들은 지금의 한국문학 지도에서 분명히 주변적이다. 그리고 "단순하게 살게 해달라고 매일 매일 나에게 애걸했어요/ 해동을 하는 나무처럼 목도 팔도 다리도 잘라버리고 싶었으니까요"(《겨울비》)라는 시적 화자의 외침처럼 이 시들은 깊은 심리적 상처의 기록이다. 그러나 그의 시들은, 모든 진정한 예술이 그렇듯, 스스로 주변으로 밀려남으로써, 스스로 상처가 됨으로써, 시대의 야만성과 궁핍성을 증언한다. 2001.3.2.金

노동자문학에 대해 아버지가 느끼는 안쓰러움…….

환경주의자들

《시사인물 사전》(현우림 외 지음) 제12권이 '환경주의자들'이라는 테마를 표제로 삼아 나왔다. 99년 12월에 제1권이 나온 《시사인물 사전》은 얼추 한 달 간격으로 권수를 경신하며 국내외의 '시사적' 인물들을 집중적으로 조명해왔다. '사전'이라고는 하지만 대상 인물들에 대한 해설이 수십 페이지에 이르러, 그 글들 각각이 독립된 인물론을 이룬다. 그러니까 《시사인물 사전》은 언론학자 현우림 씨가 단행본 《현대비평》이나 《월간 현대비평》에서 해온 작업의 연장선 위에 있다고 할 수 있다. 처음에는 잡다한 분야에서 활동하는 사람들을 한 책에 무차별로 모아 다루어오다가, 제8권부터는 다소 느슨한 테마를 정해 다루는 인물들 사이의 연관을 드러냈다. 제8권부터 제11권까지의 테마는 '사람은 꽃보다 아름다운가' '쾌락의 독재' '무덤 속의 한국문학' '부드러운 파시즘'이었다. 제12권에서 다룬 환경주의자들은 장일순·천규석·장회익, 니어링 부부, 제레미 리프킨, 머리 북친이다. 이들의 사상이나 삶을 자세히 모르는 독자들도 그 이름들은 귀에 익을 것이다. 이 책은 귀익은 이름들을 알찬 내용물로 채우고 싶은 독자들을 위한 입문서다.

'환경주의자들'이 맨 마지막으로 다룬 인물은 신준영이라는 저널리스트다. 언론학자 이민동 씨가 그를 인터뷰했다. 신준영 씨가 환경주의자로서 다루어진 것은 아니다. 물론 진보적 저널리스트로서의 그가 환경주의자이기는 하겠지만. 신준영 씨는 서른여덟 살 먹은 여성이다.

89년부터 2000년 3월까지 월간 《말》지 기자로 일했고, 지금은 지난 주에 창간된 월간 《민족21》이라는 잡지의 편집장으로 일하고 있다. 신준영 씨는 국내에서 손꼽히는 북한 전문 기자다. 98년 이후 북한엘 다섯 번이나 다녀왔다. 그러나 그는 그 이전부터도 북한 전문 기자였다. 92년에는, 지금은 북한에 가서 살고 있는 장기수 이인모 씨의 회고록을 이 씨와 함께 쓰기도 했다. 신준영 씨가 써온 북한 관련 기사들은 그 정보만 넓고 깊은 것이 아니라, 그곳에 살고 있는 사람들에 대한 정겨운 시선으로 따뜻하다. 진지한 문필가들이 지니고 있는 욕망 가운데 하나가 자신의 글을 통해서 세상을 좀 더 살 만한 곳으로 바꾸는 것이라면, 신준영 씨는 그 욕망에 충실한 사람인 것 같다.

이번 인터뷰에서 기억에 남는 그의 말. "현실적으로 강하면 정의고, 약하면 악이 되는 건 아니잖아요. 현실적으로 세를 못 얻어 망했다고 해도 옳은 건 옳다고 해야 하고, 세를 얻어 힘이 커지더라도 그른 건 그르다고 해야죠." 신준영 씨는 자신의 글쓰기를 통해 이 원칙을 실천해왔다. 2001.3.5.月

자식뻘 되는 젊은 기자를 향한 아버지의 호감, 북쪽 체제를 혐오하면서도 그 감정을 자주 드러내지 않았던 아버지의 사려 깊음, 또는 균형감각.

가방에 책들을 많이 넣고 다녀서인지 나는 반듯한 형태의 네모 가방을 선호한다. 작은 핸드백들도 있지만 급하게 이것저것 챙겨 넣고 나설 수 있는 큰 가방이 편하다. 모처럼 멋을 내려고 가방을 바꾸면 지갑을 빠뜨리거나 카드를 안 챙기거나 하는 실수가 꼭 뒤따르곤 한다. 비슷한 실수를 몇 번 되풀이한 이후로는 가방을 바꾸어서 들고 나갈 때면 바짝 긴장을 하게 된다. 내가 자각하는 치매의 초기 전조인가?

낯선 소설의 집

소설가 이인성李仁星 씨의 홈페이지 '낯선 소설의 집www.leeinseong.pe.kr'의 두 번째 글모음을 읽었다. 2000년 9월부터 2001년 2월까지 오른 글들이다. 2000년 2월 25일에 문을 연 '낯선 소설의 집'의 초기 글들은 그해 10월에 나온 첫 번째 글모음에서 종이 텍스트의 몸을 얻은 바 있다. 두 책 다 한정판으로 찍은 비매품이다. 그러나 사이버 공간의 원본原本 '낯선 소설의 집'이 종이 위의 부본副本 '낯선 소설의 집'보다 훨씬 더 탐스러운 만큼, 종이책을 구하지 못한 이인성 독자들도 아쉬울 것은 없겠다. '낯선 소설의 집'은 내가 방문해본 문인 홈페이지 가운데 가장 정갈한 공간 가운데 하나다. 집주인이 이른바 인기 작가가 아니어서 방문객들도 그리 많지 않은 듯하고, 그 방문객들이 남기는 글도 집주인의 글을 닮아 차분해 보인다. 자유게시판에 해당하는 '열린 사랑방'에 오른 글들도 대체로 그렇다. 불의 뜨거움보다 물의 서늘함이 이 공간을 채우고 있는 것 같다.

이번에 나온 두 번째 글모음에는 동료 문인들의 글방인 '안방 초대 문인'과 이인성 씨의 글방인 '골방의 낮은 숨결'에 올랐던 글들이 묶였다. 초대된 문인들의 시와 산문도 다들 읽을 만하다. 그러나 이 책을 읽는 더 큰 재미는 책 뒤쪽의 '골방의 낮은 숨결'에 모인 이인성 씨의 산문을 읽는 데 있다. 골방에서 이인성 씨가 쓴 글들은 소설가 이인성이나 불문학자 이인성에게만 익숙했던 독자들에게 폭넓은 관심의 '쿨'하고 '시크'한 에세이스트 이인성을 소개한다. 이인성 씨는 자신의 소설에서 문장성분들의 위계를 또렷이 하기 위해(다시 말해 독자들의 오독을 막기 위해) 파천황의 겹쉼표를 사용한 적이 있을 만큼 문장 감각이 섬세한 작가다.

'욕망과 이별할 수 있을까'라는 글에서 작가는 "소설가이므로 나는 상상의 힘을 믿는다(또는, 상상의 힘을 믿으므로 나는 소설가이다)"고 말하고 있지만, 그는 소설이 서사 이전에 스타일이라고 믿는(것처럼 보인)다는 점에서 소설가 이전에 문장가다. 그의 소설이 '낯선 소설'인 것은,

그래서 그 소설의 집조차 낯설게 되는 것은 그런 스타일에 크게 신세지고 있을 것이다. 이인성 씨는 그런 신경질적이되 단아한 스타일로 동료 문인들의 시와 소설에 대해서, 신중현과 서태지의 음악에 대해서, 백남준의 예술에 대해서, 문학을 대하는 마음가짐에 대해서 나지막이 얘기한다. '문학에 대한 세 줄짜리 단상'이라는 글의 전문은 이렇다. "상상은 탈脫-문법적으로, 그러나 문법 너머에 어떤 자존自存의 형식을 얻듯이// 사유는 반反-문법적으로, 그러나 문법과의 경계선을 끝없이 스치며 비껴 나가듯이// 표현은 정正-문법적으로, 그러나 문법의 틀을 문법 안으로부터 내파內破시키듯이. 2001.3.9.金

아버지는 이인성 씨의 글을 좋아하셨다. 그를 자신과 같은 종류의 인간이라 여겼던 것 같기도 하다. 이인성 씨 쪽에서야 어땠는지 모르겠지만.

아버지의 책들 중에는 외국어 사전들—중에는 내가 사다 드린 것도 꽤 되지만—이 많다. 선이가 필요 없다고 해서 내 아파트로 다 가지고 왔는데, 내가 가장 좋아하는 사전은 영어 사전이 아니라 삽화가 잔뜩 들어간 라루스 불어 사전이다. 라루스 사전에 앞서서 내가 좋아했던 사전은 아버지가 출판사 시절 만들었다는 백과사전이다. 학교 다닐 때 백과사전을 가진 친구들이 많지 않아서 그 백과사전을 자랑스럽게 여기고 열심히 봤던 것 같다. 거기 들어간 야생화나 정물을 보고 가끔 메모지에 연필로 베껴 그리기도 했는데, 그럴 때면 내가 혹시 미술에 재능이 있는 게 아닐까 하는 착각에 빠지곤 했다. 라루스 사전을 보고는 어릴 때 보던 백과사전 느낌이 들어 지금도 가끔은 삽화를 펜으로 옮겨 그리기도 한다. 몇 년 전인가 동네 화방을 다니면서 잠깐 데생에 열중했었다. 그때 앞질러서 사두었던 몰리에르 석고상이 아직도 내 방에 있다. 한 번도 그려본 적이 없는 석고상. 거의 애물단지였던 이 석고상을 연희는 참 좋아한다.

작은 시집

《문예중앙》 봄호에 한민선 씨의 시 아홉 편이 실려 있다. '작은 시집'이라는 섹션에 묶인 이 시들은 거의 모두가 독자들을 실망시키지 않을 가편佳篇이다. 그러나 이 시인의 발랄하고 감각적인 초기 시들을 기억하고 있는 독자라면, '작은 시집'의 시들에서 어쩔 수 없이 시간의 매몰찬 풍화작용을 실감할 것이다. 한민선 씨는 본디 움직임의 시인이고 경쾌함의 시인이다. 그는 붙박이가 아니라 떠돌이다. 시인은 시업詩業

의 앞자리에서 자기 감각의 그 가벼운 움직임을 고양이의 몸놀림에 의탁한 바 있다.

이번 《문예중앙》의 시편들에도 그런 날래고 경쾌한 움직임이 없는 것은 아니다. 예컨대 〈꿈들〉이라는 시의 "구름의 거대한 성곽/ 위에 커다랗게, 커다랗게/ 떠오르는/ S-A-N-T-A-M-A-R-I-A/ 하늘의 파아랑! 구름의 하아얌!/ 터지는 심장!" 같은 구절이나, 〈그때는 설레었지요〉의 "그때는 밤이 되면/ 설레어 가만히/ 집 안에 있을 수 없었지요// 어둠이 겹주름 속에/ 감추었다 꺼내고/ 감추었다 꺼냈지요, 만물을" 같은 구절들에는 감각의 부력浮力에 실린 마음의 가볍고 날랜 움직임이 또렷하다.

그러나 그 시들에서조차 그 가벼움은 자신의 꿈이 아니라 친구의 꿈일 뿐이고, 그 움직임은 현재의 움직임이 아니라 과거의 움직임일 뿐이다. 그는 어느덧 붙박이가 되어, 달리는 바람 소리를 "집 안에서/ 귀기울여 듣"거나, 자신이 등장하지 않는 꿈을 꿀 뿐이다. 다른 시편들에서, 시인은 젊음이 빠져나가버린 실존을 노래한다. 예컨대 "내 기억이 포개진 수많은 주름/ 속에 포개진 균열// 그 단애에/ 헐벗은 나무가 서 있다"(〈주름과 균열〉)거나 "나는 이미 흔적일 뿐/ 내가 나의 흔적인데/ 나는 흔적의 서민/ 흔적 없이 살아가다가/ 흔적 없이 사라지리라"(〈노인〉) 같은 구절에선 젊음이 아득하다.

시인은 신생新生의 대척점에 있다. 특히 노인을 화자로 삼은 시 〈노인〉에서 그렇다. 이 애틋하고 섬연纖姸한 시에서, 시인은 노년의 목소리로 어떤 미래를 노래한다. 아니, 시인은 어쩌면 현재를 샐그러뜨려 노래하고 있는지도 모른다. 시의 화자는 자신을 "감정의 서민"이고, "행위의 서민"이며, "잠의 서민"이고, "기억의 서민"이며, "욕망의 서민"이고, 그래서 결국 "생의 서민"이라고 말한다. 무섭고 가엾어라, '감정의 서민'이라니. 그것이 시인 자신을 가리킨 것이라면, 시인은 시 쓰기의 폐업을 예고하고 있는 것인가? 무엇이 시인의 몸을 이렇게 움츠러뜨렸을까? 그러나 나는 시인에게 동의하지 않는다. '작은 시집'에 묶인 시 아홉 편은 한민선 씨가 여전히 감정의 귀족임을, 시간 속에서 더 무르익은 시인임을 증명하고 있다. 그는 자신의 무감각마저 감각적으로 노래하는 시인이다. 2001.3.12.月

한민선 시인의 그 무엇이 아버지를 매료시켰는지는 모르겠으나, 아버지는 일기에서 그녀에 대해 너덧 번 언급하고 있다. '고향 사람'에 대한 친근감 때문일까? 한민선 씨는 서울에서 났지만, 그이 아버지 고향이 함경도다.

어른 되기의 어려움

이수태라는 이가 쓴 《어른 되기의 어려움》을 읽으며 연휴를 보냈다. 표지에는 이 책이 '삶과 책에서 길어 올린 한 평범한 생활인의 성찰과 성장의 기록들'이라고 적혀 있다. 책날개의 저자 소개에 따르면 이수태 씨는 논어에 관한 책을 두 권 냈고 음악에 관한 글을 몇 편 썼다고 한다. 책을 읽어보니 저자는 공무원 생활을 한 듯하다. 글쓰기가 저자의 생업은 아니었던 모양이다. 책을 읽으며 나는, 독서인으로서, 이수태 씨의 글을 처음 대하는 것이 몹시 부끄러웠다. 표지의 설명대로 저자가 평범한 생활인인지는 모르겠으나, 그의 글은 전혀 평범하지 않았다. 이 책에 실린 짤막한 글들은 인간과 세계에 대한 깊은 성찰을 담은 진지하고 관통력 높은 에세이들, 몽테뉴가 겸손하게도 자기 주저主著의 제목을 '시도'라는 뜻의 '에세이들'이라고 붙이고 짐짓 "내가 무엇을 아는가?"라고 물었을 때의 그 에세이들이었다. 생각의 깊이는 거기 걸맞은 품격의 단아한 문체에 실려 더러 잠언적 울림까지 동반하고 있었다.

저자가 "사람은 선한 무언가를 추구하는 가운데 위선의 위험도 안게 된다. 그래서 위선에 빠지지 않으려고 하는 가운데 솔직함도 적극적 의미를 가지고 창조적 계기가 되는 것이다. 선을 추구하는 힘이 없으면 위선에 떨어질 위험도 없고 따라서 솔직함도 본래의 입지를 잃는다"며 젊은 세대의 '솔직함'의 표피성을 지적할 때, "통일을 하자는 것은 좋은 의미에서 서로 눈치를 보고 서로 간섭을 하자는 것이다. 눈치도 보지 말고 간섭도 받지 않으려면 통일을 하지 않으면 된다. 남북 간에 발생하는 눈치와 간섭을 둘러싸고 그것을 긍정적으로 보아야 하는 것은 우리가 분단을 지향하지 않고 통일을 지향하는 한 너무나도 당연한 것"이라며 남북관계가 서로 눈치를 볼 정도로까지 진전되었다는 데 대해 감회를 표할 때, 나는 볼펜을 꺼내 그 부분에 밑줄을 긋지 않을 수 없었다. 2001.3.15.木

이런 글을 아버지가 공개했다면, 저자는 큰 힘을 얻었을 것이다.

결혼한 친구들에게서 듣는 이야기 중 부러운 것 하나는 아이를 낳으면 시아버지나 친정아버지가 손자의 이름을 지어주시는 것이다. 물론 마음에 들지 않는다고 투정하는 경우도 많이 봤지만⋯⋯. 친구 하나는 자기 생일날 시부모님이 용돈을 챙겨주지 않는 게 그렇게 서운하더라는 얘기를 했다.

연희 부모님은 다 돌아가시고 안 계시다. 어머니는 연희가 중학생 때, 아버지는 대학교 때 돌아가셨다. 하지만 연희는 부모님이 안 계신 걸로 상처 받은 것 같지는 않다. 오히려 그녀는 인생의 크고 작은 장애물들을 씩씩하게 잘 헤치면서 살아왔다. 어쩌면 나 혼자만의 생각일지도 모르겠지만.

인생은 지나간다

소설가 구효서 씨의 산문집 《인생은 지나간다》는 평범한 사물들을 탈것으로 삼은, 평범치 않은 시간 여행의 기록이다. 그것이 먼 여행은 아니다. 그 여행의 끝은 1960년대의 강화와 그 이후의 서울 변두리다. 그러니까 그 여행의 행선지는 작가가 겪어보지 못한 머나먼 과거가 아니라, 작가가 몸으로 겪어낸 가까운 과거다. 요컨대 《인생은 지나간다》는 작가의 유년기와 성장기의 기억이다. 구효서 씨는 자신의 옛날 얘기를 하고 있는 셈이다. 그가 들려주는 자신의 옛날 얘기가 특별히 마음의 줄을 퉁기는 것은 그것이 가난한 시절의 사물들에 매개돼 있기 때문이다.

구효서 씨는 이 책에서 물동이와 변기에서 텔레비전과 연필을 거쳐 도시락과 주걱에 이르는 스무 개의 사물에 몸을 의탁해 자신의 기억을 더듬는다. 그 밋밋한 사물들은 작가가 겪은 일화逸話들을 원기소로 삼아 생명력을 얻고, 읽는 사람들의 마음을 이내 뭉클하게 만든다. 아니, 모든 독자가 이 책을 읽으며 가슴이 뭉클해지지는 않을 것이다. 구효서 씨의 기억에 공감하며, 즉 그 기억을 자신의 것으로 만들며, 물기 어린 눈으로 자신의 아스라한 과거를 되돌아볼 수 있는 독자들은 아마 40대 이상의 독자들, 그 가운데서도 유년기가 그리 풍족하지 못했던 독자들일 것이다. 세대적 조건만 맞으면 경제적 조건은 그리 중요하지 않을지도 모른다. 40대 이상의 독자들이라면, 그 시절 대개 가난했을 테니까.

예컨대 "교과서 서너 권쯤은 으레 흐른 김치 국물에 젖었다 마른 볼썽사나운 귀퉁이를 갖고 있었다. 다 말라도 벌겋게 부풀었던 자국은 끝내 완전히 가라앉지 않았다"(《도시락》 중에서)라든가 "사전 지식이나 경험 없이 좌변기와 맞닥뜨렸을 때 '어떻게 앉는 거지?' 하고 고민했던 사람이 없지는 않았을 것이다. 고민 끝에 두 발을 좌대에 얹고(어쨌든 급하니까) 세상에서 제일 불편한 자세로 쭈그려 앉았을 테니 쾌변 가망 절대 불가일 수밖에"(《양변기》 중에서) 같은 문장 앞에서 공감의 웃음을 짓지 않을 그 세대 사람은 많지 않을 것이다.

그러나 이 책 전체가 '누구나의' 얘기인 것은 아니다. 이 책은 그 세대의 공통적 경험 위에 작가 개인의 때로는 가슴 아리고 때로는 요

절복통할 에피소드들을 점점이 박는다. 그 에피소드의 주인공들은 작가의 유년기의 동무들과 가족들이다. 그래서 《인생은 지나간다》는 사물들의 역사이자, 그 사물들을 사용하거나 그 사물들에 얽매인 어떤 개인들의 역사이기도 하다. 사물들과 함께 인생은 지나간다. 독자들의 인생도, 구효서 씨의 인생도. 구효서 씨가 소설을 못 쓴다는 얘기는 절대 아니지만, 이 《인생은 지나간다》는 구효서 씨의 소설보다 더 재미있다. 2001.3.19.月

아버지와 구효서 씨는 나이 차가 20년 이상 난다. 그 세월도 두 사람을 한데 묶는 기억을 없애지 못한 모양이다. 아버지의 '독서일기'는 그 대부분이 출간을 염두에 둔 것처럼 보인다. 아무래도 '독서일기' 부분만이라도 출간을 해야 할지 모르겠다.

한국문학을 보는 시각

이동하 씨의 문학평론집 《한국문학을 보는 새로운 시각》을 읽었다. 이 젊은(이라는 말이 실례가 되지 않기를 바란다. 이동하 씨가 나보다 스무 살이 젊으니) 비평가가 우리 문단이나 국문학계에서 차지하고 있는 위치는 독특하다. 그는 자신의 그런 입지를 '아웃사이더' 또는 '홀로 가는 사람' 이라고 표현한 바 있다. 이 책에 실린 '논리 이전의 세계와 논리의 세계'에서도 술회되고 있듯, 이동하 씨는 문단의 어떤 집단이나 유파에서도 자유롭다. 그리고 그가 문인이자 학자로서 관심을 기울이는 분야도 주류파의 관심 분야와 매우 다르다.

그런 '홀로 가는 사람'의 특질은 《한국문학을 보는 새로운 시각》에서도 또렷하다. 청년 백낙청의 《시민문학론》(1969)과 청년 김현의 《시와 톨스토이주의》(1969)를 다시 읽으며 1960년대 이후 비평정신의 두 유형을 새롭게 조명해본다거나, 주류 문단과 학계가 진지하게 다루지 않았던 이어령의 문학세계를 적절한 자리에 배치하려고 애쓰는 것은 유행에 민감한 비평가라면 하기 어려운 일이다. 국문학자 조동일 씨가 교술敎述이라고 부른 바 있는 비허구산문非虛構散文의 중요성을 강조한다거나, 이문열 씨가 희곡 〈여우사냥〉에서 시도한 명성황후 민 씨의 미화에서 역사적 진실을 왜곡하는 배타적 민족주의의 위험을 읽어내는 것도 그렇다.

이동하 씨는 또 남성 평론가로서는 드물게 문학 주체로서의 여성이나 문학 속의 여성에 관심을 보여왔다. 이 책의 첫 글로 실린 '한국소설과 여성'은 그런 관심의 소산이다. 최근 시 계간지 《애지》에 기고한 두 편의 글을 통해서 그가 시인 김수영의 여성관을 따져본 것이나,

다른 자리에서 송기원 씨의 시와 소설에 드러난 여성관을 가차없이 비판한 것도 같은 맥락의 작업일 것이다. 그러고 보면, 이동하 씨는 페미니즘을 구호로 내걸지 않으면서도 그것을 내면화한 알짜배기 페미니스트라고도 할 수 있다. 저자는 서문에서 이 책에 실린 글들이 '역사의식에 입각해 우리 문학을 보아야 한다'는 생각에 바탕을 두고 쓰여졌다고 적고 있다. 이 책을 읽어보면, 그가 말하는 역사의식이란 배타적 민족주의를 거부하면서도 한국적인 것이 무엇인가를 탐색하는 섬세한 정신상태라는 것을 알 수 있다.

나는 이동하 씨의 다른 책들을 읽을 때처럼 공감을 가지고 이 책을 읽었다. 선뜻 동의하기 어려운 것은 북한 문제에 대한 그의 집착이다. 나는 이동하 씨 못지않게 북한 체제에 비판적이지만, 남한 문인들이 북한의 인권 문제를 작품화하는 것이 북한 사람들의 인권을 신장하는 데 도움이 되리라고는 생각하지 않는다. 2002.3.2.土

이동하 씨는, 복거일 씨와 함께, 보수적(당사자들 표현으로는 자유주의적) 문필가로서 아버지의 눈에 걸려든 드문 사람이었다. 그런데 '실례가 되지 않기'를 바란다니. 일기장에 갇혀 있는 글이 도대체 누구에게 실례가 된다는 말인가?

철학하기

일본 철학자 나가이 히토시의 《어린이의 마음으로 철학하기》(김철수 옮김)은 매우 독특한 철학 입문서다. 제목에서도 드러나듯, 이 책은 이미 확립된 철학 지식을 가르치는 것이 아니라 철학하기를 가르친다. 가르친다는 말은 정확하지 않다. 이 책은 철학하기를 보여준다. 철학하기를 저자는 사고라고도 부른다. 사고는 늘 진행형이다. 그 사고가 마무리돼 멈추었을 때, 거기 남는 것은 사상이다. 사고가 사상에 이르렀을 때 철학도 끝난다. 그러니까 저자에게 철학이란 사상과 구별되는 사고이고, 결국 철학이란 철학하기다.

저자가 이 책에서 보여주는 철학하기는 저자 자신의 철학하기다. 어려서부터 어른이 될 때까지 저자는 두 개의 의문을 품고 그 의문을 풀기 위해서 생각을 거듭했다는데, 그 생각의 과정을 보이고 있는 것이 이 책이다. 그 의문은 '나는 왜 존재하는가?'와 '왜 나쁜 일을 하면 안 되는가?'다. 저자는 짐짓 이 책이 어린이를 위한 철학 입문서라고 말하고 있지만, 평범한 어린이가 이 책을 따라 읽기는 어려울 것 같다. 이 책이 독자로 상정하고 있는 '어린이'는 어린이의 마음을 지닌 어른들이라고 할 수 있다. 어린이의 마음이란 존재에 대해 경이를 품는 마음이다. 다시 말해 삼라만상이 실제로 이렇게 있다는 사실을 신기롭게 바라보는 마음이다. 이 책이 다루고 있는 첫 번째 문제가 '나는 왜 존재하는가?'라는 것은 그러므로 자연스럽다.

저자는 이 문제를 해명하기 위해 존재의 껍질을 끝없이 벗겨낸다. 남들이 나가이라고 부르는 사람과도 구별되고, 그 사람이 지니고 있는 자기의식이나 자아와도 구별되는 '나'는 왜 존재하는가? 그것이 우연이고 기적이라는 결론에 놀란 저자는 그 놀라움의 힘으로 혼魂(개별화한 탈인격적 자아)의 존재증명을 비롯한 여러 가지 사고 실험을 수행한다. 저자는 그 과정에서 우연히 비트겐슈타인의 '언어게임'과 만난다. 두 번째 문제 곧 '왜 나쁜 일을 하면 안 되는가?'에 대한 사고를 전개하다가 우연히 니체의 '도덕의 계보'를 만나는 것과 비슷하다. 그러나 이 책이 보여주는 것은 비트겐슈타인이나 니체의 사고가 아니라, 나가이 히토시라는 대체 불가능한 '나'의 사고다. 가르침을 목표로 하지 않은 이 책이 가르치는 것이 있다면, 철학은 누구나 할 수 있다는 것, 그래서 존재하는 것은 철학이 아니라 철학들이라는 것이다. 저자의 말을 빌면, 철학 입문入門의 '문'은 책 안에 있는 것이 아니라 독자들 마음속에 있다. 2002.3.12.火

나가이의 주장은 옳지만, 옳은 만큼이나 진부하다.

배탈이 계속되면서 몸의 기운이 다 빠져 축 늘어지는 느낌이다. 며칠간 잠을 설치고 작업을 한 탓에 신체 리듬이 다 깨져서 뒤틀린 탓일 게다. 이런 때는 어머니가 쑤어주시는 죽도 소용없고 그냥 따뜻한 물로 속을 달래는 편이 더 낫다는 것을 경험으로 터득했다. 사람의 신체는 매우 정확한 기계라고들 말하는데, 몸이 심하게 아파봐야 그 말을 실감하게 된다.

자연의 이야기들

흔히 근대화라고 불리는 세계자본주의의 확대 과정이 인간의 심성에 새겨놓은 흔적 가운데 하나는 심화된 인간중심주의다. 인간중심주의의 심화는 곧 자연의 소멸이다. 특히 한국처럼 자본주의의 확대 속도가 어지러울 정도로 컸던 사회에서는 자연의 소멸 속도도 거기 비례해 컸다. 내가 젊었을 때만 해도 서울 거리에서 말이나 소를 보는 것은 흔한 일이었다. 집의 화단에는 나비와 벌이 날아들었고, 비 내린 오후에는 지렁이와 달팽이가 보였다. 그 시절의 어린이들은, 농촌 아이들만이 아니라 도시 아이들도, 귀뚜라미·여치·사마귀·매미·생쥐·벼룩·제비·참새·무당벌레 따위와 함께 살았다. 오늘날, 사람의 거주 공간은 거의 온전히 사람만의 거주 공간이다. 개나 고양이 같은 애완동물들은 오히려 그 거주 공간을 더욱더 인간중심적으로 보이게 만든다. 오늘날의 어린이들은 소나 돼지나 토끼나 양을 오로지 식용 고기의 형태로만 경험한다.

19세기 후반부터 20세기 초까지 살았던 프랑스 작가 쥘 르나르의 《자연의 이야기들》을 읽으며 나는 나른한 시간여행을 경험했다. 그것은 단지 젊은 시절로의 시간여행이 아니라 내가 세상에 나기 전 아득한 옛날로의 시간여행이었다. 그 여행의 끝에서, 새들과 짐승들과 벌레들과 꽃들과 나무들은 제각기 지구의 온전한 시민권자로서 자태를 뽐내고 있었다. 저자가 이 책의 첫 번째 글에서 '이미지의 사냥꾼'을 자처했듯이, '자연의 이야기들'은 동물과 식물들에 대한 온갖 이미지들로 빛난다. 르나르가 그 이미지들을 주로 채집한 곳은 자신이 읍장을 지내기도 한 쉬트리레민이라는 시골 마을이다.

르나르는 자신이 관찰한 자연계를 80여 편의 산문시에 담아놓고 있다. 그 가운데 어떤 것은 포복절도할 웃음을 자아낸다. 예컨대 "고래는 입안에 자신의 코르셋을 만들 천을 가지고 있다. 하지만 그녀의 허리둘레라는 것이!"(〈고래〉)라거나 "그러나 그녀는 그토록 가는 허리 때문에 언젠가는 탈이 나고 말 것이다"(〈말벌〉) 같은 대목이 그렇다. 르나르의 상상력 속에서 나비는 "반으로 접힌 사랑의 편지"가 되

고, 벼룩은 "용수철이 달린 담뱃가루"가 된다. 바퀴벌레는 "시커멓게
벽에 들러붙은 수많은 열쇠 구멍들"이고, 곤들매기는 "늙은 산적의 옆구
리에 감춰진 단검"이다. 이 책을 읽고 나서 원과 함께 홍제천변으로
나가 보았다. 자연이 완전히 새로운 이미지의 옷을 입고 우리를 기다
리고 있었다. 2002.3.17.日

어렴풋이 기억난다, 그때 아버지와 홍제천변을 걸었던 것이.
아버지는, 결코 근본적이진 않았지만, 생태주의자였다.

부전여전

한택수韓澤秀 씨의 시집 《말과 희망의 나날 속에서》를 읽었다. 여
기 묶인 시는 시들에 대한 시다. 너덧 편의 시들을 빼놓으면, 이 시집
의 시들은 죄다 시에 대해 무언가를 이야기한다. 시라는 말이 이토록
자주 언급되는 시집은 아마 지금까지 나온 적이 없을 것이다. 그 시들
은 시란 무엇인가에 대한 시인의 탐색이기도 하고, 시에 대한 시인의
사랑과 미움, 희망과 절망, 살가움과 무정함의 토로이기도 하다. 이
시집은 요컨대 시와 시인 사이의 정분의 기록이다.

시가 산문과 다른 점 가운데 하나는 행 사이의 긴장이다. 시는 발화된 언어로써 의미하는 것 못지않게 침묵으로 무엇인가를 의미한다. 그래서 시인은 "꺾여진 행行은 아름답다/ 시의 꺾여진 행은 미처 하지 못한/ 한 마디 말을 뜻한다/ 그 침묵을 말한다"(〈또 행과 연〉)고 쓴다. 시인 지망생들이 시창작 교실 첫 시간에 듣는 말 가운데 하나는 '시는 진술이 아니라 묘사'라는 말일 것이다. 그러나 시인은 말한다. "나는 시를 잘못 익혔을까? 나는 왜 대상의 묘사보다 내 자신의 리듬에 의존했을까? 시는 그러나 리듬이다. 물살이 흐르듯 내 마음은 새봄의 평화를 보고 있다"(〈밀레니엄 문장론〉). 그렇다. 시는 대상의 묘사이자 리듬이다. 베를렌의 시편들은 시가 리듬이라는 것을, 음악이라는 것을 끝간데까지 보여주었다. 그러나 중요한 것은 시가 리듬이라는 선언이 아니라 시로써 리듬을 만들어내는 구체적 실천일 것이다.

표제작 〈말과 희망의 나날 속에서〉의 첫 여섯 행은 체험에 바탕을 두고 언어 예술로서의 시의 탄생과 육화를 선언한다. "내 삶의 처음에 모음母音이 있었다/ 밝고 햇볕 밝은 어느 아침, 푸르게 새들이/ 숲을 나설 때/ 자음子音들을 떠받치고 굴리며 그 말들은/ 초록빛 시의 언어로 태어났고 또 하나의/ 내 자신이 되었다." 시인에게 시의 언어는 초록빛이다. 그 초록은, "저를 이 여름산처럼 마음이 울창하게 하옵소서// 그리고 저 짙푸른 하늘의 얼굴을 한없이 우러르게 하옵소서// 오직 한 올 빗줄기와도 같은 시의 행을 가다듬게 하옵소서"(《서울 광시곡·5》) 같은 구절을 보면, 시인에게 자연의 본디 빛깔인 것 같다. 시인은 이 시집에 헌정사를 쓰지 않았다. 그러나 시에 대한 시들을 받을 이는 명확하다. 그것을 관장하는 신, 뮤즈다. 2002.3.19.火

한택수라…… 들어보지 못한 이름이다. 학교 도서관에서 빌려서라도 한번 읽어봐야겠다.

나는 양치질을 좀 오래 하는 편이다. 연희는 나의 이 버릇을 보고 혀를 끌끌 차지만 오랫동안 하지 않으면 개운치가 않다. 양치질을 슬슬 하는 동안은 이것저것 방해받지 않고 생각을 할 수 있어서 좋다. 양치질을 오래 하면서 목욕탕을 차지하는 버릇은 아버지에게서 물려받은 것 같은데, 만년의 아버지는 목욕탕에서 혼자 중얼거리는 적이 많았다. 요샛말로 하면 '투레트병'의 초기증상이었는지도 모르겠다. 나 역시 가끔은 양치하다가 혼잣말하고 있는 나 자신을 보고 크게 놀란 적이 있다. 부전여전!

연변처녀

《지성과 문학》봄호를 읽다가 임윤제 씨의 시 〈연변처녀〉를 만났다. 시인의 마음속에서 연변처녀는 과거의 여자다. 한국 여성 모두의 아스라한 과거를 그녀는 자신의 광배光背로 삼는다. 시인이 보기에 연변처녀는 "내가 세상에 나오기 전의 내 어머니,／꽃가지 사이로 얼굴만 내놓은 사진 속／시집오기 전의 아내,／눈보라 고갯길을 넘어 교실로 들어서는／정순이, 순옥이 그리고／국어책 속의 영희"다.

정순이나 순옥이나 영희라는 이름은 옛날 여자아이들의 이름이다. 작명의 모더니즘에 익숙한 요즘 부모들은 딸자식의 이름을 그렇게 순박하게 짓지 않는다. 그들은 순할 순順자나 계집 희姬자를 좋아하지 않는다. 그런 글자가 들어간 이름들은 겨울 산을 넘어 등교해야 했던 옛 시골 아이들의 이름이기 때문이다. 요즘의 세련된 부모들이 딸에게 주고 싶어 하는 글자들은 린隣이나 원媛이나 빈彬이나 령玲 같은 것들이다. 그러고 보니 내 큰애 이름도 원媛이다.

'국어책 속의 영희'라는 표현이 재미있다. 1950~60년대 초등학교 국어교과서 속에서 '영희'는 한국의 계집아이들을 대표했다. '철수'나 '영길'이 한국의 사내아이들을 대표했듯이. 그래서 시인은 말한다. "연변처녀야,／나는 지금 네 얼굴에서／내가 알던 모든 처녀를 본다."

연변처녀가 한국 여성의 잃어버린 과거인 것은 그들의 이름이 요즘 도회지 한국인들의 언어 감각과 어긋나서만이 아니다. 시인은 그들의 낯에서도 잃어버린 토종 한국 여성을 발견한다. 그리고 그런 한국적 얼굴이 아주 사라져버릴까 걱정한다.

그는 노골적으로 말한다. "연변처녀야,/ 아무도 주지 말아라./ 네 뺨 위의 대구 사과/ 혹은 소사 복숭아." 연변처녀가 뺨 위에 지녔다는 대구 사과나 소사 복숭아는 한국인들의 얼굴 특징이었던 광대뼈와도 관련되겠지만, 더 근원적으로는 수줍음과 관련돼 있을 것이다. 자본주의의 독한 맛을 아직 보지 못한 연변처녀의 그 수줍음에서 시인은 자신의 상상력 속에 자리 잡은 원原한국인의 염치를 발견한다. 이 시를 읽고 있는데, 연기자 허영란 씨의 얼굴이 갑자기 나타나 활자 위에 앉았다. 지난해에 MBC 베스트극장 〈내 약혼녀 이야기〉에 연변처녀로 출연한 허영란 씨는 시인의 낭만주의 속에 자리 잡은 바로 그 연변처녀였다. 2002.3.21.木

연변처녀에 대한 시인의(그리고 아버지의) 상상력을 비판할 수는 없다. 그러나 이것은 일종의 오리엔탈리즘이 아닐까?

자식

선이 내외가 아이들을 데리고 집에 왔다 갔다. 위아래로 살며 하루 건너 보면서도, 볼 때마다 아이들이 정겹다. 가애와 평애는 친할애비가 없어서인지 나를 무척 잘 따른다. 경京(선이가 낳은 막내다)이 역시 마찬가지고. 이 녀석은 아직 너무 어려 잘 모르겠고, 가애와 평애는 두 아이 다 붙임성이 좋다. 제 어미 눈치를 보지도 않고. 그것은 선이의 사려 깊음 덕인지도 모른다. 2004.3.11.木

그렇다. 아버지가 제대로 보셨다. 선이는 세 아이를 정말 잘 키우고 있다. 화목한 가정을 만들려고 최선을 다하고 있다. 선이의 장점이자 단점은 누구에게나 모나지 않게 잘하려고 한다는 점이다. 가끔은 선이 본인이 스트레스를 받지 않을까 염려될 때도 있다.

벨이 울려서 나가보니 10층에 새로 이사온 집이라며 젊은 엄마가 시루떡을 내밀었다. 따끈해서 무심코 손이 갔는데 꽤 맛이 있었다. 생각해보니 어머니가 집에서 시루떡을 해주신 적이 없었는데, 아마 아버지가 별로 좋아하지 않으셨기 때문인 것 같다. 가끔 먹었던 경단은 식구들 모두가 좋아하던 떡이었다. 내가 유일하게 만들 수 있는 떡은 경단인데, 어머니한테 배운 것이 아니라 미국에서 교포 아주머니한테 배운 것이다. 거기서 내가 가끔 공부를 봐주던 학생의 어머니였다. 떡도 만들어주시고 한국 반찬을 만들어서 싸주시곤 했다. 서울에 돌아와 보니 경단을 만들어 먹는 집은 거의 없는 것 같다. 지금 우리 동네에도 몇 발자국만 나서면 포장된 떡들을 파는 떡가게가 있다. 내가 그 집 떡 가운데 가장 좋아하는 것은 호박설기와 꿀떡이다. 간식으로 피자 종류보다는 떡을 좋아하니 아무래도 나는 구세대인가 보다.

밥을 너무 급하게 먹는다고 어머니한테 늘 야단을 맞곤 했는데, 그 버릇이 고쳐지지 않는다. 많이 먹지도 않으면서 늘 그냥 삼킨다는 얘기를 나는 그냥 흘려듣고 만다. 술자리에서도 술잔을 훌렁 비워서 처음 만나는 사람들은 내가 엄청난 술꾼인 줄 잘못 안다. 나의 조급증이 엉뚱한 방향으로 흘러나온 것일까. 아마도 나는 학교생활, 사회생활을 통해서 일단 시작을 하면 잘해야 한다는, 이왕이면 빠른 시간 안에 깔끔하게 마무리해야 한다는 규범을 내면화했는지도 모른다. 누군가 나에게 너는 자식이 없어서 너 자신에게 더 집착할 수 있다는 말을 했는데, 자식이 의미하는 것을 나는 짐작하기 힘들다. 남들이 성의 없이 던지는 "무자식이 상팔자"라는 말을 위안삼기로 했다. 아버지, 어머니는 나 혹은 선이로 인해 삶에서 어떤 부분을 얻고 또 잃게 되었을까.

탄핵

노무현 탄핵소추안이 국회를 통과했다. 한나라당은 미쳤다. 민주당은 더 미쳤지만. 2004.3.12.金

그때가 기억난다. 선거를 며칠 앞두고 아버지는 자신이 민주노동당에 표를 던질 거라고 우리(자기 가족 세 여자 말이다)에게 말했다. 그것은 은근한 압력이었다. "비밀투표도 몰라요?"라고 선이 따졌다.

어머니와 선이 누구에게, 어느 당에 투표했는지 나는 모른다. 그렇다면 나는? 비밀투표 몰라요?

3부　독고준　소묘

3부　독고준　소묘

작가의 문학세계와 그의 삶은 일치할 수도 있고 그러지 않을 수도 있다. 일치하지 않는 경우가 일치하는 경우보다 훨씬 많을 듯하다. '글은 곧 사람이다'라는 격언은 아주 깊다란 수준, 매우 추상적인 수준에서만 옳다. 인류는 교활해서, 자신의 추악한 참모습을 아름다운 언어의 천으로 가릴 수 있다. 문학과 윤리는 아무런 관련이 없다고 필리프 솔레르스는 젠체했지만, 그 말은 문학이 폐쇄된 놀이공간일 때만 받아들일 수 있는 말이다. 그런데 문학은 폐쇄공간이 아니다. 문학 외부는 문학 내부에 충격을 주고, 문학 내부 역시 문학 외부에 충격을 준다. 이 짤막한 독고준론은 문학(집단적 도덕이나 경험)과 윤리(개인적 도덕이나 경험)가 완전히 분리될 수 없다는 사실, 문학과 사회는 역동적인 상호작용을 한다는 사실을 바탕에 깔고 있다.

독고준은 1935년 원산에서 태어났다. 부친(독고빈獨孤彬)은 일본에 유학하고 돌아와 과수원을 경영하던 전형적 봉건지주였다. 그는 1946년 북한에서 토지개혁이 일어나자 가족을 고향에 두고 월남했다. 일본에서 학교 공부를 마치고 고향에 막 돌아와서는 소작인들 편을 들어서 조부(독고영獨孤榮)와 마찰을 빚기도 했지만, 이런 조그마한 '반역' 에피소드도 독고빈의 신변을 보장해주지 못했다. 다시 말해 독고준은 사회주의 체제에서 환영받을 만한 계급에 속해 있지 않았다. 형과 형수, 누이와 매부가 있었는데, 부친이 월남하고 반년 뒤 매부(현호성玄浩成)도 월남했다. 아버지와 매부의 월남은 단기적 지평에서 독고준에게 불행의 씨앗으로 작용했다. 그는 중학교에 입학한 지 얼마 안 돼서 교사로부터 자아비판을 강요받았다. 아버지와 매부의 월남 때문이었다. 그 뒤로 몇 차례 더 강요받은 자아비판은 소년 독고준에게 큰 상처로 남았다.

그는 한국전 당시 남으로 내려와 아버지와 해후했고, 경복고등학교를 거쳐 서울대 문리대 국문과에 진학했다. 대학교 2학년 때 아버지를 여읜 독고준은 군복무를 마치고 복학해 입주 가정교사로 일하며 학교를 졸업했다. 졸업 뒤 모교인 경복고등학교에서 국어교사로 일하다가 동아출판사 편집부장으로 자리를 옮겼고, 36세 때인 1970년 직장을 그만두고 전업 작가로 나섰다. 그가 동아출판사에서 편집한《세계백과사전》과《세계문학전집》은 30년 가까이 스테디셀러로 팔렸다. 1962년 단편〈길 잃은 세대〉가《동아일보》신춘문예에 당선해 등단했고, 그 뒤 40년 가까이 이어진 문필활동을 통해 장편 15편과 단편 32편을 남겼다. 현대문학상, 이상문학상, 동인문학상 등을 수상했다. 1974년 소위 문인간첩단 사건에 연루돼 10개월간 옥살이를 했다.

독고준 문학세계의 열쇠말은 자유, 균형, 소수자(차별)라 할 수 있다. 이것은 등단작 〈길 잃은 세대〉에서 이미 윤곽을 드러내고 있다. 이 소설의 주인공 인철은 재일교포 혼혈인 2세다. 어머니의 성과 일본 이름을 쓰던 그는 중학생 때 자신이 조선인이라는 자각을 한 뒤 이름을 한국식으로 바꾼다. 조선인이라는 게 밝혀진 뒤, 그는 가까웠던 친구들을 잃게 되고 급우들의 이지메에 시달린다. 그래도 그는 자신이 조선인이라고 '커밍아웃'한 것을 후회하지 않는다. 그러나 인철이 조선인 민족주의자가 되지는 않는다. 그의 몸속을 흐르는 피의 반은 일본인의 것이기 때문이다. 그는 스스로 경계인이라고 생각한다. 어느 한쪽으로 치우칠 수 없는 것이 경계인의 운명이다. 그는 어느 민족 집단에도 절대적 귀속감을 느끼지 못한다. 다시 말해 인철은 버 젓한 조선인도 아니고 번듯한 일본인도 아니다. 그런 경계인적 상황과 인식은 그로 하여금 한반도와 일본열도를 일정한 거리 너머에서 관찰하게 만든다. 일본에도 조선에도 완전한 귀속감 을 느끼지 못하게 하는 거리감 탓에(덕에?) 장인철은 세계시민 이 되는 것이다. 그 세계시민의 다른 이름은 개인주의자다. 그 개인주의자는, 동어반복이긴 하지만, 개인의 자유를 열망하는 개인이다. 그가 일본인도 아니고 한국인도 아니면서 동시에 일 본인이기도 하고 조선인이기도 하다는 사실은, 좀 넓혀 말하면, 그가 아메리카인도 아프리카인도 아니면서 동시에 아메리카인 이기도 하고 아프리카인이기도 하다는 뜻이다. 그러나 그의 개 인주의가 근본적(급진적)인 것은 아니다. 그는 다른 나라 사람들 에게보다는 조선인이나 일본인에게 더 친밀감을 느꼈고, 두 나 라의 문화유산을 자랑스러워했다.

소수자를 등장시켜 자유의 한계를('자유의 무늬'라는 말이 더 적 절하겠다) 그려보는 작품을 독고준은 여러 편 썼다. 그 소수자 인 물 가운데 어떤 이는 주인공이고 어떤 이는 관찰자(화자)다. 예 컨대 《날갯짓》의 김미영金美英, 《수정의 밤》의 박경선朴京善, 《버찌

의 계절》의 이자벨과 조르주, 《혁명가들》의 페터와 아그네스가
다 그렇다.

전쟁이나 혁명은 인간의 내면이 적나라하게 드러나는 순간
이다. 독고준의 작품 가운데 오로지 전쟁만을 배경으로 한 것
은《그해 여름》한 편뿐이지만, 혁명을 배경으로 한 것은, 단편
을 포함하면, 10편이 넘는다. 사실은 그의 소설에서 혁명은 전
쟁과 포개지는 경우가 많다. 러시아혁명은 제1, 2차 세계대전과
포개지고, 프랑스대혁명은 나폴레옹 전쟁과 포개지며, 파리코
뮌은 프로이센-프랑스 전쟁과 포개진다.

국내를 배경으로 삼은 경우에도 마찬가지 예가 있으니,《날
갯짓》이 그것이다. 이 소설에서는 동학혁명(1894년 혁명, 농민전
쟁)이 청일전쟁과 포개진다. 실제의 세계에서 전쟁과 혁명은 자
주 포개지므로, 그것이 별난 일도 아니다. 근대 유럽 이래 전쟁
과 혁명은 동전의 앞뒤였다. 그것을 직시하지 않고 전쟁과 혁명
을 구별하고자 하면, 작자의 시선은 관견管見에 이르고 만다. 동
학혁명을 농민전쟁으로 파악하는 연구자들이 있다는 점을 상
기해보자. 그렇다면《날갯짓》의 제재가 혁명인지 아니면 전쟁
인지 꼬집어 말하기 어렵다. 굳이 갖다 붙이자면 '혁명전쟁'이라
해야 할 것이다. 독고준의 혁명전쟁소설들을 읽고 나면, 인간이

얼마나 비굴하고 욕심 사나운 동물인지를 퍼뜩, 그리고 새삼스레 깨닫게 된다.

　권력에 대한 비판을 독고준의 소설들에서만큼 자주 표출하는 작품이 당대에는 많지 않았다. 그런데도 독고준과 군사정부의 관계가 파멸적이 아니었던 것은, 작가의 에둘러 말하기가 효과를 냈다는 뜻이겠다. 더 나아가서 그 소설들이 꼭 권력 비판으로만 읽히지 않은 데도 그 이유가 있었을 테다. 이것은 독고준이 자유실천문인협의회(자실)나 그 후신인 민족문학작가회의(작가회의)와 전혀 관련을 맺지 않았다는 점과도 관련이 있을 것이다. '자실'의 민중문학가들은 독고준의 권력 비판 방식을 좋아하지 않았다. 그것이 너무 우의적이어서 일반 독자들이 그 소설의 메시지를 읽어내지 못한다는 것이 큰 이유 가운데 하나였다. 그러나 더 큰 이유는 독고준의 소설에서 일종의 반-민중주의가 읽힌다는 데 있었다. 독고준이 생각하는 정의正義는 민중문학가들의 생각하는 정의와 달랐다. 민중문학가들의 파사현정은 '민중'에 아우라를 입혀 이 '모호한 계급'을 옹호하는 데 있었다. 대부분의 민중소설에서, 민중은 역사 발전의 주체다. 그러나 독고준의 작품들은 달랐다. 독고준의 파사현정은 소수자에 대한 옹호였다. 그의 소설에서, 민중은 흔히 무력하고 이기적이며 탐욕스러운 주체로 등장한다. 그것이 작가 자신의 실제 의견이었다는 점은 그의 일기에서도 확인된다. "스탕달은 자신이 민중을 위해 살 수는 있지만, 스스로 민중이 될 자신은 없다고 쓴 적이 있다. 나는 스탕달과 달리 민중을 위해서도 살 수 없을 것 같다. 하물며 스스로 민중의 일원이 된다는 것은 내가 도저히 감당할 수 없는 일이다. 나는 소박한 프티부르주아로 남겠다"(1968년 5월 3일).

반면에 독고준은 자신이 소수자라고 생각하는 사람들을 옹호했다. 그 소수자는 장애인, 감옥의 수인, 혼혈인, 동성애자 같은 이들이었다. 특히 동시대 작가들의 눈길을 거의 받지 못한 동성애자에 대한 옹호는 문단에 크고 작은 센세이션을 일으켰다. 단편 〈거울〉〈밀랍인형〉과 장편《강릉 가는 길》같은 작품이 동성애를 소재로 삼은 작품들이다. 〈거울〉과 〈밀랍인형〉에서는 여성 동성애자들과 남성 동성애자들이 제가끔 파멸을 맞는다. 이 작품들의 등장인물들은 자신이 동성애자라는 걸 감추기 위해 무진 애를 쓰지만, 결국 이성애자들에게 (장난스럽지만 인권침해적인) '아우팅'을 당한 끝에 한 커플은 동반자살을 하고 또 다른 커플은 각각 유럽과 미국으로 건너간다.

독고준이 동성애에 관심을 기울인 데는 그의 딸 탓이 컸다.

그의 장녀가 레즈비언이었고, 지금도 레즈비언으로 살고 있기 때문이다. 이 대목에서, 남의 프라이버시를 공개한다고 비판하시는 독자도 있을 것이다. 그러나 그 레즈비언이 독고원, 바로 이 글을 쓰고 있는 나라는 점을 상기해주셨으면 좋겠다. 나는 독고준의 소설에 나오는 동성애자들보다는 훨씬 운이 좋았다. 내 부모가 내 성 취향을 인정했고, 더 나아가 내가 동성의 파트너와 함께 사는 것에 동의했기 때문이다.

보이지 않고 그래서 손에 잡히지도 않는 '민중'에 대한 독고준의 묘사가 흔히 부정적이었던 데 비해, 소수자에 대한 묘사는 꽤 호의적이다. 독고준의 소설에 민중은 추상적으로만 등장한다. 반면에 소수자는 매우 구체적인 형상을 부여받는다. 여기서 소수자 역시 민중이 아닌가, 라는 질문이 나올 수도 있겠다. 물론 민중과 소수자는 대립물이 아니다. 그들 사이엔 겹치는 부분이 있다. 그런데 독고준이 옹호하는 소수자는 꼭 '경제적 약자'라는 뜻에서의 민중에 속하지 않았다. 부유한 장애인이나 동성애자도, 가난한 부모의 짐이 되는 장애인이나 동성애자와 마찬가지로 독고준의 눈길을 받았다.

가난한 부모의 짐이 되는 장애인을 등장시킬 때, 독고준의 소설은 일종의 민중소설을 읽은 뒤 같은 독후감을 낳는다. 그러나 독고준이 거기서 집중적으로 들여다보는 것은 어떤 개인의 장애이지 그의 계급이 아니다. 독고준은 계급이 개인의 행복을 결정한다는 좌파적 견해를 믿지 않았다. 그의 소설에는 불행한 부자와 행복한 빈자들이 동시에, 또는 순차적으로 등장한다. 인간의 관찰자로서 독고준이 탁월했던 점은 그가 추상적 민중만이 아니라 구체적 소수자들에게도 비판의 화살을 날렸다는 데 있다.

독고준의 소설 속에는 고귀한 정신의 자본가들이 있듯 천박한 정신의 노동자들이 있다. 이와 마찬가지로, 고귀한 정신의 비장애인이 있듯, 천박한 정신의 장애인이 있다. 또 고귀한 정신의 이성애자가 있듯, 천박한 정신의 동성애자가 있다. 독고준은 착한 장애인과 동성애자를 옹호했듯, 악한 장애인과 동성애자도 옹호했다. 악하든 착하든, 정신-육체적 장애나 동성애는 소수자의 표시였기 때문이다. 그 장애나 동성애가 태생적이든 환경적이든, 그것이 당사자들의 자유의지의 소산이 아니라는 점에 독고준은 주목했다.

이 부분은 독고준의 독자들이 특히 유념해야 할 대목이다. 나는 앞에서 독고준 소설세계의 키워드 하나로 개인의 자유를 꼽았다. 작가가 가장 중요하게 여기는 가치는 자유였다. 그것은 연대나 평등보다도 더 높은 가치였다. 소수자를 등장시킨 소설에서, 작가는 더러 연대나 평등이라는 가치를 선양하지만, 결국엔 그런 가치들도 자유로 수렴된다. 그런데 자유라는 가치는 인간의 자유의지라는 것을 존재 근거로 삼는다. 그렇다면 인간에게는 과연 자유의지가 있는가? 일련의 소수자 소설에서, 독고준은 인간의 자유의지를 인정한다. 그래야만 소수자들을 옹호할 수 있기 때문이다. 이건 내 잘못이 아니다, 나는 그리 될 수밖에 없었다, 라는 관점 위에서만 소수자는 자신의 윤리성을 방어할 수 있다. 이를테면 중국식당에서 내가 자장면이 아니라 볶음밥을 주문한 것은 내 자유의지에 따른 것이다, 그러나 내가 장애인이나 동성애자인 것은 내 자유의지와는 무관한 것이다, 라는 얘기다.

그러나 장편《마음의 배》나 단편 〈삼각김밥 도시락〉 같은 소설들에서, 독고준은 자유의지를 부인한다. 사실 그는 결정론자다. 역사 속의 수많은 비관주의자들처럼. 그의 생각에 따르면, 인간만이 아니라 그 어떤 생명체에도 자유의지라는 것은 없다. 누군가가 자신은 자유롭게 행동하고 선택한다고 믿을 수는 있겠지만, 그것은 환상일 뿐이라는 것이다. 그러니까 독고준의 생각으로는 장애인이든 비장애인이든, 동성애자든 이성애자든,

그들은 우주의 물리적 질서에 꼭 묶인 꼭두각시일 따름이다. 중국식당에서 내가 자장면이 아니라 볶음밥을 시킨 것은 내 자유의지에 따른 것이 아니라, 내가 통제할 수 없는 상황(내 컨디션이나 입맛이나 기분 따위)에 따른 것이다.

독고준은 인간에게 자유의지가 있다는 관점과 인간은 결정될 뿐이라는 관점 사이에서 방황했다. 아니, 방황이란 말은 옳지 않다. 그는 자유의지를 인정하지 않았지만, 이따금 인정하는 체했다. 자유의지를 인정하지 않으면 세상은 아수라장이 될 테니까. 살인자나 강도에게도, 폭군과 소매치기에게도 그 책임을 물을 수 없을 테니까. 그런 상황에서는 누구도 누구를 비난할 수 없다. 그러니까 독고준은 제 뜻에 반해 자유의지를 인정함으로써 자신의 윤리성과 책임감을 드러낸 것이다. 그러나 독고준의 그런 행태 자체가, 윤리적이든 아니든, 또 책임감 있든 무책임하든, 이미 결정된 것이라면? 독고준이 50년 가까이 일기를 쓴 것도, 전쟁 중에 남쪽으로 넘어온 것도, 김순임이라는 여자와 결혼한 것도 이미 결정돼 있었다면? 자유의지를 인정하는 것 자체가 자유의지에 따른 것이 아니라면? 즉, 이미 결정돼 있었다면? 자유의지(에 따른 행동이라고 여겨지는 것) 자체가 시간의 시작과 함께 결정돼 있었다면? 독고준에게 이 모순은 해결할 수 없는 아포리아였다. 사실 인간에게 자유의지가 없다면, 삶 자체의 의미가 사라질 것이다. 자유의지를 부정하는 듯한 그의 소설들도, 자유의지를 인정하는 듯한 그의 소설들처럼, 시간의 처음부터 미리 결정된 것이라면 말이다. 그래서 독고준은 결국 자신을 기만하기로 했다. 다시 말해 인간에게는 자유의지가 있다고 믿기로 했다.

독고준의 이 자기기만은 또 하나의 키워드인 균형과도 관련이 있다. 넘치는 것은 모자람만 못하다는 옛말을 독고준은 끈질기게 따랐다. 소설 속에서도 그랬고, 실제의 삶에서도 그랬다. 그는 좀 더 나은 세상을 만들어가는 데 필수적인 소양이 균형감각이라고 믿었다. 균형만이 세상을 존속시킬 수 있다고 믿었다.

자유는 고귀한 것이다. 그러나 넘치는 자유는 평등을 위협하고 세상을 약육강식 사회로 만든다. 평등은 고귀하다. 그러나 넘치는 평등은 자유를 위협하고 세상을 전체주의 사회로 만든다. 그래서 자유와 평등은 균형을 이뤄야 한다. 자유나 평등 같은 커다란 가치들에만 이 균형이 필요한 것은 아니다. 세상만사에는 균형이 필요하다고 독고준은 생각했다. 이 균형을 절제라고 불러도 되겠다. 밥은 좋은 것이지만 너무 먹으면 배탈이 난다. 술은 좋은 것이지만 너무 마시면 두통을 불러일으킨다. 섹스는 좋은 것이지만 너무 많은 섹스는 몸을 상하게 한다. 요컨대 쾌락은 좋은 것이지만, 너무 많은 쾌락은 반드시 불쾌나 고통으로 이어진다. 이것은 정치적 이념이나 사회운동에서도 마찬가지다. 생태주의는 좋은 것이지만, 너무 많은 생태주의는 문명을 퇴보시킨다. 복지국가는 좋은 것이지만, 너무 많은 복지는 사람들을 게으르게 만들어 사회를 쇠퇴하게 한다. 이런 소박한 균형의식이 독고준 문학세계를 떠받치고 있다. 이것은 독고준이 모든 형태의 근본주의에 반대했다는 뜻이다. 그러나 이런 사실조차, 독고준에 따르면, 그 자신의 자유의지에 따른 것은 아니었다. 그것은 독고준이 태어나기 훨씬 이전부터, 다시 한 번 말하자면 시간의 시작부터 결정된 것이었다. 독고준도 그것을 알고 있었다. 그러나 그는 그것을 모르는 체하며 살았다. 너무 많은 사람들이 거기 동의하지 않을 것이므로. 세상이 난장판이 될 것이므로. 그것 자체가 사실은 이미 정해져 있던 것이지만.

독고준은 세상의 비밀을 알아버렸다. 그리고 이미 결정된 자신의 생을, 마치 자신의 자유의지로 사는 듯 살았다. 그의 마지막도 마찬가지였다. 그는 자신의 투신 역시 이미 정해진 것이라는 점을 알았으리라. 그의 죽음의 방식은 시간의 시작부터 결정

된 것이었다. 내가 지금 그에 대해 글을 쓰는 것 역시 시간의 시
작부터 결정된 일이었듯.

　슬프다.

끝

된 것이었다. 내가 지금 그에 대해 글을 쓰는 것 역시 시간의 시

슬프다.